S. A. S.
LES TROIS VEUVES DE HONG-KONG

DU MÊME AUTEUR

CHEZ LE MÊME ÉDITEUR

Nº 1 S.A.S. À ISTANBUL
Nº 2 S.A.S. CONTRE C.I.A.
Nº 3 S.A.S. OPÉRATION APOCALYPSE
Nº 4 SAMBA POUR S.A.S.
Nº 5 S.A.S. RENDEZ-VOUS À SAN FRANCISCO
Nº 6 S.A.S. DOSSIER KENNEDY
Nº 7 S.A.S. BROIE DU NOIR
Nº 8 S.A.S. CARAÏBES
Nº 9 S.A.S. À L'OUEST DE JÉRUSALEM
Nº 10 S.A.S. L'OR DE LA RIVIÈRE KWAI
Nº 11 S.A.S. MAGIE NOIRE À NEW YORK
Nº 12 S.A.S. LES TROIS VEUVES DE HONG-KONG
Nº 13 S.A.S. L'ABOMINABLE SIRÈNE
Nº 14 S.A.S. LES PENDUS DE BAGDAD
Nº 15 S.A.S. LA PANTHÈRE D'HOLLYWOOD
Nº 16 S.A.S. ESCALE À PAGO-PAGO
Nº 17 S.A.S. AMOK À BALI
Nº 18 S.A.S. QUE VIVA GUEVARA
Nº 19 S.A.S. CYCLONE À L'ONU
Nº 20 S.A.S. MISSION À SAIGON
Nº 21 S.A.S. LE BAL DE LA COMTESSE ADLER
Nº 22 S.A.S. LES PARIAS DE CEYLAN
Nº 23 S.A.S. MASSACRE À AMMAN
Nº 24 S.A.S. REQUIEM POUR TONTONS MACOUTES
Nº 25 S.A.S. L'HOMME DE KABUL
Nº 26 S.A.S. MORT À BEYROUTH
Nº 27 S.A.S. SAFARI À LA PAZ
Nº 28 S.A.S. L'HÉROÏNE DE VIENTIANE
Nº 29 S.A.S. BERLIN CHEGK POINT CHARLIE
Nº 30 S.A.S. MOURIR POUR ZANZIBAR
Nº 31 S.A.S. L'ANGE DE MONTEVIDEO
Nº 32 S.A.S. MURDER INC. LAS VEGAS
Nº 33 S.A.S. RENDEZ-VOUS À BORIS GLEB
Nº 34 S.A.S. KILL HENRY KISSINGER!
Nº 35 S.A.S. ROULETTE CAMBODGIENNE
Nº 36 S.A.S. FURIE À BELFAST
Nº 37 S.A.S. GUÊPIER EN ANGOLA
Nº 38 S.A.S. LES OTAGES DE TOKYO
Nº 39 S.A.S. L'ORDRE RÈGNE À SANTIAGO

Nº 40 S.A.S. LES SORCIERS DU TAGE
Nº 41 S.A.S. EMBARGO
Nº 42 S.A.S. LE DISPARU DE SINGAPOUR
Nº 43 S.A.S. COMPTE À REBOURS EN RHODÉSIE
Nº 44 S.A.S. MEURTRE À ATHÈNES
Nº 45 S.A.S. LE TRÉSOR DU NÉGUS
Nº 46 S.A.S. PROTECTION POUR TEDDY BEAR
Nº 47 S.A.S. MISSION IMPOSSIBLE EN SOMALIE
Nº 48 S.A.S. MARATHON À SPANISH HARLEM
Nº 49 S.A.S. NAUFRAGE AUX SEYCHELLES
Nº 50 S.A.S. LE PRINTEMPS DE VARSOVIE
Nº 51 S.A.S. LE GARDIEN D'ISRAËL
Nº 52 S.A.S. PANIQUE AU ZAÏRE
Nº 53 S.A.S. CROISADE À MANAGUA
Nº 54 S.A.S. VOIR MALTE ET MOURIR
Nº 55 S.A.S. SHANGHAI EXPRESS
Nº 56 S.A.S. OPÉRATION MATADOR
Nº 57 S.A.S. DUEL À BARRANQUILLA
Nº 58 S.A.S. PIÈGE À BUDAPEST
Nº 59 S.A.S. CARNAGE À ABU DHABI
Nº 60 S.A.S. TERREUR À SAN SALVADOR
Nº 61 S.A.S. LE COMPLOT DU CAIRE
Nº 62 S.A.S. VENGEANCE ROMAINE
Nº 63 S.A.S. DES ARMES POUR KHARTOUM

L'IRRÉSISTIBLE ASCENSION DE MOHAMMAD REZA, SHAH D'IRAN
LA CHINE S'ÉVEILLE
LA CUISINE APHRODISIAQUE DE SAS

AUX PRESSES DE LA CITÉ

LES SOUCIS DE SI-SIOU
PAPILLON ÉPINGLÉ
LES DOSSIERS SECRETS DE LA BRIGADE MONDAINE
LA MORT AUX CHATS
LES DOSSIERS ROSES DE LA BRIGADE MONDAINE

GÉRARD DE VILLIERS

S. A. S.
LES TROIS VEUVES DE HONG-KONG

PLON

ISBN : 2 - 259 - 00074 - 6

CHAPITRE PREMIER

Les trois énormes machines ronronnaient doucement, clignotant de tous leurs voyants lumineux. Chacune d'entre elles mesurait environ trente pieds de long sur dix de haut. Leurs connexions électroniques se prolongeaient sur plusieurs pieds d'épaisseur, derrière le mur d'acier. Elles fonctionnaient vingt-quatre heures sur vingt-quatre, sans à-coup. Devant chacune des façades métalliques, le pupitre avec son opérateur paraissait minuscule. Le clavier de commande de chacun des trois éléments était aussi complexe que celui d'un Boeing.

A l'exception du faible bruit des machines alignées contre la paroi, aucun bruit n'atteignait l'immense pièce. Les murs et le plafond étaient entièrement recouverts d'un revêtement antibruit absorbant toutes les radiations sonores, intérieures et extérieures. Des milliers de troncs de cône en plastique noir, un peu comme des emballages d'œufs. Les mots semblaient mourir sur les lèvres, ce qui provoquait très vite une sensation de malaise.

Malko, pris d'une indéfinissable angoisse devant ces monstres, s'éclaircit la voix, rien que pour entendre un bruit. Comme s'il avait deviné sa pensée,

David Wise, directeur de la division des plans à la CIA[1] remarqua:

— L'ordinateur a horreur du bruit. Nous avons découvert que ses délicats circuits électroniques se détraquent facilement lorsqu'ils sont soumis à un environnement sonore de plus de quinze décibels. IBM nous a étudié ce revêtement absolument silencieux, c'est assez impressionnant, n'est-ce pas? Nous devons changer les opérateurs toutes les quatre heures, autrement, ils présentent des troubles psychologiques graves.

Malko regarda le dos de l'homme assis devant un clavier ressemblant à un télétype:

— Pourquoi diable m'avez-vous emmené ici? C'est sinistre.

Ils se trouvaient au troisième sous-sol du bâtiment A de la Central Intelligence Agency, à Langley, dans la banlieue de Washington. A la porte de la salle des ordinateurs veillaient deux gardes ayant l'ordre de refouler toute personne non porteuse du badge vert, réservé aux chefs de service.

— Pour vous présenter « Max », le cerveau électronique le plus moderne du monde, répliqua David Wise, avec un rien de mélancolie dans la voix. Dans vingt ans il nous rendra tous inutiles. Vous pourrez enfin vous retirer dans votre fichu château, où vous vous ennuierez à mourir...

Malko sourit. Son château à Liezen, en Autriche, était son point faible. Depuis des années, il y engloutissait des sommes importantes, gagnées à la CIA, pour le restaurer dignement. C'était la seule raison qui avait fait de lui, authentique prince autrichien, aux innombrables titres, une barbouze de luxe hors cadre à la CIA. Son charme, sa mémoire étonnante et

[1] Service « Action » de la Centrale de renseignements américaine.

sa chance suppléaient à son manque de discipline. Et son titre d'Altesse Sérénissime lui ouvrait plus de portes que les gros pistolets de ses collègues. Un prince, même barbouze, reste toujours un prince.

— Vous faites en tout cas tout ce que vous pouvez pour que je ne m'y retire que mort, fit-il mi-figue, mi-raisin. Mais je ne vois pas en quoi l'existence de ce Max me concerne...

— Vous allez comprendre, fit David Wise, mystérieux. Regardez.

Il prit Malko par le bras et le fit s'approcher des gigantesques machines.

— Il n'existe que deux ordinateurs géants de la série 9000 au monde, expliqua-t-il. L'autre est au Pentagone. La première machine absorbe tous les renseignements codés pendant des mois ou des années, orientés vers le but final que l'on cherche à atteindre.

David Wise fit quelques pas vers le second élément.

— Voici la mémoire de Max, expliqua-t-il. Toutes les informations sont mises sur cartes perforées et vont alimenter la mémoire, qui à son tour nourrit la troisième machine, la plus extraordinaire, le « cerveau » qui, grâce aux éléments des deux autres machines, arrive à donner des conseils terriblement efficaces, car ils sont basés sur des données totalement objectives...

Malko écoutait, fasciné. David Wise soupira:

— Avec Max, nous aurions évité le désastre de la Baie des Cochons. Il ne nous aurait jamais donné le feu vert...

Malgré son impassibilité, l'opérateur de Max jeta un coup d'œil scandalisé à David Wise. La Baie des Cochons, c'était le cadavre dans le placard, la honte de la CIA, le stigmate dont on ne parlait jamais, l'invasion ratée de Cuba, déclenchée sur des renseignements partiaux non recoupés...

— Nous avons fait du chemin depuis, continua David Wise. Max n'est en service que depuis six mois. Et il a fallu apprendre à nous en servir... IBM adore vendre de gros ordinateurs, mais, quand il faut les faire marcher correctement, leurs ingénieurs attrapent tous des dépressions nerveuses. Enfin, maintenant, nous y sommes...

Malko suivait toutes ces explications, assez perplexe.

— Vous m'avez amené ici pour me donner un complexe d'infériorité? demanda-t-il.

Le patron de la Division des Plans daigna sourire.

— Nous. Vous êtes directement concerné. Max a désigné votre prochaine mission. Regardez.

Il se pencha vers l'opérateur de la troisième machine et lui dit quelques mots à l'oreille. Celui-ci se leva, alla prendre un paquet de fiches oranges dans un casier et les fit pénétrer dans une fente de la machine. Puis il appuya sur plusieurs touches et attendit.

Le bourdonnement de l'ordinateur augmenta. Il ne se passa rien pendant quelques secondes, puis le clavier du télex se mit en marche, tapant très rapidement. Malko et David Wise se penchèrent sur le papier qui se déroulait devant eux. Trois mots venaient de s'inscrire.

— Action. Danger immédiat.

Le ronronnement cessa. David Wise arracha la bande et la mit dans sa poche. Malko fronça les sourcils:

— Qu'est-ce que cela veut dire?

— Que vous partez pour Hong-kong, fit paisiblement le patron de la Division des Plans. Je ne suis pour rien dans cette décision, j'aurais d'ailleurs préféré vous laisser vous reposer un peu, après vos avatars...[1]

[1] Voir *Magie noire à New York*.

Il referma soigneusement la lourde porte défendant Max. Malko plissa ses yeux dorés qui ressemblaient à une coulée d'or liquide. Ils ne viraient au vert qu'en cas de contrariété grave.

— Espérons que Max ne boit pas, il aurait pu aussi bien m'expédier au Kamtchatka. Mais, puisqu'il est si intelligent, pourquoi ne vous donne-t-il pas l'ordre d'utiliser un de vos hommes de l'antenne locale? Vous tenez à gaspiller les dollars des contribuables? Ça vous mènera devant un grand jury, comme Jimmy Hoffa.

L'ascenseur ouvrit silencieusement ses portes et David Wise s'effaça pour laisser passer Malko, avant de lui répondre:

— Il faut un homme neuf. Puisque nous sortons de la routine, autant le faire complètement. En plus, tous nos agents là-bas sont tellement étiquetés qu'ils pourraient se promener en uniforme avec un badge « agent secret » sans rien apprendre à personne. Les Anglais sont aussi très susceptibles. Ils tolèrent nos analystes et nos sinologues, mais ont une sainte horreur du personnel de notre Division...

Les vingt et un étages avaient été avalés en seize secondes. Ici à Langley, c'était déjà le siècle futur. David Wise ouvrit la porte de son bureau en enfonçant la petite clé qui ne le quittait jamais et qui commandait la serrure à combinaison. Malko s'assit dans le seul fauteuil, où bien peu de gens avaient le privilège de prendre place, et attendit. David Wise bourra sa pipe:

— Ne vous moquez pas de Max. Il va peut-être nous éviter un coup dur de première grandeur.

» Il y a peu de temps, un informateur même pas classé[1] a contacté notre antenne de Hong-kong. Ce

[1] Les informateurs réguliers des Services de renseignements sont classés selon leur crédibilité.

Chinois prétendait détenir une information extrêmement importante concernant la sécurité de la 7e flotte, dans le Pacifique. Le chef de l'antenne d'Hong-kong, Dick Ryan, n'a pas donné suite, concluant au manque de crédibilité de la source. Mais, comme nous le faisons maintenant, l'incident a été mis en fiche codée et donné à digérer à Max.

Il se tut un instant pour donner plus de poids à ses paroles.

— Eh bien, instantanément Max a réagi. Cette information recoupait d'autres éléments que l'ordinateur possède et que nous ne reliions même pas, nous, à ce tuyau. Voilà l'avantage de Max: il effectue une synthèse immédiate de renseignements que nous mettrions des semaines à coordonner et à analyser. Nous avons effectué tous les contrôles possibles. Max est formel. L'information de ce Chinois a quatre-vingt-dix pour cent de chances d'être vraie et vitale... Voilà pourquoi vous partez pour Hong-kong. Tâchez de ne pas trop froisser la susceptibilité de ce bon Dick, qui effectue un travail ingrat.

— Mais pourquoi Hong-kong? demanda Malko.

David Wise jeta un coup d'œil au calendrier électronique posé sur son bureau.

— Nous sommes le 2 novembre. Le 17, arrivera à Hong-kong le porte-avions *Coral-Sea,* le plus grand bâtiment de la 7e flotte. A part le Viet-nam, Hong-kong est le seul port où il puisse relâcher à trois mille milles à la ronde.

— Je vois, fit Malko, rêveusement.

La pluie fouettait les vitres bleutées du bureau. On grelottait à Washington. Au fond, la perspective d'aller au soleil ne lui déplaisait pas trop. D'autant qu'au fond de lui-même, il n'avait pas trop confiance en Max... Cela risquait fort d'être un voyage pour rien.

— Voici votre viatique, dit David Wise en lui

tendant une épaisse enveloppe marron. De l'argent, une lettre de crédit sur la Barclays Bank et vos papiers... Votre couverture est extrêmement simple: vous êtes le producteur délégué de la Transinter Films, à Hong-kong pour un repérage d'extérieurs... Tous les détails sont à l'intérieur. Le film est réellement programmé, d'ailleurs...

— Mais la Transinter...

— Elle nous appartient. Ah! à propos, pas d'arme surtout. Les Anglais sont pointilleux comme des vieilles filles sur ce point. Je n'ai pas envie que vous vous fassiez refouler en descendant d'avion...

Malko ouvrit l'enveloppe, jeta un coup d'œil sur le billet d'avion et sursauta: il décollait le soir même de New York par le vol Scandinavian Airlines 912 à destination de Copenhague, où il arriverait le lendemain matin à neuf heures...

— Vous ne perdez pas de temps, remarqua-t-il.

David Wise s'excusa d'un sourire.

— C'est dans votre intérêt. La comptabilité vous avait réservé sur la Panam par la route du sud: Francfort, Zurich, Rome, Beyrouth, Téhéran, Karachi, New Delhi, Bangkok. C'est interminable. Vous seriez arrivé au bord de la dépression nerveuse. Je vous ai pris une première sur la nouvelle ligne de la Scandinavian, le Transasian, via Copenhague et Tachkent. Vous changez d'avion une fois à Bangkok. Et vous gagnez huit heures, je crois que c'est appréciable...

» Seulement, le Transasian, comme ils l'appellent, n'opère que trois jours par semaine, lundi, mercredi et samedi. Il fallait que vous partiez ce soir. Je connais vos goûts de luxe, mon cher prince Malko. A Tachkent, vous pourrez faire votre marché: caviar et cette vodka russe que vous aimez tant...

Les yeux d'or de Malko pétillèrent de mille paillettes. Il aimait bien David Wise, et savait que l'Américain enviait secrètement ses titres et son élégance.

Ce dernier, au moment de serrer la main de Malko, fit:

— Une dernière question: où avez-vous fait couper le costume que vous avez sur le dos?

Malko faillit éclater de rire:

— Je vous le dirai à mon retour, répondit-il en s'éloignant dans le couloir. Ainsi vous penserez un peu à moi. Vous avez raison de vouloir un bon tailleur: un homme qui s'habille comme un gentleman est déjà un peu un gentleman.

Sur cette flèche du Parthe, il s'engouffra dans l'ascenseur.

*
**

En franchissant la porte avant du super DC-8 des Scandinavian Airlines, Malko eut l'impression d'entrer de plain-pied dans un bain de vapeur. C'était la fin de la saison des pluies à Bangkok et l'aéroport de Don-muang était écrasé d'une chaleur lourde et humide. En dix pas, on était trempé.

Malko songea avec nostalgie à son confortable fauteuil de première. Après avoir volé plus de douze mille kilomètres, il se sentait à peine fatigué. A Copenhague, il avait eu le temps de prendre une douche et de se raser dans une des pièces de repos que la Scandinavian mettait à la disposition des passagers. Il avait horreur de voyager sale et mal rasé; cela lui donnait des complexes, il se sentait une âme d'émigrant.

L'étape Copenhague-Tachkent avait passé comme une flèche. Agrémentée d'un somptueux repas qui aurait fait honte à bien des restaurants « trois étoiles ». Membre de la Chaîne des rôtisseurs, la plus vieille association gastronomique, les Scandinavian Airlines faisaient des prodiges en cuisine. Malko, en vieil européen, y était particulièrement sensible.

Cette fois, il n'avait pas ressenti d'angoisse en posant le pied à Tachkent, où, comme David Wise l'avait dit, il avait pu s'offrir un kilo de caviar au prix d'un kilo de riz. Après, cela avait été la splendeur de l'Himalaya. Le grand Super-DC-8 glissait silencieusement à douze mille mètres, sans une secousse, le long de l'immense chaîne enneigée. Spectacle féerique. La voisine de Malko, une sculpturale suédoise, poussait des cris d'admiration en maniant fiévreusement sa caméra. Cela avait été le début d'un agréable flirt, qui s'était terminé au-dessus de Rangoon: elle s'était endormie sur l'épaule de Malko, imprégnant sa veste d'alpaga de parfum. Pas trop de regrets, elle allait à Djakarta.

Clignant des yeux, derrière ses éternelles lunettes noires, sous l'effroyable soleil, il vit venir vers lui une gracieuse Thaï de la Thai International.

— Le prince Malko Linge? demanda-t-elle en anglais gazouillant.

Il ne sut jamais comment elle l'avait reconnu.

— C'est moi.

— Nous avons reçu le télex de la Scandinavian. Votre place est retenue sur notre Caravelle de Hongkong qui part dans une heure et demie. Donnez-moi vos tickets de bagages, je vais m'en occuper.

La délicieuse hospitalité thaï lui remit bien des choses en mémoire. Qu'était devenue la belle Thepin[1]? Pour se changer les idées, il suivit des yeux la petite croupe tendue de mauve qui ondulait devant lui. Les hôtesses de la Thai étaient toujours aussi charmantes et efficaces. Il se retrouva dans une salle d'attente climatisée, miraculeusement à l'abri de l'étuve. Son hôtesse lui apporta un *namana*[2] bien glacé et des magazines. Trois quarts d'heure plus

[1] Voir *L'Or de la Rivière Kwaï.*
[2] Boisson thaï à base de citron.

tard, un grondement lui fit lever la tête: le Super-DC-8 de la Scandinavian repartait pour Singapour et Djakarta. Avec sa belle Suédoise, dont il ne savait même pas le nom.

Peu de temps après, le haut-parleur annonça:

— La Thai International annonce le départ de son vol N° 748 à destination de Hong-kong, Taipeh et Tokyo...

Malko se leva. Comme par miracle « son » hôtesse réapparut et le fit passer en tête, comme passager en transit. Après la traversée du ciment brûlant, la cabine de la Caravelle lui sembla un havre glacé. Deux autres hôtesses s'empressèrent autour de lui, moulées jusqu'aux chevilles dans de longs sarongs orange, infiniment gracieuses. Malko s'enfonça avec plaisir dans son fauteuil. Comme à chaque changement de température, il souffrait de sa blessure reçue à Bangkok. De violentes névralgies intercostales.

Tandis qu'il s'épongeait le visage avec une petite serviette brûlante distribuée par l'hôtesse, la Caravelle de la Thai décolla sans une secousse. Destination Hong-kong, où ils arriveraient quatre heures plus tard.

Hong-kong qui signifie en chinois « Havre paisible ».

Pas si paisible que cela à en croire Max l'ordinateur.

CHAPITRE II

La tête ronde de Cheng Chang cachait un cerveau gros comme une noisette. Le vent devait souffler sous son crâne sans rencontrer beaucoup d'obstacles. Mais quand il avait une idée, il la suivait jusqu'au bout. Cheng Chang se pencha au hublot du Boeing 727. Les lumières de l'île de Hong-kong brillaient à gauche de l'appareil. En se tordant le cou, le Chinois aperçut le ruban balisé de lumières bleues de la piste d'atterrissage de Kai-tak avançant dans la mer comme un doigt géant dont la main aurait été Kowloon, la presqu'île de la colonie, où s'entassaient deux millions et demi de personnes.

Le Boeing était à moitié vide. Les China Airlines opéraient depuis trois mois seulement entre Formose et Hong-kong et n'arrivaient pas encore à concurrencer les luxueuses Caravelle et l'impeccable service de leur concurrent, la Thai International. A côté du Chinois, une jeune femme, boudinée dans un cheong-sam de soie noire, dormait la bouche ouverte, son vêtement remonté haut sur ses cuisses. Cheng loucha une seconde, avant d'attacher sa ceinture de sécurité. Brusquement il plongea le bras sous son siège: un peu plus il oubliait la boîte de chocolat.

C'est tout ce qu'il rapportait de Formose et il en ressentait une certaine amertume. En raclant ses derniers dollars pour payer son billet d'avion, il avait rêvé de revenir à Hong-kong les poches pleines de billets, après avoir été accueilli à bras ouverts par les agents de Taipeh. Il s'était fait tout un cinéma, le naïf Cheng Chang.

Il soupira. Le Boeing vira sur l'aile et se prépara à se glisser entre les dangereuses collines de Hong-kong. Ce qui ne troubla pas la rêverie morose du Chinois.

La réalité avait été bien différente de ses rêves. Il avait été reçu dans un bureau minable, par un capitaine à la tenue maculée de taches de graisse, qui l'avait à peine écouté et l'avait prié de revenir deux jours plus tard. Cheng Chang, connaissant les usages du Kouo-min-tang, avait discrètement fait comprendre que, si son information était payée au juste prix, son interlocuteur en recevrait une part méritée.

Son discours avait été accueilli par un silence glacial, ce qui était mauvais signe. Pendant deux jours, il avait tourné en rond dans Formose, n'ayant même pas assez d'argent pour profiter des bordels aussi nombreux que les arbres de l'île. Lorsqu'il s'était retrouvé en face de son interlocuteur, il avait tout de suite compris que cela ne marchait pas. L'officier lui avait dit sèchement que les Services de renseignements du généralissime Tchang Kaï-chek n'avaient que faire des racontars d'un ver de terre de son espèce.

Avanie suprême, le capitaine ne lui avait même pas offert de thé! Il ne s'était radouci que pour tendre à Cheng Chang, cassé en deux, une énorme boîte de chocolat, lui demandant comme un service de la remettre à une de ses parentes à Hong-kong. L'adresse était sur la boîte.

Cheng Chang n'avait pas osé contrarier un aussi puissant personnage et avait pris la boîte.

Sa ceinture de sécurité solidement attachée, le Chinois caressa amoureusement du regard la grande boîte posée sur ses genoux. Vu son poids, elle devait contenir au moins trois rangées de chocolats. L'eau lui en venait à la bouche. Il y a longtemps qu'il n'avait pas eu les moyens de s'offrir une telle douceur. Les affaires allaient mal. Cheng Chang possédait un minuscule bureau dans une ruelle de Kowloon et servait d'homme à tout faire aux producteurs de cinéma venant tourner à Hong-kong. Avec sa vieille serviette de cuir marron, bourrée de paperasses, ses yeux globuleux et son sourire ineffaçable, il gagnait gentiment sa vie, jusqu'au moment où les communistes avaient commencé à jeter des bombes un peu partout.

Les producteurs s'étaient envolés presque aussi vite que les milliardaires chinois de Repulse Bay. Cheng avait dû liquider les deux jeunes Chinois qui l'aidaient, gardant une secrétaire squelettique. Heureusement le téléphone était gratuit. Il en était réduit à conduire les rares touristes du Hilton ou du Mandarin dans les fumeries d'opium prétendument clandestines de Wan-chai. Ce qui laissait tout juste de quoi acheter un bol de riz par jour.

Cheng Chang soupira en regardant les chocolats.

Il ne demandait pas beaucoup à la vie. Durant les derniers jours, il avait échafaudé des plans pour son avenir. Racheter la fabrique de perruques d'un de ses amis. Il fallait cinquante mille dollars Hongkong. Cela lui rapporterait de quoi vivre tranquillement Sans compter les trente jeunes ouvrières sur lesquelles il pourrait exercer un juteux droit de cuissage.

Tout cela s'était envolé en fumée sous le regard méprisant de l'officier de Taipeh. Quant aux Américains, ils ne l'avaient pas plus pris au sérieux. Ce n'était pas si facile que cela de se lancer dans l'espionnage.

Brusquement, Cheng eut l'estomac tordu d'angoisse. Et si on le dénonçait aux communistes! Il revit les yeux noirs et méprisants de l'officier. A lui, il avait été obligé de donner ses nom et adresse.

Il tenta de calmer son angoisse en raisonnant. Les gens de Taipeh haïssaient les Rouges.

De penser à l'officier le ramena aux chocolats. Et brusquement il fut pris d'une sainte colère. Il n'aurait pas tout perdu!

Délibérément sa main parcheminée glissa sur le rhodoïd. Il les avait cachés sous le siège pour éviter la tentation. Il en avait eu un peu honte. Maintenant, il se sentait plus de courage.

Son ongle noir passa sous le rhodoïd, coupant le papier. Il était temps. L'hôtesse nasilla avec un accent de Tching-king à couper au couteau:

— Nous allons atterir à Hong-kong dans quelques instants. Veuillez ne plus fumer.

Cheng Chang jeta un coup d'œil furtif à sa voisine, toujours endormie, et souleva délicatement le couvercle de l'énorme boîte. Il n'avait pas la moindre intention de lui en offrir. Le couvercle se détacha avec un petit bruit de succion et Cheng le rangea soigneusement dans le dossier de son fauteuil. Puis il baissa les yeux sur le contenu de la boîte.

L'hôtesse, en train de passer des bonbons dans le couloir central, entendit un cri étouffé. Son regard tomba sur Cheng Chang et elle étouffa une exclamation. Naturellement saillants, les yeux du Chinois semblaient prêts à jaillir de leurs orbites. Elle crut à un malaise et se pencha aussitôt vers lui:

— Vous êtes malade, sir?

Oubliant sa ceinture de sécurité, Cheng voulut se lever, mais retomba sur son siège, tenant la grande boîte de chocolat à deux mains. Comme un prêtre portant le Saint-Sacrement, il la tendit à l'hôtesse, qui la prit sans réfléchir.

Quand elle en vit le contenu à son tour, elle poussa un cri étranglé. L'intérieur de la boîte était un entrelacs de fils multicolores qui reliant quatre cylindres rouges de la taille d'un saucisson moyen. Une boîte noire, grosse comme un paquet de cigarettes, était au centre du système.

La jeune Chinoise sentit ses jambes se dérober sous elle. Ses genoux s'entrechoquèrent et elle dut s'appuyer au dossier d'un fauteuil pour ne pas tomber. Alternativement, elle regardait le passager qui lui avait tendu la boîte et le contenu de cette dernière, tétanisée. Le Boeing n'était plus qu'à une trentaine de mètres d'altitude au-dessus de la mer. Volets baissés, il ne dépassait pas deux cent vingt à l'heure. Pour une fois, le temps était clair sur Hong-kong. Les silhouettes de trois grosses jonques filèrent à travers les hublots.

Brusquement l'hôtesse hurla. Un son rauque et ininterrompu. Courant maladroitement sur ses hauts talons, elle fonça vers l'avant, tenant toujours la boîte, comme si elle avait collé à ses doigts.

Paralysé par l'horreur, Cheng Chang suivait des yeux l'hôtesse. Ses lèvres marmonnaient une muette invocation au Ciel. Sa voisine ne s'était toujours pas réveillée.

La flamme rouge de l'explosion frappa sa rétine, avant que la déflagration lui déchirât les tympans. L'hôtesse parut se soulever de terre et sa tête vola à travers la cabine comme un ballon de football. Les hublots de l'avant se volatilisèrent et une épaisse fumée noire envahit instantanément la cabine. Cheng Chang eut soudain l'impression de se trouver dans un ascenseur qui aurait pris du LSD. Le Boeing 727, train sorti, tombait comme une pierre, vers l'eau noire de la baie de Hong-kong. Assommés par le souffle, le pilote et le second pilote gisaient, écrasés sur les commandes.

Le souffle de l'explosion atteignit Cheng Chang, qui fut plaqué à son siège par une main géante. Sa voisine se réveilla avec un hurlement et griffa le bras du Chinois dans sa panique. Frénétiquement, Cheng Chang tentait de tirer la poignée de l'issue de secours.

Dans une gerbe d'écume, le Boeing 727 frappa la mer et rebondit, se brisant en deux à la hauteur des ailes et pulvérisant un sampan qui se trouvait malencontreusement là, à relever des casiers de langoustes.

CHAPITRE III

C'était une innocente boîte, entourée de papier marron, où se détachaient des caractères chinois peints en rouge vif, de la taille d'une boîte à chaussures, posée sur une des banquettes, dans le hall du Hilton. Malko venait de passer devant, sans même la regarder. Soudain le cri perçant d'un boy chinois le fit se retourner. Le bras tendu vers la boîte, le jeune garçon tremblait de tous ses membres en hurlant comme une sirène.

En une seconde, ce fut la panique. Les six employés de la réception plongèrent, avec un ensemble touchant, derrière leur comptoir, laissant trois Américaines en plan. Les petites hôtesses en mini-cheongsam [1] disparurent comme une volée de moineaux. Les employés et les clients les plus courageux plongèrent à plat ventre, le nez dans la moquette.

Le hall s'était vidé comme par un coup de baguette magique. Un seul n'avait pu bouger: un assistant manager assis à un petit bureau, à deux mètres de l'objet. Pour s'éloigner, il aurait dû passer devant. Sans quitter la boîte en carton des yeux il souleva son téléphone, avec des précautions infinies, et com-

[1] Robe chinoise.

posa le 999. Lorsque quelqu'un répondit, il articula d'une voix blanche:

— Venez vite... Il y a une bombe dans le hall du Hilton.

Il raccrocha et demeura rigoureusement immobile, ne quittant pas l'engin des yeux. Des rigoles de sueur glissaient le long de ses bras. Son cerveau vide se refusait à penser.

On aurait entendu voler une mouche. Les ascenseurs s'étaient arrêtés de fonctionner. Un employé de l'hôtel bloquait l'escalator menant à la rue, avec des gestes hystériques. Les rares clients du bar semblaient soudain vissés à leur chaise. Malko, prudemment abrité derrière un pilier, regardait la bombe, n'arrivant pas à croire que c'était vrai.

Le Hilton était devenu le château de la Belle au bois dormant. Comme si le bruit avait pu faire exploser la bombe. Le silence se prolongea plusieurs interminables minutes. Peu à peu, tous ceux qui s'étaient jetés à terre rampaient hors de portée de l'engin.

Puis, dehors, le bruit d'une sirène se rapprocha et vint mourir devant l'hôtel. Il y eut des cris et des appels, et plusieurs policiers casqués surgirent de l'escalator. Ils jetèrent un œil inquiet à la bombe puis redescendirent. Se rendant enfin compte que c'était sérieux, une des Américaines poussa un cri perçant et s'évanouit.

Poussant devant eux un rempart fait de sacs de sable montés sur une armature de bambous, deux policiers entreprirent de traverser le hall à quatre pattes. Dans un silence de mort, ils parvinrent jusqu'à un mètre de la bombe. Un téléphone se mit à sonner sur le *desk* de la réception, mais personne ne répondit. Le Chinois qui avait appelé la police essayait désespérément d'entrer dans le mur derrière lui. Son complet était aussi trempé que s'il était resté une heure sous une pluie d'orage.

A l'abri du bouclier, les deux policiers progressaient pouce par pouce. Eux aussi, transpiraient. Si la bombe était de forte puissance, ils seraient pulvérisés. Un Blanc les rejoignit, un vieux sergent anglais en short. Il cria un ordre, s'avança tranquillement jusqu'à trois pieds de la bombe, puis se pencha dessus.

On aurait entendu voler une toute petite mouche. Instinctivement, Malko se rencogna derrière son pilier. C'était trop bête de se faire déchiqueter gratuitement.

Le sergent fit un geste aux Chinois. Avec une perche de bambou l'un d'eux commença à sonder délicatement le paquet suspect, essayant de le retourner. Ce dernier glissa sur la banquette. Effrayé, le Chinois qui maniait la perche fit un faux mouvement: poussée trop violemment, la boîte tomba par terre!

On entendit un cri étranglé! Le manager assis derrière le bureau n'avait plus forme humaine...

Le paquet avait fait un bruit mou et léger. Avec un juron étouffé, le sergent se leva, fit deux pas en avant et ramassa la boîte.

C'était trop pour le manager: il glissa, évanoui, sur sa chaise. Le sergent soupesa la boîte une seconde et éclata de rire. Il la remit par terre et posa dessus son lourd brodequin. Le carton s'écrasa: c'était un emballage vide.

C'est à qui surgit le plus vite pour s'approcher de la fausse bombe! Un employé de la réception sauta même par-dessus son comptoir. Le sergent déchirait la « bombe » de ses grandes mains rouges, le visage impassible. Quatre ou cinq employés de l'hôtel se pressaient autour de lui, obséquieux. Il les interrogea rapidement, sans conviction. Bien entendu, personne n'avait rien vu, rien remarqué. En chinois, la bombe portait: « Mort aux impérialistes fauteurs de guerre. »

Un policier en uniforme grimpa en courant l'escalator et dit un mot à l'oreille du sergent: il y avait une bombe posée entre les rails du tramway, dans Hennessy Road, à moins d'un mile. La circulation était paralysée. L'Anglais prit les débris de la boîte en carton et salua. C'était sa septième bombe depuis qu'il avait pris son service, à neuf heures.

Près de Malko, un gros Chinois se releva en soufflant et murmura en s'époussetant:

— Un jour il y en aura une vraie et nous serons tous morts...

Il ne croyait pas si bien dire: trois jours plus tôt, la police, à la suite d'une dénonciation anonyme, avait découvert sur le toit d'un des ascenseurs du Hilton deux kilos de TNT. De quoi expédier l'ascenseur et ses occupants directement en enfer. Evidemment, il n'y avait pas de détonateur. Oubli volontaire ou non? La direction de l'hôtel avait fait tomber une pluie de dollars sur les journaux en langue anglaise pour qu'on ne parlât pas de l'incident, mais les quotidiens chinois s'en étaient donnés à cœur joie. Depuis, le petit personnel chinois du Hilton préférait l'escalier.

Car il y avait aussi des vraies bombes. On comptait une cinquantaine d'alertes par jour. Dès qu'on apercevait une valise ou un carton abandonné, on se ruait sur le téléphone. Les équipes de déminage dormaient debout.

Hong-kong n'était plus la cité du plaisir et du commerce. En quelques heures, Malko, arrivé la veille en fin de journée, s'était senti, lui aussi, oppressé par cette ambiance pesante. Les Chinois avaient commencé la reconquête psychologique de Hong-kong Comme ils venaient de la faire pour Macao, où l'évêque n'avait plus le droit de dire sa messe sans en demander l'autorisation au responsable du parti. En apparence, c'était toujours l'administration portugaise qui régissait la minuscule enclave, mais la plus infime de ses décisions était soumise à la bureaucratie tatillonne des communistes. Après une longue campagne d'intimidation et de bombes, le gouverneur de Macao avait dû signer un document en neuf points, abandonnant pratiquement le territoire aux communistes.

Macao à peine digéré, les Rouges s'étaient attaqués à Hong-kong. Certes, il aurait suffi au général Lien-pao, commandant en chef de l'armée chinoise, de lever le petit doigt pour ne faire qu'une bouchée de la poignée d'anglais de Hong-kong, sans provoquer plus qu'une protestation outrée et platonique de l'ONU. Mais ce n'était pas la solution « correcte ». Il fallait que les occupants blancs perdent la face, qu'ils s'inclinent devant la sagesse infinie du président Mao. Les Rouges ne voulaient pas occuper Hong-kong, seulement le contrôler. Un mois plus tôt, ils avaient soumis au gouverneur de la colonie un document en onze points sur le modèle de celui de Macao, qui avait été dignement repoussé par le représentant de Sa Très Gracieuse Majesté.

La première bombe avait explosé le lendemain...

Depuis, Hong-kong était paralysé. Les incidents grotesques alternaient avec les provocations dramatiques.

Wan-chai, le quartier chaud de Hong-kong, à l'est de Victoria City, le cœur de l'île, le fief de Suzie Wong, était désert. Les commerçants et les tenanciers de boîtes de nuit recevaient de mystérieuses consignes et fermaient brusquement, pour une heure ou pour un jour. Les portiers des innombrables boîtes de nuit s'étiolaient devant des salles vides d'entraîneuses. Celles-ci restaient chez elles, à apprendre par cœur le petit livre rouge de Mao. Il fallait préparer l'avenir. Seuls quelques rares bordels très bon marché avaient une maigre clientèle locale

Des émeutes éclataient tout le temps, « spontanément ».

Le jour de l'arrivée de Malko, une centaine de marins des jonques communistes déchargeant à North Point, à peine à un mille du Hilton, avaient pris d'assaut le commissariat du port, armés de haches et de couteaux. Après avoir molestés les deux policiers anglais du poste et jeté à la mer les Chinois, ils avaient relâché les deux Blancs, vêtus de leur seule dignité, le corps et le visage couverts d'inscriptions à la peinture rouge, accusant de mœurs contre nature le gouverneur et son épouse. Lorsque trois voitures bourrées de policiers étaient enfin arrivées, les manifestants s'étaient évanouis dans leurs jonques, et on avait dû se contenter d'arrêter un gamin de treize ans qui avait craché en direction des camions grillagés hérissés d'armes. La police serait obligée de le relâcher pour éviter de nouvelles émeutes...

Comme l'avait proclamé Fei-ming, rédacteur en chef du *Drapeau rouge*, le quotidien communiste de Hong-kong: « Les Anglais attraperaient une dépression nerveuse avant les forces démocratiques. »

Les Anglais, plus durs que les Portugais, tenaient bon, rendaient coup pour coup. Mais la lutte était inégale: trente mille contre trois millions et demi. Peu à peu, les communistes faisaient monter la pression par les bombes, les enlèvements, les émeutes, les appels au meurtre du *Drapeau rouge*, l'intouchable quotidien communiste.

« Ce qui se passe actuellement n'est que le prélude, prévoyaient les experts. Un jour, les communistes créeront un incident plus sérieux qui mettra définitivement les Anglais en position d'infériorité, les forcera à accepter les « onze points » humiliants de l'ultimatum communiste.

» Alors Hong-kong retrouvera son calme, toujours

anglais en apparence, mais l'administration britannique ne sera plus qu'une coquille vide... »

En attendant, l'agitation se calmait dans le hall du Hilton. Le seul effet durable de la « bombe » avait été d'augmenter considérablement la consommation de whisky au bar. Ceux qui avaient assisté à l'incident enjolivaient à qui mieux mieux... Une bombe au Hilton, vraiment ces communistes ne respectaient plus rien. Les propriétaires des boutiques de la galerie marchande affichaient des mines consternées. Même les pires révolutions chinoises ont toujours respecté le commerce.

Malko prit sa clé et monta dans sa chambre. Sa « couverture » lui avait permis de louer une somptueuse suite au vingt-deuxième étage de l'hôtel. La vue était féerique. Le Hilton, comme le Mandarin, l'hôtel le plus luxueux de Hong-kong, dominait tout Victoria Harbour, le chenal séparant l'île de Hong-kong de la péninsule de Kowloun, perpétuellement sillonné par une multitude d'embarcations diverses.

Le hurlement d'une sirène le fit se précipiter à la fenêtre. Une voiture de police grillagée dévalait Connaugh Road en direction de l'ouest. Encore une bombe. Lui qui avait imaginé son séjour comme des vacances au soleil!

Un fin crachin, reliquat du typhon Emma, fouettait les vitres du Hilton. A travers la bruine, on apercevait à peine la silhouette massive auréolée de barbelés de la Bank of China, juste de l'autre côté de Queen's Road, et les innombrables buildings gris de Kowlaon formaient une masse confuse et presque irréelle, par-delà Victoria Harbour.

En dépit du mauvais temps, le trafic maritime était toujours aussi intense. Les sampans, les cargos, les *wallas-wallas,* taxis nautiques, les jonques pansues avec leurs voiles en lambeaux ou de poussifs diesels s'entrecroisaient dans Victoria Harbor, en un ballet féerique pour le spectateur. Seuls les communistes utilisaient encore les voiles traditionnelles: le mazout était introuvable en Chine rouge, à quinze milles à vol d'oiseau.

Malko fronça les sourcils: il était obligé de sortir pour prendre contact avec le patron de l'antenne CIA locale, Dick Ryan. Le rendez-vous avait été fixé par le télex codé reliant Washington au consulat. Ryan devait se trouver sur le *Star-Ferry* reliant Hongkong à Kowloon. L'Américain ferait la navette entre l'île et la péninsule entre quatre et six heures. Pas besoin de signe de reconnaissance. Les yeux d'or de Malko suffisaient largement.

Au moment où Malko enfilait un trench-coat, on frappa un coup discret à la porte. Il alla ouvrir: un jeune Chinois s'inclina profondément et lui tendit un petit paquet: les cartes de visite qu'il avait commandées la veille, en arrivant. Malko donna un dollar Hong-kong de pourboire, ce qui ne représentait guère que quinze cents américains et ouvrit le paquet.

Les cartes étaient à double face, un côté en anglais, l'autre en chinois. Indispensable à Hong-kong. L'artisan avait consciencieusement calligraphié le titre de Malko.

« Son Altesse Sérénissime le Prince Malko Linge. »

Il n'y avait même pas de fautes d'orthographe. Le cœur un peu réchauffé, Malko sortit de sa chambre. Il avait hâte de commencer à travailler sérieusement. La liftière, moulée dans un cheong-sam doré lui donna un petit coup au cœur. Elle ressemblait à Thepin, la jeune Thaïlandaise qu'il avait connue à Bangkok en essayant de retrouver Jim Stanford[1].

L'ascenseur stoppa avec une petite secousse. La

[1] Voir *L'Or de la Rivière Kwaï.*

Chinoise coula à Malko un regard câlin avant d'ouvrir les portes. D'habitude, les Blancs, dès qu'ils étaient seuls avec elle, se conduisaient à peu près comme les singes du zoo...

*
**

Dick Ryan était presque chauve, costaud, avec une amorce de double menton, une bouche petite, des yeux marron perpétuellement en mouvement et un air énergique Assis sur une des banquettes de bois, à l'avant du ferry, il regardait d'un air absent le barrage antityphon de Yaumati abritant une masse compacte de jonques et de sampans.

— Foutu temps, remarqua-t-il.

Malko regarda ses mains: elles étaient extrêmement soignées. Rare chez les barbouzes. Le gros ferry ralentit. Ils approchaient de Kowloon. Il y avait peu de Blancs à bord, mais personne ne semblait prêter attention à eux. Ils auraient pu être d'innocents touristes. Ils se mêlèrent au flot des Chinois qui débarquaient et reprirent la queue pour monter dans l'autre ferry qui repartait sur Hong-kong.

Dick Ryan parlait presque sans bouger les lèvres. Il avait facilement trouvé Malko. Les deux hommes ne s'étaient même pas serré la main.

Maintenant, accoudés au bastingage, ils bavardaient rapidement.

L'Américain se rapprocha soudain de Malko et celui-ci sentit qu'il lui glissait quelque chose dans la poche de son imperméable.

— La photo du gars. S'appelle Cheng Chang, fit Ryan. C'est assez bon pour le reconnaître. L'adresse est au dos. J'ai appelé ce matin à son bureau. Il rentre ce soir de Formose par le vol des China Airlines. Vous pourrez le piéger à Kai-tak ou chez lui. Il a dû aller vouloir vendre sa salade aux Chinetoques du grand-père Tchang Kaï-chek.

Le gros ferry vert s'était ébranlé avec une petite secousse. Sans arrêt, des dizaines de ferries identiques relient Hong-kong à Kowloon, jour et nuit.

— Vous pensez qu'il est sérieux? demanda prudemment Malko.

Ryan tordit sa petite bouche en un ricanement silencieux.

— Des gars comme lui, on en voit vingt par mois. Quand je suis arrivé ici, je m'amusais à interroger tous les réfugiés arrivant de Chine communiste. Ils racontaient n'importe quoi pour quelques dollars.

» D'ailleurs ici, tout le monde raconte n'importe quoi: entre les barbouzes cocos, les types de Taipeh, les Japonais... Depuis un mois, la seule information absolument sûre que j'ai pu communiquer à la boîte, c'est que la saison des pluies était en retard. Alors, je vous souhaite bien du plaisir...

— Et les Anglais?

— *Focked bastards...* [1] sont déjà cocos. Pire que les Chinetoques. Des carpettes.

Le spectre de la reine Victoria se glissa entre les deux hommes. Malko savait que, pour certains membres de la CIA, et non des moindres, l'Intelligence Service était totalement noyautée par les communistes. Les très mauvaises langues insinuaient même que la reine Elisabeth émargeait sur les feuilles de paie du KGB... Le travail de la CIA à Hong-kong n'était pas aisé. Le consulat américain, un bâtiment en L, dressait ses quinze étages le long de Garden Road, à deux pas du Hilton, sur les premières hauteurs. Le toit était hérissé d'antennes comme un HLM de banlieue. C'était le plus grand centre d'écoute du Sud-Est asiatique. Vingt-quatre heures sur vingt-quatre, des sinologues écoutaient tout ce que déversaient les radios communistes, dans les trois dialec-

[1] Enc... de merde.

tes principaux: mandarin, cantonais et yunnan. Le tout était digéré par trois computers qui occupaient les cinquième et sixième étages. Chaque matin, la CIA envoyait une synthèse confidentielle à Washington, étendant même sa bonté jusqu'à en faire profiter le patron des Services de renseignements britanniques qui jetait un œil distrait sur ces informations obtenues à prix d'or avant de les jeter au panier.

Abrutis de propagande communiste, les sinologues allaient sagement de la cantine à leur studio d'écoute, sans faire de mal à personne.

Aussi les Anglais les toléraient-ils, tout en faisant une chasse impitoyable à tout ce qui pouvait ressembler à un agent « noir ».

— Ne me téléphonez qu'en cas d'urgence, avertit Dick Ryan. J'ai un bureau plus discret que le consulat. Electronics of. California. Dans San-po-Kong derrière Kai-tak. C'est dans l'annuaire. Nous contrôlons la boîte. Moi, je ne vous connais pas. S'ils vous virent, ça m'évitera une séance de pleurniche de ce fumier de Whitcomb.

Le ferry arrivait en face du Mandarin. Dans quelques minutes, ils seraient à Hong-kong.

— Qui est Whitcomb? demanda Malko.

L'énumération de Ryan était irrépétable. Il conclut:

— C'est aussi le patron de la Sécurité des British.. J'espère que vous n'aurez pas à le rencontrer.

— Et le *Coral-Sea*? demanda timidement Malko.

— Aucun risque, fit péremptoirement Dick Ryan. Ils ne vont pas l'attaquer avec des lance-pierres. Tout ce qu'ils peuvent tenter, c'est de poignarder quelques gars, à terre. On y veillera Allez, salut, maintenant.

Il se leva le premier. Quand il fut à un mètre de Malko, il cria à haute voix, ironiquement:

— Si votre gars vous donne l'adresse d'un bon

bordel à Taipeh, appelez-moi, j'y vais la semaine prochaine...

Sa silhouette massive se perdit dans la foule. Malko descendit sans se presser et prit la direction du Hilton à pied.

Dès qu'il fut seul, il regarda la photo. Une bonne bouille de Chinois.

Il lui suffisait de remonter Wardley Street jusqu'à Des Vœux Road. Ainsi il s'arrêterait chez son tailleur. Il avait bien l'impression que Max, l'ordinateur, n'était pas tout à fait au point. Dick était un type solide connaissant son métier.

Dans deux heures il irait chercher l'honorable Cheng Chang à Kai-tak. La photo de Dick était très bonne. Son séjour à Hong-kong risquait de ne pas se prolonger beaucoup...

*
**

L'essayeur du tailleur Ma-yo-wung ne parlait pas plus de dix mots d'anglais et voulait à tout prix couper à Malko des costumes à l'italienne. Pour lui c'était le comble de l'élégance. Depuis une demi-heure, c'était un dialogue de sourd. Impavide, le Chinois répétait:

— *Very good, sir, very good,* en montrant une veste cintrée comme une guêpière.

Malko allait abandonner, quand il croisa le regard malicieux d'une petite fille, une Chinoise aux longs cheveux retenus par un bandeau, vêtue d'un chemisier blanc et d'une jupe plissée bleu marine, un gros paquet de cahiers sur les bras. Elle échangeait des remarques à voix basse avec une fillette de son âge, ponctuées de fous rires étouffés.

Visiblement, les démêlés de Malko les amusaient beaucoup.

— Pouvez-vous me venir en aide, mademoiselle,

si vous parlez anglais? demanda Malko avec son sourire le plus charmeur.

La Chinoise se tut, d'abord confuse. Mais elle parlait anglais assez bien. Très vite l'essayage prit une autre tournure. Avec de petites phrases courtes, incompréhensibles pour Malko, la jeune Chinoise fit abandonner la coupe italienne au tailleur.

Lorsque tout fut enfin terminé, Malko remercia chaleureusement. Son interprète clignait des yeux, très intimidée.

— Comment vous appelez-vous? demanda-t-il.

— Po-yick.

Elle épela. Elle ponctuait chacune de ses phrases de fous rires nerveux, ne cessant de dévisager Malko du coin de l'œil, fascinée par ses cheveux blonds et ses yeux dorés.

— Eh bien! Po-yick, proposa Malko, je vous offre un ice-cream à la cafétéria du Hilton, pour vous remercier de m'avoir si bien aidé.

La jeune fille refusa avec horreur, comme si Malko lui avait proposé une orgie sexuelle à dix-sept. Quand il l'eut poussée dans ses derniers retranchements, elle avoua enfin qu'elle serait très heureuse qu'il jetât un coup d'œil sur sa version anglaise... Et puisqu'elle refusait la cafétéria, ils transigèrent pour le hall du Hilton, lieu moins exposé aux perversions. Comme par miracle, l'amie avait disparu. Po-yick entra dans le grand hôtel, les yeux baissés, l'air affreusement gêné. Malko en riait tout seul. Il remarqua une petite étoile rouge épinglée sur le chemisier blanc.

— Vous êtes communiste? demanda-t-il, amusé.

— Bien sûr!

Ils s'étaient installés sur une banquette de la Jade Room loin des regards indiscrets. Dès que Malko eut prononcé le mot communiste, ce fut un déluge de questions posées d'une voix aiguë:

— Est-ce que dans votre pays on aime le président Mao?

— Est-ce que vous avez lu ses œuvres?

— Est-ce qu'on trouve ses photos?

Malko dut avouer à sa grande honte qu'il n'avait pas lu le petit livre rouge.

— Mais vous n'êtes pas un capitaliste? interrogea Po-yick avec une pointe d'horreur dans la voix.

Il jura qu'il n'était qu'un pauvre salarié exploité par un patron inhumain. Ce qui était presque vrai et rassura la jeune Chinoise.

— Votre pays, c'est un pays ami? demanda-t-elle, soupçonneuse.

Sur la réponse affirmative de Malko — l'Autriche n'ayant jamais manifesté d'intentions particulièrement agressives à l'égard de la Chine — elle sortit un stylo de son sac et dessina rapidement plusieurs caractères sur une feuille blanche.

— C'est un poème de bienvenue, expliqua-t-elle. Pour les amis étrangers.

Malko remercia, touché, et ils se lancèrent dans la version anglaise. Les longs cheveux noirs de Po-yick frôlaient le visage de Malko tandis qu'il se penchait sur le texte insipide, lui chatouillant agréablement l'épiderme. Po-yick était grande pour une Chinoise, avec de longues jambes et une poitrine infinitésimale.

Une vraie petite Lolita.

Le devoir terminé, elle se leva un peu brusquement, comme gênée.

— Il faut que je m'en aille.

— Je m'en vais aussi, dit Malko. Partons ensemble.

Il avait juste le temps d'aller cueillir Cheng Chang à Kai-tak.

En rangeant ses cahiers, Po-yick demanda timidement:

— Pourquoi êtes-vous venu à Hong-kong?

Quand il expliqua qu'il venait repérer les lieux de tournage d'un film, les yeux de la Chinoise brillèrent d'excitation:

— Vous m'emmènerez quand vous tournerez vraiment?

— Bien sûr, promit Malko,

Ce ne serait pas pour demain...

Oubliant son envie de partir, elle l'assaillit de questions sur Hollywood, sur les acteurs. Elle connaissait le box-office aussi bien que les pensées de Mao. Avec une prédilection pour Steve MacQueen.

— J'ai caché une photo de lui dans mes cahiers, expliqua-t-elle, ma mère serait furieuse si elle savait que j'admire un acteur impérialiste. Nous sommes de bons communistes dans la famille. J'admire beaucoup le président Mao, ajouta-t-elle vivement avec une moue grave.

Malko sourit: à cause de lui cette bonne communiste hantait le Hilton, lieu de perdition de la société capitaliste! Il regarda sa montre discrètement, et dit:

— Je n'ai pas le temps de bavarder maintenant, je vais à Kai-tak chercher un ami.

Po-yick trottinait près de lui.

— Vous voulez bien me déposer près de chez moi, à Kowloon? demanda-t-elle. Je suis très en retard.

Gentiment, il lui prit le bras dans l'escalator juste au moment où montait un Américain en civil, le crâne rasé. Il eut un haut-le-corps horrifié devant le spectacle de cette nymphette pendue au bras d'un homme de vingt-cinq ans son aîné. Et avec des socquettes blanches! Dans certains Etats américains on aurait envoyé Malko à la chambre à gaz pour une pareille atteinte aux bonnes mœurs...

Malko avait garé la Volkswagen louée le matin à l'hôtel, près des six pousse-pousse verts rangés devant l'hôtel. Ils allaient rarement plus loin que le coin de Queen's Road et de Garden Road, servant surtout aux photographies des touristes. Accroupis par terre, les coolies-pousses suivirent Malko et Po-yick d'un œil cynique.

Po-yick se glissa près de Malko et posa ses cahiers par terre puis croisa sagement ses mains sur ses genoux. Malko atteignit l'embarcadère du *Star-Ferry* en trois minutes. Des gamins pieds nus vendaient le *Hong-kong Standard*. Malko embarqua la voiture sur le pont inférieur et ouvrit la portière. Le vent frais de la mer lui fouettait agréablement le visage. Po-yick le rejoignit. Déjà le ferry s'ébranlait. La traversée ne durait pas plus de dix minutes. Il frôla une jonque godillée frénétiquement par une Chinoise au visage sans âge en large pantalon traditionnel. Une lampe à pétrole se balançait à l'arrière en guise de feu de position.

Soudain, Malko aperçut un paquet posé par terre près de la voiture. De la taille d'une boîte à chaussures. Un picotement désagréable lui parcourut le bout des doigts. Il désigna l'objet à Po-yick:

— Regardez! Si c'était une bombe?

La Chinoise éclata d'un rire frais, avant de donner un coup de pied dans la boîte:

— Non, il n'y a jamais de bombes sur les ferries!

Malko haussa les sourcils.

— Pourquoi?

— Parce qu'ils appartiennent tous à des amis du peuple.

En bon anglais, à des communistes. Etrange Hongkong. Po-yick, en dépit de son jeune âge, semblait parfaitement au courant des détours de la politique. Malko abandonna le problème et se perdit dans la contemplation des centaines d'embarcations sillonnant le chenal. Soudain, il sentit le regard de sa compagne posé sur lui et demanda:

— Pourquoi me regardez-vous ainsi?

Po-yick ouvrit la bouche puis fit, extasiée:

— Je... je regardais vos yeux et vos cheveux. Je ne savais pas que cela pouvait exister. Est-ce que vous êtes communiste?

Ce fut au tour de Malko de rester bouche bée.

— Non, pourquoi?

Elle secoua la tête:

— Parce que si vous n'êtes pas communiste, vous êtes impérialiste. Et si vous êtes impérialiste, vous êtes mauvais.

C'était un raisonnement d'une logique implacable. Malko, amusé, remarqua:

— Je suis un impérialiste, comme tu dis, mais je ne suis pas mauvais...

La Chinoise n'eut pas le temps de répondre. Une explosion sourde fit lever toutes les têtes. Cela venait de l'est de Victoria Harbour.

Les passagers du ferry s'étaient tous précipités à tribord, caquetant en chinois avec des voix assourdissantes. Mais on n'apercevait rien. Il y avait trop de cargos ancrés entre la route suivie par le ferry et le lieu où s'était produit l'explosion.

— Qu'est-ce que c'est? demanda Malko.

— Une grosse bombe, fit Po-yick, extasiée.

Le son de plusieurs sirènes de pompiers monta dans le lointain.

Avec des petits coups de sirène hargneux, une vedette grise de la police frôla le ferry, fonçant vers le lieu de l'accident, dans un sillage d'écume blanche.

La corne aiguë d'une ambulance éclata tout près, en face de l'Hôtel Peninsula, dans Kowloon. Le ferry n'était plus qu'à une centaine de mètres du quai. Malko rentra dans la voiture. Po-yick s'était rembrunie et ne disait plus rien. Malko se dégagea de l'embouteillage de la place Yaumati et enfila Jordan Road, impatient d'arriver à Kai-tak.

*
**

La mer était entièrement recouverte d'une sorte de boue, un mélange de chair humaine, de kérosène, de bagages éventrés, de papiers, de débris de fauteuils et de quelques gilets de sauvetage, sur une zone de trois cents mètres de circonférence, juste en face du Devil's Peak surmontant la pointe de Sam Ka-tsuen.

Une petite vedette de la police repêcha le corps d'une Chinoise presque entièrement dévêtue, et, cent mètres plus loin, celui d'un enfant japonais, à qui il manquait un bras. Toujours à l'aide de longues gaffes, ils hissèrent à bord un morceau d'antenne, un bout de carlingue éclatée, trouée comme si elle avait été soumise au tir d'une arme automatique.

A cent mètres de là, flottaient deux portefeuilles. Discrètement, les occupants d'un petit sampan les cueillirent pour les enfouir sous un tas de casiers à homard.

Il n'y a pas de petits bénéfices.

La baie de Kowloon grouillait d'embarcations de toutes sortes. Les vedettes de la police tentaient de repousser toutes les jonques accourues à la curée, beaucoup plus que pour aider les survivants éventuels. Le *jet* s'était brisé en deux. La partie arrière gisait intacte sur un fond de boue de quinze mètres environ Des hommes-grenouilles plongeaient inlassablement pour tenter de remonter les corps pris dans l'épave.

L'avant, avec les ailes, s'était disloqué au contact brutal de l'eau, le nez ayant heurté la surface liquide presque sous un angle de quatre-vingt-dix degrés. C'est là que flottaient la plupart des cadavres, horriblement mutilés. Presque tous les corps retrouvés avaient été sectionnés à la hauteur des hanches à cause des ceintures de sécurité. Certains portaient des brûlures superficielles dues à l'explosion des réservoirs de kérosène contenus dans les ailes. Et parmi tous ces cadavres, il y avait des vivants!

Tout de suite après la catastrophe, un sampanier avait répêché un homme et une femme, incapables de parler, abrutis par le choc, atteints de plusieurs fractures, mais vivants.

Un Japonais avait pu regagner le bord à la nage! Fou de peur, il s'était enfui à travers les pistes de Kai-tak et il avait fallu le mettre de force dans une ambulance.

Provisoirement, le trafic aérien était stoppé. Des voitures de pompiers et des ambulances stationnaient sur la piste en ciment s'avançant vers la mer. Quatre hélicoptères tournaient en rond autour de la grosse tache de kérosène, cherchant à repérer des corps. Une demi-heure après l'accident, il n'y avait plus aucun espoir de retrouver d'autres survivants. Ceux qui étaient restés emprisonnés dans la carlingue submergée étaient noyés.

Malko frissonna devant le spectacle hallucinant. Il était venu à pied jusqu'à l'extrême bord de la piste en ciment pour voir par lui-même l'étendue de la catastrophe. Maintenant, dans le crépuscule, on ne voyait plus que la lampe rouge d'un gilet de sauvetage vide, flottant au milieu de la zone sinistrée... Il s'était gonflé automatiquement, par le souffle de l'explosion. Personne n'avait eu le temps de l'enfiler.

Il n'y avait plus rien à voir. Lentement Malko reprit le chemin des bâtiments de l'aéroport, fendant la foule des curieux qui avaient envahi le terrain. La plupart, pauvrement vêtus, étaient accourus du quartier voisin de Kowloon City, la cité interdite, refuge de tous les repris de justice de la colonie, en quête de rapine. Plusieurs jetèrent un coup d'œil haineux aux vêtements bien coupés de Malko. A

Kowloon City, on tuait un homme pour une cigarette.

Malko fut soulagé de retrouver les lumières des bâtiments de Kai-tak. Un grand calme l'avait envahi depuis l'explosion entendue sur le ferry, il avait le pressentiment qu'il s'agissait de l'avion des China Airlines.

Sans savoir pourquoi.

Maintenant, il s'agissait de savoir si Cheng Chang avait survécu à la catastrophe ou non. Il poussa la porte vitrée qui donnait dans le hall de l'aéroport.

Une indescriptible pagaille y régnait.

Il n'y a rien de plus perçant que la voix d'un Chinois. Ici, c'étaient deux ou trois cents Chinois qui hurlaient, appelaient, tentaient de prendre d'assaut le bureau vitré au fond du hall, où le chef d'agence de la China Airlines, pâle, sa chemise blanche tachée, faisait le point des recherches. Il tenait une liste à la main, mais chaque fois qu'il essayait de lire un nom, le brouhaha l'en empêchait. Un Chinois aux vêtements en lambeaux, l'air hébété, était étendu sur une civière improvisée, les yeux fermés, au fond du bureau. Malko joua des coudes pour se rapprocher; ce n'était pas Cheng Chang.

Les douaniers et les policiers tentaient de reprendre la situation en main, refoulant les centaines de personnes qui avaient envahi les bâtiments de l'aéroport. Mais il était presque impossible de trier les simples badauds de ceux qui étaient venus chercher un parent ou un ami.

Sans arrêt, les haut-parleurs déversaient des ordres en chinois.

La matraque haute, les policiers, en short, vidaient peu à peu le grand hall.

Patiemment, Malko tentait d'approcher l'homme qui tenait la liste. Il avait les yeux hagards et se tenait prudemment hors de portée des dizaines de mains qui se tendaient vers lui. Deux policiers chinois, impassibles, la matraque au bout du poing, l'encadraient.

Enfin, son regard se posa une fraction de seconde sur Malko, qui en profita:

— Combien de survivants?

L'autre jeta:

— Sept, pour l'instant.

Ce qu'il tenait à la main n'était finalement que la liste des passagers. Fugitivement, Malko aperçut certains noms cochés de rouge. Les morts, vraisemblablement. Il fit un nouvel effort pour attirer l'attention de l'employé.

— J'attendais un ami, M. Cheng Chang. Est-il parmi les survivants?

C'est une question qu'on avait dû lui poser deux cents fois déjà. Une grosse Chinoise, derrière Malko, ne quittait pas l'employé des yeux, comme s'il allait faire un miracle.

— Nous ne savons rien, monsieur, dit-il. Il y a des blessés dans les hôpitaux, mais ils ont perdu leurs papiers et nous ne pouvons pas les interroger. Si vous n'êtes pas un parent direct, il faut attendre demain matin.

Il s'essuya le front, hors d'haleine.

— Est-il parmi les morts ou non? insista Malko.

L'autre daigna jeter un coup d'œil à sa liste et laissa tomber.

— Pas jusqu'à maintenant.

La foule, derrière, poussait Malko en avant, en un mouvement silencieux et désespéré. Il comprit qu'il ne saurait rien de plus précis pour l'instant.

— Comment est-ce arrivé? demanda-t-il encore.

Le visage du chef d'agence de la China Airlines se ferma instantanément: les compagnies ont horreur que leurs avions tombent.

— Nous ne savons rien encore, affirma-t-il. Il

semble que l'appareil ait été en difficulté avant l'atterrissage. L'enquête est déjà commencée. Vous serez tenu au courant.

Malko se dégagea de la foule. La grosse Chinoise prit instantanément sa place, sans dire un mot. Les avions avaient recommencé à se poser et une longue file d'hindous faisait la queue devant les guichets de l'immigration tenus par de jeunes Chinoises impeccables et maussades. Dehors, des dizaines de projecteurs fouillaient les eaux sombres de la rade, à la recherche de problématiques survivants. Toute l'aire de l'accident avait été passée au peigne fin. Du Boeing 727, il ne restait que des débris informes de carlingue et un bout de dérive frappée de l'étoile bleue des Chinois nationalistes, le tout gardé par un soldat en armes, dans un hangar désaffecté.

Quant à Cheng Chang, il était soit à la morgue, soit entre deux eaux. Aucune des deux hypothèses n'arrangeaient Malko. Les complications commençaient. Adieu les vacances paisibles au soleil. L'espace d'une seconde, il rêva qu'il était au coin du feu, dans son château. Un jeune Chinois le bouscula et le phantasme s'évanouit. Une petite pensée tenace et encore informe taraudait son cerveau, comme un insecte malfaisant: il y avait peu de coïncidences dans son métier. Et cela ne lui disait rien qui vaille que ce soit *justement* l'avion de Cheng Chang qui se soit écrasé. C'était pour le moins un hasard regrettable. Pour connaître les renseignements détenus par le Chinois, il n'y avait plus qu'à faire tourner les tables. Méthode peu prisée chez les barbouzes, même de luxe.

Tout cela parce que Dick Ryan n'avait pas voulu écorner ses fonds secrets...

CHAPITRE IV

On l'appelait « Holy » Tong. Tong le Saint. Un saint laïque et forniqueur, bien entendu, mais aucun saint bon teint n'irait se perdre sur le rocher de Hong-kong.

Son surnom n'était pourtant pas totalement usurpé. Dans une partie du monde où on confond facilement sang-froid et cruauté, Holy Tong était désespérément bon. Il était incapable de faire volontairement du mal à qui que ce soit. Pas même à un hindou ou à un Malais. Acupuncteur, il soignait tous ceux qui venaient le voir et ne demandait jamais un dollar aux coolies ou aux sampaniers misérables.

Aussi était-il l'une des rares personnes de Hongkong à pouvoir se promener la nuit dans l'entrelac des jonques d'Aberdeen, la ville flottante, sans risquer un couteau dans le dos.

Ses seules apparentes mauvaises actions consistaient à échanger le corps de très jeunes vierges réfugiées de Chine rouge contre des extraits de naissance de la colonie, faux évidemment. Comme les filles n'étaient pas tout à fait vierges, ce n'était un marché de dupes, qu'en apparence.

A première vue d'ailleurs, il avait, à peu de chose près, toutes les qualités. Et deux défauts: une boulimie érotique sans limite et une incontinence verbale qui l'avait mis souvent dans des situations délicates. Petit-fils de médecin, à la cour de l'impératrice Tseu-hi, Holy était un raté: il n'avait jamais pu dépasser le stade de l'acupuncture. Et encore, ses ennemis l'accusaient-ils de piquer un peu au hasard.

Pendant la guerre, il avait acupuncté à bras raccourcis tous les amiraux japonais qui passaient à sa portée. Ils raffolaient de ses petites aiguilles d'or, d'autant plus qu'après chaque séance, Holy leur remettait une petite fiole d'un aphrodisiaque de sa composition, capable, à ses dires, de réveiller un mort. Comme la plupart des bénéficiaires de ce philtre étaient allés par le fond bien avant d'avoir pu l'essayer, Holy Tong s'était forgé une réputation de docteur-miracle à peu de frais. Un bonheur ne venant jamais seul, l'Intelligence Service avait eu vent de l'intéressante clientèle du Chinois. Holy adorait bavarder. Il s'était fait une joie de raconter tout ce que ses dangereux patients lui confiaient sur leur lit de douleur. D'autant qu'à chacune de leurs rencontres, ses nouveaux amis avaient l'élégance de laisser à sa disposition quelques jeunes Chinoises largement affranchies des tabous moraux de l'ancienne Chine.

Tout s'était merveilleusement bien passé, jusqu'au jour où la Kempetaï — la gestapo japonaise — était venue poliment lui retirer un amiral des mains, au moment où il expliquait à Holy le plan de sa prochaine bataille. Le Chinois avait offert comme alternative de donner le nom de son contact, ou de passer la nuit avec un tigre du Bengale qui avait déjà le ventre plein de traîtres.

Or, Holy était affreusement douillet. On ne se refait pas.

Du côté anglais, les bavardages d'Holy s'étaient soldés par quelques tortures assez déplaisantes et deux Victoria Cross, à titre posthume.

La vie de Holy Tong ne valait plus une pousse de bambou lorsque l'ultime amiral japonais de passage à Hong-kong lui avait appris, entre deux piqûres, où se trouvaient les derniers sous-marins nippons, cauchemar des Anglais et des Américains... On avait donc passé l'éponge sur sa peccadille et gratifié même de quelques décorations et d'un passeport anglais.

Ses principaux clients étant morts, il avait dû se refaire une clientèle locale, ce qui n'avait pas été très difficile.

A cinquante-cinq ans, Holy Tong possédait une superbe villa dans Austin Road — une voie tranquille, tout en haut du funiculaire de Victoria Peak, jouissant d'une vue fabuleuse sur la baie —, des intérêts dans plusieurs salles de spectacles de Kowloon, un compte en banque en Suisse, un bar chic de Hong-kong — l'Ascot — la concession de la cantine du consulat américain et, bien entendu, son passeport anglais qui lui permettait de s'envoler vers des cieux plus cléments le jour où les communistes n'auraient plus envie de jouer au chat et à la souris...

Bref, en ce matin de novembre, Holy Tong était plutôt porté à l'optimisme. Assis dans la position du lotus, devant la grande baie vitrée de son bureau, il regardait les évolutions des oiseaux.

Tuan, son domestique, entra silencieusement et déposa un plateau avec son thé et le *South China Mail*, quotidien qui datait de l'époque où le drapeau britannique flottait de Changhaï à Singapour. La reine Elisabeth ne contrôlait plus qu'un bout de territoire grand comme la moitié de Londres, mais le titre n'avait pas changé. Merveilleux anglais.

Le snobisme de Holy consistait à ne lire que la presse anglaise. Il déplia son journal et jeta un coup d'œil sur les gros titres. On annonçait la catastrophe du Boeing des China Airlines en avançant l'hypothèse qu'il s'agissait d'un sabotage. Il replia vite le quotidien: il avait horreur des nouvelles tristes.

Avant d'avaler la première gorgée de son thé, il regarda attentivement si aucune particule ne flottait à la surface du liquide. C'eût été un très mauvais présage. Son grand-père lui avait toujours enseigné de tenir compte des avertissements du Ciel. Encore fallait-il qu'il y en ait.

Holy Tong but une gorgée de thé, eut un petit rot de politesse, bien qu'il soit seul, et reposa sa tasse. La pièce, où il se trouvait, était absolument silencieuse, fermée par une double porte capitonnée. Les murs, tendus de velours noir, disparaissaient sous les rayonnages emplis de livres précieux, enrichis de gravures frénétiquement érotiques.

Tout un panneau était occupé par un divan très bas, noir lui aussi, avec des coussins de soie, de toutes tailles. C'est là qu'Holy donnait ses consultations.

A côté, dans une niche de la bibliothèque, se trouvait le petit coffret de bois de rose contenant les aiguilles d'or. Le téléphone était le seul objet moderne de la pièce, ainsi qu'un interphone dissimulé derrière une gravure.

Holy venait à peine de faire glisser sur sa langue la dernière goutte de thé que l'interphone grésilla:

— Elle est là, annonça simplement Tuan.

Holy Tong se leva vivement et rajusta autour de lui les pans de son kimono safran. De taille moyenne, il était rondelet et potelé, avec une solide petite brioche.

Il tira de son bureau une glace et s'inspecta rapidement. Ses cheveux argentés étaient soigneusement peignés en arrière, dégageant un front haut et bombé. Les yeux étaient plein de vivacité, abrités derrière des lunettes sans monture. Seule la bouche était plutôt veule, surmontant un menton empâté. Pourtant

Holy se sentait encore assez séduisant. Peut-être à cause de la rage érotique qui l'habitait.

Ayant vérifié son apparence extérieure, il s'agenouilla devant un panneau de la bibliothèque qu'il rabattit. C'était son petit compartiment secret, là où il cachait ses philtres et sa provision de Gien-Seng.

Il en sortit une fiole remplie d'un liquide incolore et un petit pinceau qu'il y trempa après l'avoir débouchée. Puis, écartant son kimono sous lequel il était nu, il s'enduisit soigneusement, à petits coups rapides et précis, les lèvres serrées par la concentration. Cela causait un picotement assez agréable et une sensation de froid.

Toute l'opération ne dura pas trente secondes. Holy Tong se redressa et appuya sur le bouton de l'interphone.

Quelques instants plus tard, Tuan ouvrit la porte et s'effaça. Holy s'inclina devant sa visiteuse.

Elle pouvait avoir n'importe quel âge, entre trente et cinquante ans. Les cheveux noirs, parsemés de mèches blanches, tirés en arrière en un chignon austère, les pommettes saillantes, de grandes dents jaunes se chevauchant, émergeant des lèvres épaisses, un corps maigre et dur moulé dans un cheongsam pas très bien coupé, elle n'était vraiment pas belle. Seules ses mains, aux veines très saillantes et aux doigts effilés, avaient de la race. Elle était à peine maquillée et ne portait aucun bijou.

Le boy referma la porte et elle jeta son sac à la volée sur le canapé, puis marcha sur Holy Tong, toujours debout au milieu de la pièce. Le visage du Chinois avait pris une expression à la fois effrayée et avide. Il était fou amoureux de Mme Yao, mais elle lui inspirait également une sainte terreur.

— Imbécile, siffla-t-elle, quand elle fut tout près de lui.

A toute volée, elle le gifla. Les doigts minces laissèrent une traînée rouge sur la joue du Chinois. Il fit un pas en arrière et dit d'une voix geignarde:

— Mais, mais, pourquoi?

Des larmes dans les yeux, les bras ballants, il était resté debout au milieu de la pièce.

— Pourquoi? répéta ironiquement la Chinoise. Tu me demandes pourquoi! Je devrais te tuer.

Holy se laissa tomber sur le divan:

— Je ne comprends pas, gémit-il.

Elle vint se planter en face de lui:

— Ah! tu ne comprends pas! Eh bien, je vais te raconter une histoire: il y a trois jours, un imbécile dans ton genre s'est présenté à Taipeh chez un officier des Services de renseignements. Il avait à vendre une information très importante sur nous. Il en a lâché un petit morceau pour les appâter...

— Tu me suis? demanda-t-elle d'une voix dure.

Holy opina.

— Malheureusement pour cet imbécile, continua Mme Yao, cet officier avait compris depuis longtemps où était son intérêt. Il nous a averti immédiatement. Nous avons fait une enquête et découvert la vérité.

» Le traître a été châtié... »

Holy leva sur elle des yeux de chien battu.

— Quel traître? je ne comprends pas...

Les yeux noirs de Mme Yao flamboyèrent. Elle se pencha sur le Chinois.

— Si je te dis que le traître s'appelait Cheng Chang, tu comprendras mieux?

— Cheng Chang, répéta Holy d'une voix où se mêlaient la surprise et l'horreur. Mais...

— C'était ton ami, n'est-ce pas?

Il bredouilla:

— Oui, bien sûr... Mais...

Elle continua, impitoyable:

— Et tu ne lui as rien dit, toi. Tu ne lui as pas

répété ce que je t'avais confié pour que tu le gardes comme une tombe?

Soudain, Holy Tong parut se tasser sur lui-même: ses paupières, son menton, son corps trahissaient une sorte d'affaissement général. Les yeux baissés, il murmura, comme pour lui-même:

— Mais alors, il est...

— Bien entendu qu'il est mort. Et tu devrais l'être aussi. Combien as-tu touché?

Holy se tordit les mains. Ça recommençait. Intérieurement, il se maudissait. Il était décidément incorrigible.

— Rien, je te jure. Rien, affirma-t-il. Pas un dollar. J'ai seulement parlé à Cheng comme ça. Pour bavarder, ajouta-t-il à voix basse.

— Pour bavarder, ricana Mme Yao. Je devrais te donner des coups de canne jusqu'à ce que tu crèves.

— Où est Cheng maintenant? trouva le courage de demander le Chinois.

— Au fond de la baie de Kowloon avec l'avion, fit-elle froidement. Du moins, je l'espère. Ou à la morgue, en petits morceaux.

— Quoi!

Du coup, Holy en avait oublié sa peur et sa honte. Il balbutia:

— Mais tu es un monstre! Comment l'avion qui a explosé... Tous ces gens... Comment peux-tu?

Elle haussa les épaules, agacée.

— C'est un accident. La bombe devait exploser bien avant qu'il ne montât dans l'avion. A Taipeh. Lui seul aurait été tué. Je ne sais pas ce qui s'est passé, mais le responsable sera puni. Ce n'était pas la solution correcte. D'ailleurs, tout ça est de ta faute, ajouta-t-elle rageusement. Et tu peux t'estimer heureux que cela s'arrête là... Que ce traître de Cheng Chang n'ait pas eu le temps de parler...

A son immense honte, Holy éprouva quelque chose

qui ressemblait à un lâche soulagement. Pourtant, Cheng Chang était son ami depuis vingt ans et la femme qui se tenait devant lui avait froidement décidé sa mort.

Les yeux de Holy s'embuèrent de larmes. Mme Yao se tenait devant lui, les mains sur les hanches, pleine de mépris, le mufle en avant. Brusquement il eut une furieuse envie d'elle. Il passa sa langue sur ses lèvres sèches et promit humblement:

— Je ne le ferai plus.

Une seconde, ils restèrent à se dévisager sans parler. Holy Tong avala sa salive. Mme Yao était vraiment une femme fascinante. Personne ne savait qu'il était son amant. Et cela valait mieux. Car Mme Yao était le numéro un de l'organisation clandestine du parti. Autrement dit, la patronne des Services secrets de Hong-kong, en remplacement du journaliste Fei-ming, jugé trop inféodé au maréchal Lin-piao, rival du président Mao. Elle était la seule personne de la colonie à pouvoir faire obtenir un visa pour la Chine rouge en deux heures. Officiellement, elle dirigeait le Cinéma Astor d'une main de fer. Un an plus tôt, alors qu'elle se plaignait d'un lumbago persistant, une amie lui avait recommandé Holy et ses aiguilles d'or.

Pleine de méfiance, elle lui avait rendu visite dans sa villa, sans aucune arrière-pensée. Depuis plusieurs années, Mme Yao avait sacrifié sa vie sexuelle au petit livre rouge, ayant perdu son mari tué dans une bagarre politique.

Lorsqu'il lui avait demandé d'ôter sa robe pour la soigner, elle l'avait sèchement averti:

— Ne me traitez pas comme vos femelles. Je suis ici pour que vous me guérissiez, et c'est tout.

Une heure plus tard, c'est elle qui l'avait presque violé. A son intense satisfaction d'ailleurs. Mais les mains du Chinois dégageaient un magnétisme érotique incontestable. Et toutes les autocritiques consciencieuses de Mme Yao n'avaient jamais permis de découvrir une faille importante: elle était tout bêtement refoulée. Mme Yao étouffait à son insu dans la carapace vertueuse du parti. Son appétit sexuel bridé trop longtemps avait trouvé le partenaire idéal en Holy Tong, dont la boulimie érotique trouvait enfin à se rassasier. En même temps, elle faisait payer cette entorse aux règles du parti en l'humiliant à plaisir. Pourtant, elle lui avait souvent confié des secrets importants, persuadée que la terreur qu'elle lui inspirait aurait raison de son goût pour l'indiscrétion. De plus, elle brandissait toujours la menace d'une rupture, en sachant qu'elle aurait du mal à retrouver un exutoire aussi doué et discret.

— Bon, fit Mme Yao, je m'en vais maintenant. Que cela te serve de leçon.

Holy se sentit transformé en statue de sel. Après le choc qu'il venait de subir, s'il ne faisait pas l'amour avec elle, il allait tout doucement vers la folie.

— Tu ne veux pas que je te soigne? demanda-t-il timidement. Cela sera vite fait.

Son sac à la main, elle fit semblant d'hésiter, puis le reposa et s'assit sur le divan.

— Dépêche-toi, alors. Je n'ai pas beaucoup de temps.

Holy ouvrit sa boîte en bois de rose et en sortit deux aiguilles d'or.

— Il faudrait que tu ôtes ta robe.

Sa voix était rauque et son regard glissa sur elle sans s'arrêter.

Sans répondre, elle fit sauter les pressions et défit la fermeture éclair sur le côté. Lorsqu'elle apparut en dessous saumon, Holy crut qu'il allait mourir de désir. Mme Yao avait beau avoir la fesse flasque, une poitrine fripée et un corps trop maigre d'adolescente rachitique, il la préférait à toutes ses maîtresses plus jeunes. Peut-être parce qu'il savait qu'elle au moins ne se donnait pas à lui pour une fausse carte d'identité.

Lorsqu'elle fut étendue sur le ventre, bien calée par les petits coussins de soie noire, d'un petit coup sec, il planta une des aiguilles d'or aux creux des reins de la Chinoise. Elle eut un petit sursaut et ferma les yeux. Holy prit la seconde aiguille et l'enfonça très légèrement dans la nuque, puis il se redressa.

Le rite était en train de s'accomplir. Jamais encore Mme Yao n'avait fait l'amour avec lui sans sacrifier à l'acupuncture.

Très doucement, sans retirer les aiguilles, Holy commença à lui masser les reins et le dos. Elle restait rigoureusement immobile. Au bout de plusieurs minutes, le souffle court, il la déplaça légèrement pour s'allonger près d'elle. Son état aurait fait honte à un chimpanzé en rut. Mme Yao bougea légèrement.

— C'est fini?

La séance d'aiguilles ne durait jamais plus de cinq minutes. Pris de court, Holy balbutia:

— Oui, je pense.

Avec dextérité, il retira les aiguilles. Aussitôt la Chinoise sauta du divan et prit sa robe. En quelques secondes, elle s'était rhabillée, rajustait son chignon. Holy était resté tout bête, ses aiguilles à la main et le ventre en feu.

— Je m'en vais, annonça Mme Yao d'une voix sereine. Je me sens beaucoup mieux.

Elle fit deux pas vers la porte. Holy posa n'importe où ses précieuses aiguilles et courut vers elle. Les verres de ses lunettes en étaient embués.

— Tu ne vas pas...

— Si...

Mais elle ne se dégagea pas quand il la prit dans ses bras et la serra violemment contre lui.

— Tu es un porc, souffla-t-elle. Un chien. Tu ne sais pas refréner tes instincts. Regarde-toi. Lâche-moi tout de suite ou j'appelle Tuan.

Brusquement, Holy avait retrouvé sa paix intérieure. Mme Yao avait pris l'expression avide, qu'il connaissait bien, ses lèvres épaisses retroussées sur ses grandes dents jaunes. Elle avait envie de lui.

Il lui prit la main et la guida tout doucement sous la soie du kimono. Si ses clients avaient pu constater l'effet de son philtre, ils en auraient commandé par bonbonnes entières. Mme Yao avait les yeux presque révulsés maintenant. Sa main se crispa une seconde sur Holy, puis elle se recula légèrement.

— Je n'ai pas besoin de retirer ma robe, n'est-ce pas? murmura-t-elle.

Sans attendre la réponse de son amant, elle fit glisser son slip le long de ses jambes et le jeta sur le bureau. Holy Tong en tremblait d'excitation. Il la jeta plutôt qu'il ne la poussa sur le divan et la prit immédiatement. Elle s'accrochait à lui comme une poulpe, les narines dilatées, agitant spasmodiquement son corps maigre de grands coups de boutoir. Si fort qu'elle roula à terre, entraînant Holy avec elle. Ils continuèrent leur étreinte sur la natte, jusqu'au moment où Mme Yao exhala une espèce de sifflement de chaudière qu'on vide.

Instantanément, elle repoussa son partenaire et resta sur le dos, le souffle court, la bouche entrouverte, la robe remontée jusqu'au ventre.

Holy aurait pu continuer, mais il n'osait pas. Il la regarda se relever, se rajuster, se recoiffer. Par degrés, elle retrouvait son expression hautaine et inquiétante. Elle eut un regard méprisant pour Holy, à qui cette trop courte étreinte n'avait visiblement pas apporté la paix du corps, sinon celle de l'âme.

— Tu es indécent, fit-elle sèchement.

Il se drapa aussitôt dans son kimono. Mme Yao alluma une Craven et souffla voluptueusement la première bouffée. Avec ses orgies sexuelles, ses cigarettes anglaises étaient les seules entorses aux préceptes de Mao.

Déjà, elle était prête à partir. Son sourire se fit menaçant.

— A cause de toi, fit-elle, j'ai dû mentir aux camarades du parti. Jurer que je ne comprenais pas comment une telle fuite avait pu se produire.

» Si tu recommençais...

Elle laissa sa phrase en suspens et sortit sans l'embrasser. Holy pensa au Boeing englouti dans la baie de Kowloon et eut froid dans le dos. Il se sentit en même temps terriblement excité à la pensée qu'en de fugitifs moments, il connaissait une Mme Yao pantelante, reconnaissante et même humble, parfois... Il pensait déjà à sa prochaine visite.

Pour se changer les idées, il se rassit devant la baie vitrée. Le typhon *Emma* avait définitivement disparu vers les Philippines avec son cortège de nuages et de pluie. Holy en ressentit une vague contrariété. Il connaissait une petite sampanière de vingt ans à Yaumati qui ne l'accueillait que les jours de tempête parce qu'elle avait peur toute seule. Maintenant, il serait obligé d'attendre le prochain typhon.

Holy Tong suivait des yeux les ferries verts et rouges. Plus loin, la ligne bleue des montagnes de la Chine continentale se détachaient sur l'horizon. Un autre monde. Par moments, Holy se sentait très seul. Depuis six mois, tous les riches Chinois qui habitaient les villas voisines de la sienne étaient discrètement partis à Bangkok, à Singapour ou plus loin. Pour sauver la face, ils laissaient de nombreux domestiques, mais ne reviendraient jamais. Insensiblement, Hong-kong se transformait, rosissait.

En dépit de la vue magnifique, Holy ne parvenait pas à trouver le calme. Il ne pouvait s'empêcher de penser à Cheng Chang. C'était un vieux camarade. Pas très intelligent, pas très brillant, mais dévoué. Des larmes perlaient dans les bons yeux d'Holy. Comme beaucoup de Chinois traditionalistes, il croyait fermement que l'âme d'un mort ne pouvait trouver la paix que si elle était enterrée dans la terre de ses ancêtres.

C'était le dernier service qu'il pouvait rendre à ce pauvre Cheng Chang, né, comme lui, dans les faubourgs de Tchung-king. Il décrocha son téléphone et appella une jeune Chinoise qu'il avait jusqu'ici utilisé à des fins moins sordides: Mina, putain de son état et taxi-girl officiellement. Il ne se sentait pas le courage d'aller à la morgue lui-même...

CHAPITRE V

Une Chinoise grassouillette et sans âge était assise derrière un bureau vétuste, au centre de la pièce aux murs ripolinés. Impossible de savoir si l'odeur de formol venait d'elle ou des murs. Elle leva un regard indifférent sur Malko, impeccable dans son complet d'alpaga noir et demanda en excellent anglais:

— Vous recherchez un disparu, sir? Quel est son nom?

Malko soupira mentalement. Il était devenu depuis deux jours le meilleur client de la morgue de Kowloon, un petit bâtiment bas et sale dans Po-chang Street, au cœur du quartier populaire de Tokwawan. Trois fois par jour il devait recommencer le même cycle de questions et d'employés polis, finissant toujours dans ce bureau qui n'était jamais occupé par la même personne. Mais, la réponse était toujours la même: non, on n'avait pas identifié le corps de M. Cheng Chang, et il n'était pas certain qu'on y parvienne étant donné l'état du corps. Certains cercueils avaient été remplis avec un peu de chair et d'os et beaucoup de sable... Néanmoins, il ne fallait pas désespérer.

La politesse chinoise était sans faille.

Tout le monde à Hong-kong semblait avoir oublié

l'accident du Boeing. Sauf la China Airlines qui avait promis une prime de cent mille dollars Hong-kong à qui fournirait des éléments permettant d'identifier le ou les saboteurs.

Personne ne s'était encore présenté.

Cette fois Malko était particulièrement énervé. Un nouveau typhon s'annonçait, le temps avait brusquement changé, avec un vent trop chaud pour la saison; de lourdes nuées planaient sur les contreforts des Nouveaux-Territoires et il faisait une température à ne pas mettre une salamandre dehors. Il dut faire appel à tout son atavisme de bonne éducation pour répondre calmement:

— M. Cheng Chang de Kowloon.

Il lui sembla que la Chinoise cillait imperceptiblement. A moins que cela ne soit une fantaisie du ventilateur posé sur le bureau. Mais, au lieu de lui conseiller de repasser le lendemain, l'employée sourit et sa main fuselée lui désigna l'unique chaise de bois:

— Voulez-vous vous asseoir, sir? Je vais me renseigner.

Elle avait pourtant une liste devant elle. Sans un regard pour Malko, elle sortit du bureau, refermant silencieusement la porte derrière elle. Malko n'eut pas le temps de se poser de question que déjà la Chinoise était de retour.

— Ce gentleman réclame le corps de M. Cheng Chang, annonça-t-elle, comme si Malko avait réclamé le Koh-i-noor, à une personne qui devait se trouver derrière lui.

Il tourna la tête et se trouva nez à nez avec deux yeux étonnamment bleus surmontant une paire de moustaches rousses, comme seul un colonel anglais de l'armée des Indes peut en porter sans être ridicule.

— Je suis le colonel Archie Whitcomb, annonça le nouveau venu. Directeur de la Sécurité de la colonie.

Comme beaucoup de blancs vivant en Extrême-Orient, le colonel Whitcomb avait conservé un visage étonnamment lisse pour son âge. Il passerait d'un coup de quarante à soixante-dix ans, le jour où il prendrait sa retraite.

Avec sa silhouette interminable et dégingandée, son short kaki et son stick, il semblait sortir d'un livre de Kipling. Mais il n'avait pas l'air d'un imbécile et sa poignée de main avait la force d'un étau.

Malko se demanda comment il pouvait supporter des chaussettes de laine blanche par une chaleur pareille, mais surtout ce qu'il lui voulait. L'avertissement de Dick Ryan était gravé dans sa mémoire.

— Je suis le prince Malko Linge, dit-il, en se levant, aussi snob, de Liezen, en Autriche.

Le colonel Whitcomb était trop bien élevé pour mettre en doute la parole d'un gentleman ou supposé tel, mais son œil bleu prit une expression infiniment lointaine. Il laissa tomber, glacial:

— Autrichien, n'est-ce pas? Vous portez un beau nom...

« A qui l'avez-vous volé? » semblait-il dire. Les yeux bleus toisaient Malko, incisifs et durs. Vexé, ce dernier faillit lui énumérer quelques-uns de ses titres: Chevalier d'honneur et de dévotion de l'Ordre souverain de Malte, chevalier du Saint-Sépulcre, Grand voïvode de la Voïvodie de Serbie... mais c'eût été déplacé. Il préféra attaquer sur le sujet brûlant:

— A-t-on retrouvé le corps de M. Cheng Chang?

Le colonel Whitcomb lissa sa moustache, rêveur.

— Puis-je vous demander, sir, fit-il d'une voix douce, pourquoi vous vous intéressez tellement à cette personne?

La réponse de Malko était prête depuis deux jours et ses yeux dorés, tout aussi innocents que ceux du colonel:

— Mais certainement. Je suis venu à Hong-kong repérer les extérieurs d'un film que ma maison de production a l'intention de tourner dans la colonie. M. Cheng Chang avait déjà travaillé pour moi et était porteur de papiers qui n'ont de valeur que pour moi, mais qui m'éviteraient de perdre un temps précieux.

» Mais vous-même, colonel, je suis flatté de l'intérêt que vous me portez... »

L'Anglais laissa tomber sèchement:

— Sir, lorsqu'un avion civil est saboté avec quarante-sept personnes à bord, il est du devoir des autorités de mener une enquête sérieuse. C'est ce que nous faisons.

— Effectivement, renchérit Malko, votre tâche ne doit pas être facile. Avec toutes ces bombes...

— Quelles bombes?

Les yeux bleus étaient plantés dans les siens, Nelson à la bataille de Trafalgar. Il ne pouvait y avoir de bombes sur un territoire de Sa Majesté. Lorsque l'intérêt de la Couronne était en jeu, le colonel Archie Whitcomb, DSO [1], savait être d'une hypocrisie sans limite.

Ses amis anglais le présentaient comme un être admirable et exemplaire: un tiers apôtre, un tiers esthète, un tiers bienfaiteur de l'humanité. Un ange du Bon Dieu qui propageait dans les lointains territoires de la Couronne le message de feu la reine Victoria aux Chinois de bonne volonté.

Il y en avait, hélas, de moins en moins.

Certains Américains des Services spéciaux l'accusaient par contre de dénoncer aux communistes les

[1] Distinguished Service Order.

Chinois de Taipeh qui se montraient trop remuants. Et d'avoir oublié pendant deux ans d'avertir ces derniers — en principe des alliés — que leur filière d'infiltration en Chine rouge, à partir de Hong-kong, menait directement à la prison de Canton, où les espions étaient découpés en petits cubes ou achetés, selon leur rang.

Pour répondre à ces commérages vipérins, le colonel Whitcomb animait les cocktails du Cricket Club en racontant l'histoire récente d'un des responsables de la CIA de Hong-kong, le capitaine Bliss. Sa marotte était de vouloir monter des maquis anticommunistes en Chine continentale. Tout le monde le savait. Un beau jour, il avait été contacté par un général de Taipeh, qui, sous le sceau du secret, lui avait confié avoir une petite troupe opérant à deux cents milles de Hong-kong. Il lui avait même communiqué les fréquences radio utilisées par ce minimaquis. Bien entendu, le capitaine Bliss s'était rué sur les stations d'écoute. Oh! miracle, on avait bien capté des messages d'un certain poste Radio-Chine libre, sans conteste anticommuniste. Les spécialistes de la gonio avait situé l'émission sur la côte de Chine, près de la ville de Chik Chu.

Le lendemain, Bliss avait supplié le général d'accepter vivres, munitions, argent pour développer son maquis. L'autre s'était fait poliment prier, mais, un mois plus tard, il commençait à se faire construire à Formose une villa de vingt-six pièces avec piscine chauffée et rachetait des parts dans le plus important bordel de l'île. Sa fortune aurait été complète si des petits camarades jaloux n'avaient prévenu le capitaine Bliss que le « maquis » consistait en tout et pour tout en une jonque rapide, louée par le général, qui s'approchait un quart d'heure par jour des côtes pour émettre...

Le général avait disparu dans sa villa pas finie

et le capitaine Bliss avait été muté à Anchorage (Alaska).

Malko ignorait tout cela mais l'intervention du colonel Whitcomb ne lui plaisait pas. Les yeux de l'Anglais transperçaient Malko avec l'intensité d'un rayon gamma.

Heureusement qu'il ne portait aucune arme, obéissant aux consignes de David Wise...

D'ailleurs, en passant la douane, à son arrivée, la préposée avait examiné les bagages méticuleusement, jugeant avec sévérité jusqu'à la longueur de la lime à ongles. Nuit et jour, les jongues des trafiquants passaient en contrebande des tonnes de marchandise, mais un accord tacite entre communistes et Anglais avaient banni tout trafic d'armes. A quoi bon, d'ailleurs? L'armée chinoise était à quinze milles du Hilton. Le jour où les autorités de Pékin décideraient de submerger la colonie, la seule chose qui les retarderait serait la circulation effroyablement lente entre Lo-hu, le poste frontière des Nouveaux-Territoires, et Kowloon.

Oubliant ses bombes, le colonel Whitcomb arracha Malko à sa méditation:

— Vous souhaitiez avoir des nouvelles de M. Cheng Chang, laissa-t-il tomber. Je vais vous satisfaire. Si vous voulez bien me suivre...

Les deux hommes se toisèrent: Malko était presque certain que l'Anglais ne se faisait aucune illusion sur sa véritable identité. Sans répondre, il se leva et suivit le colonel. La Chinoise s'était replongée dans ses paperasses et dans son formol.

Le colonel Whitcomb marchait à grands pas, précédant Malko. Ils traversèrent deux cours, plusieurs couloirs, pour s'arrêter finalement devant une porte vitrée gardée par un policier chinois qui salua le colonel avec la raideur d'un horse-guard. Ce dernier ouvrit la porte et s'effaça pour laisser passer Malko.

Il sembla à celui-ci qu'une discrète lueur d'ironie brillait au fond de l'œil bleu.

La pièce, aux murs ripolinés blancs, comme une salle d'attente d'hôpital, était nue, à l'exception d'un banc de bois.

Trois femmes y étaient assises, des Chinoises, un peu écartées les unes des autres, comme si elles n'avaient pas voulu se parler, les yeux baissés et les mains croisées sur les genoux. Toutes les trois en blanc, couleur de deuil, en Chine.

Celle de gauche pouvait avoir trente-cinq ans, était coiffée avec une natte traditionnelle et portait un cheong-sam de coton immaculé, mettant en valeur une poitrine peu courante chez les femmes de sa race. Elle froissait dans ses mains un petit mouchoir et ses yeux étaient rouges de larmes. Son regard effleura Malko et elle laissa sa tête retomber.

Il resta en arrêt devant sa voisine. Il avait rarement vu un visage d'une telle beauté. Lisse et rond, un peu comme une Thaïlandaise, un nez à peine épaté, des lèvres délicatement ourlées, des cheveux sombres et fins tombant en cascade sur les épaules. Sans le regard, on aurait pu la prendre pour une très jeune fille, très innocente. Mais les yeux marrons étaient durs et vides, comme si toute la laideur du monde s'y était reflétée. Son regard traversa Malko comme s'il avait été un morceau de bois et se fixa sur le colonel Whitcomb, sans aménité. Malko s'attarda à la détailler. Son pantalon de soie blanche et son chemisier presque transparent juraient presque comiquement avec le vêtement classique de sa voisine. Elle avait des membres fins, presque grêles et une taille incroyablement mince.

Au moment où il posait les yeux sur elle, la troisième se leva, comme mue par un ressort, et apostropha en chinois le colonel Whitcomb d'une voix acerbe. Elle était beaucoup plus jeune. Son pantalon et sa tunique à col officier étaient coupés dans un tissu raide et rugueux, sans la moindre recherche d'élégance. Elle n'était pas maquillée et son visage volontaire et dur ressemblait à un museau de pékinois. Parfaitement à l'unisson de sa voix. L'Anglais lui imposa silence d'une phrase brève en chinois et pointa son doigt sur la banquette avec un sourire ironique pour Malko.

— Je vous présente Mme Cheng Chang.

Son doigt décrivit un arc de cercle et désigna la beauté du milieu.

— Egalement Mme Cheng Chang.

Il termina sur la Chinoise au mouchoir qui leva les yeux en entendant prononcer le nom du Chinois.

— Et encore Mme Cheng Chang.

Sale truc! pensa Malko. Voilà pourquoi le colonel lui montrait tant de sollicitude.

— Vous voulez dire que ces trois femmes prétendent toutes les trois être la veuve de M. Cheng Chang, demanda-t-il.

— Exactement! fit le colonel en détachant chaque syllabe.

La veuve aux socquettes blanches se leva d'un bond et repartit dans sa diatribe en chinois. Cette fois Whitcomb la laissa parler. Puis traduisit pour Malko.

— Celle-ci me disait justement que les deux autres sont des putains issues de l'union d'un œuf pourri et d'une mandragore. Et qu'elle est la seule véritable épouse de feu Cheng Chang.

— Mais...

Whitcomb haussa ses maigres épaules: son regard n'avait plus aucune expression.

— Les autres disent la même chose. Et elles peuvent aussi le prouver... Regardez.

Il s'adressa aux trois femmes en chinois.

Avec un ensemble touchant, elles sortirent de

leurs sacs une carte d'identité qu'elles tendirent au colonel. Celui-ci les prit et les tendit à Malko.

— Regardez.

C'était des documents en chinois. Mais Malko n'eut aucun mal à reconnaître les caractères similaires qui accompagnaient les trois photos. Les trois cartes correspondaient à la même identité! Perplexe, il rendit les papiers au colonel.

— Vous n'avez donc aucun moyen de vérifier s'il s'agit de faux papiers?

L'Anglais s'autorisa un discret ricanement.

— A Hong-kong, dit-il en détachant chaque mot, un extrait de naissance coûte trois mille dollars — cinq cent dollars US. Et comme les pièces sont établies par les employés de l'état civil, elles sont aussi authentiques que les vraies. Nous avons tant de réfugiées. Ces trois femmes prétendent être nées respectivement à Canton, à Tchoung-king et à Hou-tchéou. Vous allez peut-être pouvoir m'aider, puisque vous connaissiez leur mari.

— Avez-vous une idée de la raison pour laquelle ces femmes réclament toutes les trois le corps de ce pauvre Cheng Chang?

— Pas plus que de la raison pour laquelle vous le réclamez.

Avec un ensemble touchant, les trois veuves levèrent la tête. Malko eut l'impression désagréable d'être une mouche sur une plaque de verre.

En tout cas, elles comprenaient toutes les trois l'anglais. Malko comprenait maintenant pourquoi le colonel l'avait mis en présence des trois veuves.

— Je ne connais aucune de ces trois femmes, affirma-t-il. Mais cela ne veut rien dire car nous n'avions que des rapports épistolaires. Je ne l'avais jamais rencontré.

Le colonel Whitcomb approuva avec une grande et soudaine bonhomie, puis dit, comme pour lui-même:

— Je n'ai aucune raison de mettre votre parole en doute, sir, mais je n'arrive pas à comprendre pourquoi tant de gens s'intéressent soudain à ce Cheng Chang qui, d'après nos renseignements, n'était ni très riche, ni très important. Ces passions d'outre-tombe me laissent perplexe, je l'avoue.

Malko était dans un beau pétrin. Comme opération discrète c'était réussi. Maintenant les trois Chinoises le regardaient avec l'air gourmand d'un chat qui va croquer un canari boiteux. Le colonel Whitcomb fouettant distraitement ses socquettes blanches de son stick, semblait particulièrement jouir de la situation. Une au moins de ces trois femmes, devait connaître le secret de Cheng Chang. Il s'agissait de s'en faire une alliée. Si on avait supprimé Cheng Chang avec quarante-six autres personnes, c'est que Max l'ordinateur avait raison.

On ne tue jamais inutilement dans le Renseignement.

— Que comptez-vous faire de ces trois femmes? demanda Malko.

L'Anglais émit un bruit qui eut passé dans certains clubs très sélects pour un rire:

— Je pourrais évidemment vous demander de patienter avec elles dans cette pièce jusqu'à ce que nous ayons tiré cette affaire au clair, mais ce ne serait pas très agréable pour vous.

— Je ne pense pas, admit Malko, imperturbable. Le colonel Whitcomb jouait au chat et à la souris. Heureusement que les USA et la Grande-Bretagne, étaient *en théorie*, des alliés! Qu'est-ce que cela aurait été autrement...

— Je vais être simplement obligé, continua l'Anglais de les renvoyer.

De nouveau, il tint un long discours en chinois. Sa maîtrise de la langue était étonnante. En fermant les yeux, Malko aurait cru entendre un autochtone.

Les trois femmes ne répondirent pas au discours du colonel. Simplement, elles se levèrent et sortirent de la pièce à la queue leu leu, la Chinoise en tunique grossière ouvrant la marche. Le colonel contemplait le spectacle mi-ironique, mi-sérieux. Quand il fut seul avec Malko, il remarqua:

— Les Jaunes sont décidément imprévisibles. Votre présence semble les avoir charmée.

Ce n'est pas le mot qu'eut employé Malko. Sans relever l'ironie, il suivit le colonel à travers les couloirs. Les trois veuves marchaient un peu devant eux, sans s'adresser la parole. Ils finirent tous devant la porte de Po-chang Street. Un marchand de soupe chinoise attendait accroupi, avec une grande marmite de cuivre. Ses jambes étaient encore plus maigres que celles du colonel Whitcomb.

Les trois veuves sortirent les premières, traversèrent la rue et s'immobilisèrent sur le trottoir d'en face. L'Anglais tendit la main à Malko.

— Je suis content de vous avoir rencontré, sir, dit-il d'une voix égale. J'espère que la disparition prématurée de M. Cheng Chang ne nuira pas trop au tournage de votre film. Et que votre séjour dans la colonie sera agréable. Méfiez-vous des pickpockets... Si nous avons du nouveau, je ne manquerai pas de vous le faire savoir.

» Bonne chance, mister Linge. »

Avec un bon sourire, il referma la porte sur lui. Malko se retrouva seul dans la rue. Avec en face les trois veuves qui attendaient.

Il ne put s'empêcher de penser que la CIA devrait remplacer quelques-uns de ses gorilles par des colonels Whitcomb. Même avec des chaussettes de laine blanche.

Aucun taxi n'était en vue. Il partit à pied sans même se retourner, préférant laisser l'initiative aux veuves. Car si lui pensait qu'elles pouvaient l'aider, la réciproque devait être vraie.

*
**

Malko était sorti de sa voiture pour admirer la baie, accoudé au bastingage. C'était un spectacle dont il ne se lassait pas. Mais son cerveau était en ébullition. Qui étaient vraiment ces trois femmes? Quel était le secret de Cheng Chang? Maintenant qu'il était identifié par les services anglais, sa mission allait être encore plus délicate. Si mission il y avait.

Devant lui, les buildings modernes de Connaugh Road grandissaient. Ils allaient arriver. Déjà le ferry ralentissait. Soudain un minuscule walla-walla surgit à l'arrière, frôlant l'énorme coque. Malko vit une main jaune sortir de sous la bâche et lancer quelque chose dans sa direction.

Instinctivement il recula.

L'objet roula sur le pont métallique, à ses pieds. Déjà le taxi de la mer avait viré et s'éloignait à toute vitesse. Malko se pencha et ramassa ce qu'on lui avait jeté. C'était tout simplement un bout de bois enveloppé d'un morceau de papier qu'il déplia.

En lettres d'imprimerie, maladroitement tracées, il y avait une adresse:

27, Tsing-fung Street, appartement 8*b*.

Il avait été suivi par une des veuves, qui avait saisi la première occasion d'entrer en contact avec lui. Il remonta dans la Volkswagen après avoir déchiré le papier en menus morceaux et les avoir jetés à la mer. Il grillait d'envie de se rendre immédiatement à l'adresse indiquée, mais le colonel Whitcomb n'était pas un imbécile. Malko était certainement suivi.

Pour s'amuser, il s'arrêta et gara la VW devant la Bank of China, quartier général des communistes à Hong-kong. C'était bien la seule banque au monde où il fallait montrer une carte du Parti communiste pour y entrer. Deux gardes en salopettes bleues barraient l'entrée. Le Hilton était de l'autre côté de Queen's Road.

La première personne qu'il vit en sortant de l'escalator fut Po-yick, la jeune Chinoise qui l'avait aidé chez le tailleur.

Elle était assise sur une banquette, près du marchand de journaux. Accompagnée de la même camarade. Quand elle aperçut Malko, elle rajusta une des socquettes blanches et baissa la tête en se mordant les lèvres.

— Po-yick! fit-il en riant. C'est gentil d'être venue me voir.

D'une voix à peine audible, la jeune Chinoise dit:

— J'ai oublié mes cahiers dans votre voiture.

Malko se força à sourire. Il avait d'autres chats à fouetter.

— Vous pourriez revenir demain, Po-yick, demanda-t-il. Ma voiture n'est pas là pour le moment et je n'ai pas beaucoup de temps.

Po-yick se leva vivement. Ses yeux dansaient un ballet effréné pour ne pas rencontrer ceux de Malko.

— Je ne voulais pas vous déranger, murmura-t-elle.

Sans dire au revoir, elle tourna les talons et s'éloigna dans le hall, flanquée de son inséparable copine. Brusquement Malko réalisa qu'elle semblait être tombée amoureuse de lui, comme on peut l'être à quatorze ans.

C'était touchant et frais, mais il n'avait pas le temps de la rattraper.

Ostensiblement il prit sa clé et monta dans l'ascenseur. La jolie liftière eut un sourire enjôleur. Une fois encore, il était le seul client. Beaucoup montaient à pied depuis la bombe.

Au lieu d'aller jusqu'au vingt-deuxième étage, il se fit arrêter au quatrième, comme s'il allait à la piscine. Puis, discrètement, il reprit l'escalier des gens prudents jusqu'au niveau inférieur. Dépassant le coffee-shop, il s'engagea dans un couloir désert qui menait à une des entrées condamnées de l'hôtel, sur Garden Road. Depuis les troubles, seule l'entrée principale était en service, avec toujours deux policiers en civil pour examiner les arrivants et les colis suspects.

Assis sur un pliant, un tromblon qui datait du temps des lanciers du Bengale entre les jambes, un gurkha barbu le regardait venir.

Hong-kong était plein de ces hindous amenés par les Anglais. Lorsqu'ils avaient quitté les Indes ils avaient pris dans leurs bagages les plus compromis de leurs hommes de main. Depuis, les gurkhas et les sikhs s'étiolaient, faute de têtes à couper, fidèles comme des bergers allemands.

Celui-là secoua la tête lorsque Malko expliqua qu'il voulait sortir. En plus, il parlait à peine anglais et Malko n'avait que de vagues rudiments de gurkha... La discussion s'éternisait. Un billet de dix dollars HK emporta finalement la décision, et fit revenir le gurkha à des sentiments plus humains.

Après tout, il avait l'ordre d'interdire l'entrée aux Jaunes, pas la sortie aux Blancs.

Malko se retrouva dans Garden Road, la rue qui montait la colline parallèlement au funiculaire de Victoria Peak. Pour plus de sûreté, il alla prendre un taxi au départ du funiculaire. Personne ne pouvait l'avoir suivi. L'entrée principale était invisible de cet endroit.

Il montra l'adresse au chauffeur qui, par chance, comprenait quelques mots d'anglais. Tsing-fung Street se trouvait à North Point, un quartier assez pauvre, tout au bout de l'île, habité uniquement par des Chinois. Laissant à droite Happy Valley, le champ de courses, le taxi s'enfonça dans les ruelles étroites de Wang-chai. Presque à chaque carrefour il y avait un car de police grillagé stoppant les voitures et les pousse-pousse avec des policiers chinois impeccables, armés de mitraillettes plus grandes qu'eux, et casqués.

Toujours les bombes.

Plus il s'enfonçait dans le quartier chinois, plus Malko se sentait mal à l'aise. Il n'avait pourtant jamais eu peur des Jaunes mais, cette fois, il sentait une haîne presque palpable. A chaque feu rouge, deux ou trois jeunes s'approchaient du taxi et marmonnaient des injures. On ne voyait presque pas de Blancs, les touristes ne s'aventuraient guère au-delà de Queen's Road et de ses boutiques élégantes.

Jadis on lui aurait proposé des petites filles, une pipe d'opium. Maintenant c'étaient des tracts exaltant la pensée de Mao.

Le taxi suivit King's Road et tourna à gauche dans une petite rue, puis stoppa devant un énorme HLM hérissé de cordes à linge. C'était là. Tout le rez-de-chaussée était occupé par des boutiques pauvres, allant du tailleur au réparateur de pousse-pousse.

Malko paya et descendit. Les gens le regardaient curieusement. Ces immeubles avaient été construits pour loger les réfugiés de Chine rouge qui vivaient de charité et d'allocations gouvernementales.

Il s'engagea dans un couloir sombre. Oh! miracle, il y avait un ascenseur! Il s'arrêta au huitième étage. L'ascenseur donnait sur une sorte de coursive intérieure. L'appartement 8 *b* était tout de suite à droite. Malko regarda autour de lui avant de tourner la sonnette. Rien ne se passa. Il resonna sans plus de succès et attendit. Une gamine, qui descendait quatre à quatre par l'escalier de service, lui jeta un regard en dessous.

Bizarre! Bizarre!

Il s'éloignait quand il entendit un grincement derrière lui, la porte du 8 *b* venait de s'entrouvrir sur une tête effrayée: celle de la plus âgée des trois veuves!

CHAPITRE VI

L'appartement sentait la soupe chinoise aigre. D'abord, dans la pénombre, Malko ne distingua pas grand-chose. Involontairement, il frôla la Chinoise, qui frémit comme un étalon trop nerveux et détourna la tête. Sa robe de chambre était imprégnée d'un parfum bon marché et entêtant.

Elle le précéda dans une minuscule entrée et le fit pénétrer dans un petit living-room aux meubles recouverts de housses en plastique bon marché. Une seule lampe éclairait la pièce et les stores étaient baissés bien que les fenêtres fussent ouvertes. Il régnait une chaleur lourde et malsaine.

Il s'assit dans un fauteuil inconfortable et la Chinoise prit place en face de lui. Ils n'avaient pas encore dit un mot. Il la dévisagea. Les mains croisées sur les genoux, elle semblait terrorisée. Son visage n'était vraiment pas joli, mais elle dégageait une sensualité suractivée, comme une pile trop rechargée. Chaque fois que ses yeux effleuraient Malko, ils se détournaient comme devant un spectacle obscène.

— Qui êtes-vous? demanda-t-elle, à voix basse, en anglais saccadé.

Malko hésita. C'était de la roulette russe.

— Une relation d'affaires. Il devait travailler avec moi, à un film, répondit-il tardivement.

Les yeux de la Chinoise étaient pleins d'incrédulité.

— On l'a tué.

Ce n'était même pas une accusation. Tout juste une constatation. Avec une infinie lassitude. Malko ne savait plus quelle contenance adopter.

— Pourquoi ce mystère pour me rencontrer? demanda-t-il.

— J'ai peur, dit-elle.

C'était vrai.

— Qui êtes-vous? demanda-t-il.

— Sa femme.

— Et les autres?

Elle se tordit les mains en un geste enfantin.

— Je ne les connais pas, je ne les ai jamais vues. Elles m'ont insultée, elles mentent. Il n'avait qu'une seule femme, moi.

Tout en elle respirait la sincérité. Mais Malko connaissait le pouvoir de dissimulation des Asiatiques. S'il avait été en face d'une des deux autres, elle aurait probablement été aussi sincère. Il fallait qu'il sache, à tout prix.

— Pourquoi aurait-on tué votre mari? demanda Malko.

— Je ne sais pas, gémit-elle. Je ne sais pas. Mais on l'a tué.

Brusquement, elle éclata en sanglots silencieux. Les larmes coulaient sur son visage comme de l'eau. Son menton tremblait légèrement. Elle était pitoyable.

Gêné, Malko laissa passer la crise. Pour prendre une contenance, il prit une petite statuette d'ivoire posée sur un guéridon et commença à jouer avec. C'était ce que les Chinois nomment une *doctor's daughter.*[1] Une figurine représentant un corps de femme qui se trouvait jadis dans tous les cabinets de consultation des médecins chinois, à l'intention des patientes timides. Pour éviter de se déshabiller elles désignaient sur l'ivoire l'endroit dont elles souffraient.

Pendant plusieurs minutes, le silence ne fut troublé que par les reniflements de la Chinoise. Malko caressait distraitement la cuisse de la statuette, en réfléchissant. Soudain, il réalisa que la Chinoise ne pleurait plus. Il leva les yeux. Elle suivait, fascinée, le mouvement de sa main sur l'ivoire, les yeux fixes, les lèvres légèrement entrouvertes sur des dents très blanches. Comme si Malko avait caressé sa propre peau. Quand il arrêta son va-et-vient, elle sursauta, comme si on l'avait secouée, et ses yeux perdirent de leur fixité sans quitter toutefois la statuette.

Malko reprit son mouvement de va-et-vient, troublé lui aussi. Docilement, la Chinoise frissonna. Etonnante télépathie érotique. Pas un mot n'avait été prononcé depuis plusieurs minutes.

Volontairement Malko fit remonter sa main le long de l'ivoire, lissant le ventre bombé, de la statuette.

En face de lui, la Chinoise se plia en deux comme si elle avait reçu un coup de poing, puis détendit brusquement ses jambes, le ventre en avant. Son peignoir s'ouvrit et Malko aperçut ses bas sans jarretière, très hauts sur les cuisses, sans aucun autre dessous. Vivement, elle referma le tissu.

Impitoyablement, il continuait à caresser le ventre de la statue. Les mains de la Chinoise lâchèrent les pans du peignoir, qui s'écartèrent de nouveau, la découvrant. Envoûtée, la Chinoise se mit à gémir, à pousser des petits cris, à griffer le tissu du canapé

[1] Fille du docteur.

Pourtant Malko était à trois mètres d'elle. Abandonnant le ventre de la statue, il remonta jusqu'aux seins d'ivoire et les emprisonna dans sa paume.

La Chinoise poussa un cri et se dressa, les yeux fous. Elle était en transes. Le moindre des gestes de Malko se répercutait en elle. Pris au jeu, il revint au ventre, brutalement. Elle ahana, puis laissa échapper un gémissement continu à travers ses lèvres entrouvertes, et enfin murmura:

— Il ne m'a pas touchée depuis cinq ans.

— Qui?

— Cheng Chang. Mon mari.

— Pourquoi?

Maintenant, il caressait tout le corps de la statue, très doucement. La Chinoise se détendit, les yeux fermés, mais son corps était encore agité de frémissements. Elle ne songeait pas à ramener le peignoir sur ses cuisses découvertes.

— Il ne m'aimait plus, dit-elle soudain. Mais c'était quand même un bon mari. Il ne m'a jamais laissé manquer de rien.

Dans l'état où elle était, elle ne mentait pas.

Ainsi, c'était elle la vraie femme. Et, vraisemblablement, celle qui en savait le moins. Perdu dans ses pensées, Malko ralentit son mouvement. La Chinoise le rappela à l'ordre, d'une voix suppliante:

— *Please, don't stop*[1].

Repris par ses soucis, Malko n'avait plus envie de jouer. Il posa la statuette sur le guéridon et fit face à son interlocutrice.

— Que savez-vous du secret de votre mari?

Mme Cheng Chang resta la bouche ouverte, comme si Malko l'avait giflée, le souffle court. Brusquement elle sauta sur ses pieds. Son peignoir s'ouvrit com-

[1] Je vous en prie, n'arrêtez pas.

plètement. En dépit de hanches un peu grasses, elle avait un joli corps.

Sans transition, à voix basse, en chinois, elle se mit à injurier Malko, à taper du pied. Sa voix montait, devenait terriblement perçante. Elle en bavait. Vivement, il s'approcha d'elle pour la faire taire.

— Vous m'avez déshonorée, glapit-elle soudain. Je vais me tuer.

Lui échappant, elle se rua vers la fenêtre et commença à relever le store. Malko l'agrippa par-derrière et la ceintura.

Elle luttait avec une force démente. Dans la bagarre le peignoir s'ouvrit complètement, découvrant la poitrine lourde. Mais la Chinoise semblait avoir oublié son délire érotique. Marmonnant des mots sans suite, elle tentait de se rapprocher de la fenêtre avec l'intention évidente de s'y jeter.

Malko la secoua furieusement, oubliant toute galanterie.

— Arrêtez, vous êtes folle!

Elle s'arrêta net, fixant sur Malko un regard égaré. Il n'ignorait plus rien de son corps, mais elle ne semblait pas se soucier de sa nudité. Sans un mot, elle trottina jusqu'à la chambre. Un peu inquiet, Malko faillit la suivre. Et si elle allait s'ouvrir les veines ou sauter par la fenêtre?

Mais il était si essoufflé qu'il éprouva le besoin de s'asseoir. Jamais il n'aurait pensé qu'une caresse télépathique puisse provoquer de tels dégâts...

Ce qui ne l'avançait nullement. Il n'était pas venu pour batifoler avec Mme Cheng Chang. Si les autres veuves lui en réservaient autant...

La Chinoise réapparut aussi soudainement qu'elle s'était éclipsée. Elle avait purement et simplement ôté son peignoir mais s'était refait une beauté avec beaucoup de soin, se passant les yeux au kohol et rosissant sa bouche et les pointes de ses seins. Il n'eut pas le temps de se poser de questions. La veuve de Cheng Chang était déjà contre lui, se conduisant d'une façon qui n'était excusable que par une longue abstinence.

Elle exhalait une odeur forte et animale qui couvrait celle du parfum dont elle s'était arrosée. Les yeux baissés, elle évita la bouche de Malko mais l'attira par terre sur la natte. Elle le déshabillait avec des gestes précis, sans un mot.

Il y avait quelque chose de désincarné dans la façon dont elle s'offrait. Quand Malko fut nu, elle s'agenouilla quelques secondes au-dessus de lui pour aviver son désir, toujours sans le moindre geste de tendresse. L'automate de l'amour.

Puis, sans transition, elle se laissa tomber sur lui. Il eut l'impression d'avoir ouvert la vanne d'un volcan. Elle se tordait, la bouche ouverte, les yeux révulsés, s'accrochant à lui comme si elle se noyait.

Sans un mot.

Pendant plusieurs minutes, elle se démena comme une cavale sans qu'il sache si elle avait atteint son plaisir ou non. Ils exécutaient deux mouvements séparés, totalement indépendants. Tout à coup elle eut un cri étranglé et il sentit contre sa poitrine un cœur qui battait la chamade.

Il n'y avait plus aucun bruit dans la chambre et on entendait dehors des ménagères qui s'invectivaient en chinois. Tout cela semblait irréel à Malko. Vingt-quatre heures plus tôt, il attendait un agent double qui devait lui livrer une information vitale pour son pays d'adoption. Maintenant, il était en train de faire l'amour avec une Chinoise dont il ignorait jusqu'au vrai nom. Et les mobiles.

Comme si elle avait voulu répondre à son interrogation muette, Mme Cheng Chang souleva légèrement sa tête et dit dans son anglais cahotant:

— Excusez-moi, je ne voulais pas, mais vous

m'avez tellement excitée... Je ne pouvais plus, j'étais malade à force de me retenir...

» Cela fait cinq ans que mon mari ne m'avait pas fait l'amour. Il ne me désirait plus du tout. Il n'y a que les filles très jeunes et très vicieuses qui pouvaient l'exciter. Dès qu'il avait un peu d'argent il allait avec toutes les petites putains de Wan-chai. Il lui fallait des films aussi...

— Cinq ans!

Malko la regarda, incrédule. C'était encore un truc. Mais elle semblait sincère. D'ailleurs elle continua:

— Je ne devrais pas dire cela à un étranger, mais je ne veux pas que vous me jugiez mal. Je n'ai jamais trompé mon mari jusqu'à ce jour. Vous êtes le diable. Comment avez-vous su que j'en avais tellement envie?

Flatté mais perplexe, Malko demanda:

— Pourquoi n'avez-vous pas quitté Cheng Chang? Vous êtes jeune et jolie.

— Le quitter?

Le ton de la Chinoise exprimait la plus profonde stupéfaction, comme s'il avait blasphémé.

— Mais c'était un très bon mari, s'écria-t-elle avec véhémence. Quand ma mère est morte il a payé huit cents dollars pour qu'elle ait un enterrement décent et que l'on renvoie son corps à Canton. Il m'a toujours emmenée au restaurant au moins une fois par semaine. Je n'ai jamais manqué de rien. C'est lui qui a acheté tous les meubles de cet appartement. Je ne suis pas une putain. Je ne vais pas quitter mon mari pour une chose pareille.

Elle était sincèrement choquée. Malko se rendit compte qu'il avait fait un pas de clerc. Décidément l'âme orientale possédait des replis inconnus.

Pour dévier de ce sujet brûlant, il demanda:

— Pourquoi vouloir me contacter à tout prix?

— Je ne sais pas. J'avais peur. J'ai pensé que vous

pouviez m'expliquer. Quand il est parti, il m'a dit qu'il allait gagner beaucoup d'argent à Taipeh. C'était avec vous?

Malko secoua la tête:

— Non.

Ils étaient étendus nus, côte à côte, à même la natte dont les fibres pénétraient durement dans le dos de Malko. Etrange position pour une Altesse Sérénissime, même en voyage. Décidément l'espionnage menait à tout.

Il pensait aux deux autres femmes qu'il avait rencontrées à la morgue. Si celle-ci était l'épouse légitime, qui étaient-elles et pourquoi s'intéressaient-elles au regretté Cheng Chang?

Bizarre! bizarre! On ne fabrique pas toute seule des faux papiers et M. Cheng Chang n'était pas assez riche pour tenter les veuves abusives.

— Vous ne savez rien sur l'affaire qui a amené votre mari à Formose.

— Rien. Il ne me tenait jamais au courant de ses affaires. D'ailleurs, il n'habitait plus ici depuis longtemps. A cause des filles. Je pensais que vous pourriez m'aider, vous...

Elle semblait désespérée. Malko insista:

— Vous ne voyez rien ni personne qui puisse savoir quelque chose?

— Pourquoi cela vous intéresse-t-il tant? demanda t-elle vivement, appuyée sur un coude.

Malko n'hésita qu'une seconde.

— Je travaille pour les Services de renseignements américains, dit-il. Votre mari était en possession d'une information très importante. C'est pour cela qu'on l'a tué.

Elle crispa un poing sur sa bouche.

— C'est horrible.

— Alors vous ne voyez personne?

Elle hésita avant de répondre.

— Holy, peut-être. C'était son meilleur ami. Holy Tong. Il a un bureau à Hong-kong dans Holland House.

— Pourquoi ne lui avez-vous pas demandé?

Elle secoua la tête.

— Il ne me connaît même pas. Il entraînait Cheng à courir les filles. Ils étaient toujours ensemble. Il ne pense qu'aux femmes.

— Vous pensez que votre mari lui aurait parlé?

— Je ne sais pas, peut-être.

Malko ouvrait la bouche quand un léger coup de sonnette retentit. Mme Cheng Chang se dressa sur les genoux, les mains brusquement croisées chastement sur ses seins en poire. Elle eut un petit sanglot.

— Cachez-vous. Il ne faut pas qu'on vous voie.

La vraie scène de l'adultère.

Malko se laissa docilement traîner jusqu'à la chambre, bien que sa partenaire lui arrivât tout juste à l'épaule. Cela sentait le patchouli et la transpiration refroidie avec des relents de poisson. Mme Cheng Chang lui fit signe de ne pas faire de bruit et referma doucement la porte sur lui après lui avoir jeté ses vêtements en vrac.

Il eut le temps de la voir enfiler le peignoir de leurs amours avant qu'elle ne fermât la porte. Il profita du répit pour se rhabiller. La fornication pendant les heures de travail était déconseillée par les plus hautes instances de la CIA. Même aux barbouzes de luxe.

Rhabillé, l'oreille collée à la porte, il écouta. Tout à fait un personnage de Feydeau. Etant donné l'incandescence de la belle veuve Cheng Chang, elle était peut-être en train de commettre l'acte de chair sur son paillasson avec un jeune télégraphiste... Il attendit encore cinq minutes, puis, délibérément, entrouvrit doucement la porte de la chambre et jeta un œil.

Le living était vide. La statuette d'ivoire semblait lui cligner de l'œil. Donc la Chinoise ne pouvait être que dans l'entrée ou partie. Un rideau lui cachait l'entrée, mais aucun bruit de conversation ne lui parvenait. Il s'enhardit, sortit de la chambre, et s'arrêta pile, le cœur dans la gorge.

Un petit pied, aux ongles faits, dépassait sous le rideau de l'entrée.

Il écarta le tissu. Mme Cheng Chang gisait sur le dos, recroquevillée, dans l'entrée, dans une posture involontairement obscène, les cuisses grandes ouvertes. Son peignoir, pris sous elle, ne la protégeait plus en rien des regards. Malko frémit, la porte était restée entrouverte!

Il se hâta de la refermer, repoussant pour cela la tête de la malheureuse et il s'agenouilla près d'elle.

Elle avait les yeux grands ouverts avec les pupilles dilatées et la mâchoire encore contractée comme si elle avait voulu mordre quelqu'un avant de mourir. D'abord, il crut qu'elle avait été étranglée puis il aperçut à la hauteur du foie un morceau d'aiguille hypodermique encore enfoncée dans la chair. Il la retira avec précaution et l'examina.

Tout de suite, l'odeur d'amandes amères lui sauta au visage et il laissa vivement tomber l'aiguille.

Du cyanure.

La veuve de Cheng Chang avait été empoisonnée avec une dose massive de cyanure, injecté à l'aide d'une seringue hypodermique, par voie sous-cutanée. Son ou ses assassins l'avaient tenue pendant que le poison faisait son effet, bloquant les muscles respiratoires. L'affaire de moins d'une minute avec une telle dose. Ce n'était pas un meurtre passionnel, en tout cas.

Malko se releva et alla inspecter rapidement le living-room pour voir s'il n'avait rien oublié. Puis il entrouvrit la porte, et après s'être assuré que la coursive extérieure était déserte, il sortit, claqua la porte et plongea dans l'escalier. Il se souciait peu de faire connaissance avec les prisons de Hong-kong. Pour meurtre.

Sans trop hâter le pas, il quitta l'immeuble et se retrouva dehors. Par chance, un taxi passait. Il s'engouffra dedans et donna l'adresse de l'Hôtel Mandarin, par prudence.

Après Cheng Chang, une de ses épouses... Il restait à savoir pourquoi on l'avait supprimée. Holy Tong pourrait peut-être l'aider.

CHAPITRE VII

La porte vitrée opaque portait en lettres noires: « W. Tong, Incorporated ». Malko frappa un coup léger avec sa chevalière et tourna le bouton. Il était plus de six heures du soir et il craignait de ne plus trouver personne.

La journée avait passé très vite. A neuf heures du matin, Malko avait été rejoindre Dick Ryan à son bureau de Electronics of California afin de faire le point de la situation après le meurtre de la veuve de Cheng Chang. L'Américain avait éclaté de rire quand Malko avait prononcé le nom de Holy Tong.

— Ce vieux polisson! Que vient-il faire là-dedans?

Malko lui avait raconté comment Mme Cheng avait été amenée à lui parler de Tong.

— Ne perdez pas de temps avec ce type, lui avait conseillé Ryan. Il est complètement inoffensif, ne pense qu'à se taper des filles. Mais on mange bien à son bar, l'Ascot.

Après avoir lu les journaux qui relataient le meurtre de Mme Cheng Chang, Malko avait décidé d'aller quand même voir Tong. De toute façon, le building Holland House, où se trouvait le bureau du Chinois, était à cent mètres du Hilton.

Il avait eu toutes les peines du monde à dénicher le bureau, dans le dédale des couloirs du Holland House, qui se trouvait au coin du Queen's Road et de Ice Street, après avoir perdu son après-midi en retournant une ultime fois à la morgue. Les deux veuves survivantes avaient disparu, le colonel Withcomb ne s'était pas montré et l'on n'avait toujours pas retrouvé Cheng Chang.

Enfin, il allait voir le fameux Tong.

Le bureau était à peine plus grand qu'un placard à balais moyen. Une secrétaire chinoise sans âge tapait devant une table minuscule surchargée de papiers. Elle leva la tête avec un regard interrogateur. La pièce sentait l'encens et l'encaustique. Les murs étaient recouverts de pin-up découpées dans des magazines chinois et japonais à la limite de la pornographie.

— M. Tong? demanda Malko.

La secrétaire n'eut pas le temps de répondre. Un Chinois rondouillard et jovial venait de se matérialiser derrière Malko, entré par la porte restée ouverte.

— Je suis M. Tong, dit-il d'une voix onctueuse, presque ecclésiastique. Voulez-vous vous asseoir?

Il poussa presque Malko vers le fond du bureau et l'assit dans l'unique fauteuil, tandis qu'il faisait le tour du meuble pour s'asseoir à son tour. Malko le dévisageait avec curiosité: il évoquait un peu un prêtre défroqué. Impossible d'accrocher son regard. Ses mains grassouillettes étaient sans cesse en mouvement.

— Que me vaut l'honneur de votre visite? demanda M. Tong.

Malko n'avait pas ôté ses lunettes, pour garder l'avantage.

— Je viens de la part d'un de vos amis, dit-il, paisible. Il m'a dit que vous pourriez me venir en aide...

Tong rayonna.

— D'où souffrez-vous? demanda-t-il paternellement en se penchant par-dessus le bureau.

— Mais, je ne souffre pas...

Le Chinois eut un geste engageant et dit à voix basse, malicieusement:

— Je vois, je vois, mais vous pouvez parler en toute tranquillité. Ma secrétaire ne comprend pas l'anglais.

— Ce que j'ai à vous dire est confidentiel, souligna Malko. Je...

Tong étendit les mains en un geste apaisant, Saint-Pierre bénissant les apôtres.

— Ne m'en dites pas plus. Depuis combien de temps est-ce arrivé?

— Hier, fit Malko.

— Tsst, tsst, je n'ai pas besoin de détails, coupa Tong. Attendez une seconde.

Il donna un ordre en chinois à la secrétaire. Celle-ci abandonna sa machine et s'accroupit près d'un placard au ras du sol. La Chinoise sortit avec peine une énorme bonbonne pleine d'un liquide incolore, puis une toute petite fiole vide et une sorte de pipette de verre.

M. Tong caressa la bonbonne du regard et dévissa le bouchon.

— J'appelle cela le vin pour hommes faibles, dit-il à Malko. Bien entendu, il ne faut pas le boire. Cela pourrait vous rendre très malade...

Malko commençait à se demander si M. Tong n'avait pas abusé d'un autre vin. Avec des gestes de mère, le Chinois préleva un peu de liquide dans la bonbonne, grâce à la pipette, puis remplit le flacon et le boucha soigneusement avant de tout remettre en place. Malko remarqua que des petites choses noires flottaient dans le liquide. Pas ragoûtant. Tong poussa la fiole vers lui:

— Cela met deux heures environ à agir, dit-il à voix basse. Il faut utiliser un petit pinceau et bien laisser sécher. Et surtout se laver après, parce que le goût est un peu amer. C'est un alcaloïde, n'est-ce pas. Mais l'effet est absolument prodigieux.

Sa voix n'était plus qu'un filet, mais ses yeux pétillaient d'une saine joie contenue:

— Moi-même, je l'utilise souvent, confia-t-il. La semaine dernière, j'avais une petite réunion avec de très jeunes filles... Eh bien...

Malko faillit tomber de sa chaise. Tong était en train de lui vendre un philtre d'amour. Max l'ordinateur n'avait pas prévu cela. Fermement, il repoussa la fiole vers son interlocuteur et dit en détachant bien ses mots:

— M. Tong, la personne qui m'envoie s'appelle Mme Cheng Chang. Ou plutôt s'appelait. Elle a été tuée hier soir, comme vous le savez peut-être par les journaux

Le visage du Chinois se décomposa d'un coup. Comme une motte de beurre au soleil. Il regarda autour de lui comme si des bêtes allaient surgir des murs.

— Vous êtes sûr de ce que vous dites? fit-il faiblement.

Malko le contemplait en silence. Pour une femme qu'il connaissait à peine, il paraissait bien touché.

— Vous saviez que votre ami Cheng Chang se trouvait dans l'avion de la China Airline qui s'est écrasé, n'est-ce pas?

— Oui, oui, fit faiblement Tong. J'ai vu la liste des passagers. C'est une chose horrible.

Il semblait de plus en plus décomposé. Malko l'examina curieusement. Tout son entrain était tombé. Il n'avait plus en face de lui qu'un homme âgé, fatigué, adipeux, sans ressort.

Les yeux penchés sur le bureau, il jouait avec la petite fiole qu'il avait proposée à Malko. Les pensées tournaient en rond sous son crâne comme des insectes malfaisants. Tout recommençait. Avec la mort de Cheng Chang, il pensait que sa gaffe n'aurait pas d'autres conséquences. Et maintenant, ce Blanc qui sentait les Services secrets à plein nez, était là, à lui demander des comptes. Pourquoi à lui? Il fallait absolument qu'il sache ce que l'autre connaissait de ses rapports avec Cheng Chang. Il pensa à Mme Yao et réprima un sanglot Il allait falloir lui dire la vérité. Si elle ne la savait pas déjà.

— Vous êtes souffrant? demanda Malko, devant l'air décomposé du Chinois...

Holy Tong tenta de se reprendre et esquissa un pâle sourire.

— Non, non, mais j'ai beaucoup de travail et la mort de mon ami a été un choc terrible. Mais vous-même, vous...

— Ce n'était pas à proprement parler un ami, se hâta de dire Malko. Disons une relation d'affaires. Mais il devait me rendre un important service... A propos, vous savez qu'il a été assassiné? Que l'avion avait une bombe à bord, vraisemblablement pour tuer M. Cheng Chang...

Holy Tong se demanda si Malko remarquait le tremblement de ses mains

— C'est impossible, affirma-t-il aussi fermement qu'il le put. Qui aurait fait une chose pareille?

Les yeux dorés de Malko ne cillèrent pas. Selon toute vraisemblance, le Chinois en savait beaucoup plus qu'il ne voulait en dire. Et la meilleure façon de le mettre en confiance, était peut-être de jouer cartes sur table.

— Monsieur Tong, dit-il, je dois vous dire quelque chose. Je travaille pour les Services de renseignements américains et toute cette affaire me semble extrêmement bizarre...

Holy en resta la bouche ouverte.

— Mais en quoi cela me concerne-t-il? protesta-t-il. Cheng était un ami, rien de plus...

Malko l'apaisa d'un geste de la main:

— Je n'en doute pas. Mais les circonstances de sa mort sont si étranges que je tiens à vous les raconter... Voici ce que je sais.

Il en était à la rencontre avec Mme Cheng Chang quand la secrétaire dit une phrase en chinois à Holy Tong, phrase qui déclencha chez le Chinois une agitation fébrile. Il semblait atteint brusquement de la danse de Saint-Guy. Ses yeux allaient de la porte à Malko, roulant comme des billes de loto. Soudain, il se leva.

— Votre récit me passionne, fit-il, mais pourquoi n'irions-nous pas dîner? Vous aurez ainsi tout le temps de me mettre au courant.

Un peu surpris, Malko se leva à son tour. Le Chinois le poussa presque hors du bureau. Tant qu'ils restèrent sur le palier, il jeta des coups d'œil inquiets vers le couloir desservi par un autre ascenseur. Ensuite, il traversa le hall du Holland House, comme s'il avait le président Mao lui-même aux trousses. Il ne s'arrêta qu'au bord du trottoir de Ice Street.

Deux pousses arrivaient en trottant, la tête baissée. Le coolie du premier était d'une maigreur squelettique. Il avait les joues creuses et cireuses d'un cadavre ambulant. Holy Tong fit un geste imperceptible de la main et ils s'arrêtèrent docilement. Malko eut un mouvement de recul. Il avait honte de se faire tirer par ces fantômes.

— N'ayez pas de scrupules, dit doucement Holy Tong. Si ce coolie-pousse vous tire pendant un mille il abrège ses jours d'une semaine; mais s'il n'a pas gagné d'argent ce soir, il sera mort de faim demain matin...

Malko s'installa à contre-cœur sur le siège de moleskine déchiré. Le pousse cracha un jet de salive brunâtre et démarra, les côtes saillantes sous l'effort, se faufilant habilement entre les voitures, le regard atone. Aucun des deux hommes ne remarqua une jeune Chinoise qui descendit d'un taxi, juste au moment où ils bavardaient sur le trottoir. Elle leur jeta un long regard et entra dans le hall du Holland Building. Malko, pour se changer les idées, regarda autour de lui. Le pousse avançait à une vitesse étonnante. Queen's Road s'était rétréci. Au lieu des buildings massifs c'étaient de vieilles maisons à deux étages, les trottoirs étaient sous arcade, et les piliers disparaissaient sous les énormes caractères rouges annonçant les boutiques.

Le pousse stoppa au coin de Ladder Street, une ruelle en escalier qui montait vers le marché aux voleurs. Malko laissa un billet de cinq dollars. Au moins le coolie mangerait deux jours. Le Chinois empocha l'argent et s'accroupit sur place, entre ses brancards, attendant le prochain client.

Holy attendait Malko, ayant en apparence retrouvé sa bonne humeur. Lorsque son visiteur était arrivé dans son bureau, il avait complètement oublié que Mina devait venir. Sans sa secrétaire, c'était la rencontre. Chose qu'il fallait éviter à tout prix.

Après cela, il aurait eu du mal à faire croire qu'il n'était pas mêlé à l'histoire.

Le restaurant n'avait pas de nom. Situé au dernier étage du seul building de la rue, il ne comptait qu'une clientèle chinoise. Malko et Holy Tong s'installèrent dans un box un peu à part.

Il n'y avait pas de carte. De jeunes Chinoises en mini-jupes circulaient à travers les tables en proposant d'une voix criarde les plats qu'elles avaient sur des plateaux ronds. Holy en arrêta deux de suite, choisit pour lui et Malko des choses grises et indéfinissables, but coup sur coup trois tasses de thé, tapota les fesses d'une des filles qui s'attardait près de lui et laissa tomber, avec un sourire un peu forcé:

— Ces jeunes filles gagnent très mal leur vie.

Comme beaucoup de gens à Hong-kong. Aussi, elles travaillent toutes dans des maisons de rendez-vous, l'après-midi et le soir. Si vous voulez en choisir une.

Malko déclina poliment l'invitation. Pendant quelques minutes, lui et Holy Tong se plongèrent dans leurs baguettes et leur thé. Malko surveillait son vis-à-vis du coin de l'œil. Holy Tong était un défi à l'électronique. Dire que les informations d'un ordinateur valant des millions de dollars, prodige de la technologie, aboutissaient à ce personnage.

Malko enroula une interminable nouille chinoise autour d'une de ses baguettes. Holy Tong avait déjà fini. Il claqua des doigts pour faire venir une des fillettes serveuses. Celle qui s'approcha portait un plateau recouvert d'une sorte de cloche à fromage en verre. Dessous grouillaient de minuscules serpents jaunes, longs comme le doigt.

— C'est délicieux, affirma Holy. Il n'y a que les très bons restaurants qui en aient. Vous ne voulez pas en goûter?

Il ne manquait plus que cela!

La serveuse prit une pince et on apporta une bassine d'eau bouillante. L'un après l'autre, la Chinoise prit cinq serpents, les plongea tout vivants dans la bassine et les déposa dans l'assiette de Holy Tong..

Celui-ci commença immédiatement à les décortiquer. Leur chair était blanche comme du poulet et il trempait chaque morceau dans une sauce brûlante.

— Comment êtes-vous parvenu jusqu'à moi? demanda-t-il, la bouche pleine.

Malko reprit son récit et raconta, en abrégeant sa visite à Mme Cheng Chang. Et la façon dont elle avait été tuée. Du coup, le cinquième serpent de Holy Tong passa de travers, le cyanure, c'était la méthode des communistes...

En cette minute, il aurait donné cinq ans de sa vie pour ne jamais avoir connu Mme Yao. Il était dans un pétrin épouvantable, avec cet agent américain lancé, sans le savoir, à ses trousses. Il en frissonna et avala une tasse de thé si chaud qu'il se brûla.

Malko l'observait, impénétrable.

— Vous ne voyez vraiment pas qui pourrait m'aider à savoir à cause de quoi ce Cheng Chang a été assassiné? Ainsi que sa femme. Vous étiez son ami. A qui se confiait-il?

Holy s'épongeait le visage avec une petite serviette chaude. Il en avait vraiment besoin.

— C'est sûrement une erreur, dit-il. Cheng Chang ne s'occupait pas d'affaires de ce genre. C'était un homme paisible.

— Sa femme aussi semblait paisible, souligna Malko. Elle a pourtant été assassinée pratiquement sous mes yeux. Je voudrais bien savoir pourquoi...

Le Chinois eut un geste évasif signifiant que la vie n'avait pas la même valeur à Hong-kong. Mais son cœur faisait des bonds dans sa poitrine. Il refrénait une furieuse envie de se lever et de prendre ses jambes à son cou pour s'éloigner le plus possible de son vis-à-vis. D'autre part, il était terrorisé en pensant à ce que Mme Yao allait dire. Elle voudrait certainement surveiller cet espion américain. Quoi de plus facile à travers Holy? Celui-ci frissonna: il se retrouvait à peu de choses près dans la situation qui avait failli lui coûter la vie, vingt ans plus tôt. Avec des gens tout aussi impitoyables que les Japonais.

— Je ne peux pas vous aider, dit-il soudain, mais je connais bien Hong-kong. Si vous avez quelques moments de loisirs...

Il glissa quelques billets dans sa serviette et se leva. Malko l'imita et se cassa en deux avec une grimace de douleur. Il n'était pas encore habitué à la dureté des sièges de bois à la chinoise Même les oreillers sont en bois! Ses névralgies l'avaient repris.

— Qu'y a-t-il? demanda Holy.

Malko lui expliqua en descendant les escaliers de Ladder Street. Les yeux de Holy brillèrent. Enfin, il était en terrain connu.

— Je vais vous guérir, affirma-t-il. Avec l'acupuncture. Je viendrai demain matin à votre hôtel, nous commencerons le traitement...

Après tout, c'était un bon moyen pour garder le contact. Malko accepta. Au coin de Queen's Road, ils croisèrent une Chinoise éblouissante de beauté, moulée dans un cheong-sam, s'arrêtant à mi-cuisses. Son regard glissa sur les deux hommes, royal et hautain. Emoustillé, Holy Tong gloussa:

— Elle travaille chez Lane Crawford, vous pouvez l'avoir pour cinquante dollars. Hong-kong, bien entendu.

C'était un cas presque parfait d'obsession sexuelle. Des filles trottaient dans sa tête toute la journée. Il se pencha et dit d'un ton confidentiel:

— Il faudra que nous organisions une petite soirée un jour. Ce n'est pas cher, avec trois filles jeunes et des films, cela coûte cent dollars Ils apportent le matériel de projection, bien entendu.

Cette fois, ils prirent un taxi pour revenir dans Victoria. Le Chinois jacassait sans arrêt, à propos de choses sans importance. Malko le déposa au coin de Ice Street et continua jusqu'au Hilton. Sa piste se terminait en impasse. Le prolixe et libidineux Tong n'avait rien d'une barbouze. Enfin, s'il le guérissait de ses névralgies, ce serait déjà quelque chose...

Il monta l'escalator et se dirigea vers la réception pour prendre sa clé. Soudain son regard tomba sur la veuve numéro deux de Cheng Chang, la plus belle.

Assise sur une banquette, elle le regardait tranquillement.

CHAPITRE VIII

Une interminable seconde, les yeux d'or de Malko restèrent vrillés à ceux de la Chinoise. Puis, elle se leva lentement et vint vers lui. Sa démarche était aussi ondulante que celle d'un grand félin, mais son visage n'avait absolument aucune expression. Il la détailla. Elle était vêtue à l'Européenne avec un ensemble de soie orange très bien coupé. Les tailleurs chinois sont les meilleurs du monde quand ils le veulent.

Malko s'inclina légèrement, lui prit la main et l'effleura de ses lèvres.

— Je crois que nous nous sommes déjà rencontrés, dit-il. Que me vaut le plaisir?

Elle marqua une imperceptible hésitation devant sa galanterie, puis laissa tomber d'une voix basse et un peu éraillée, en complète contradiction avec son apparence distinguée:

— Je veux vous parler. C'est important.

Il n'eut pas été galant de lui offrir sa chambre. Malko proposa:

— Que diriez-vous du Den, en bas? On m'en a dit le plus grand bien.

Elle haussa les épaules.

— Si vous voulez.

Son indifférence à tout était presque palpable. Elle

précéda Malko dans l'escalator. Elle marchait la tête haute, le buste en avant, les reins cambrés. Une vraie bête de race.

Le Den, la boîte de nuit de l'hôtel, était divisé en petits boxes fermés par des palissades de faux bambous. Malko et sa compagne s'assirent assez loin de l'orchestre. Il commanda tout de suite une bouteille de Moët et Chardon, offerte au poids de l'or, puis dit:

— Je n'ai pas eu l'honneur de vous être présenté par le colonel Whitcomb: je suis le prince Malko Linge.

Elle haussa les épaules, signifiant qu'elle s'en moquait comme de son premier soutien-gorge. De près, son visage régulier était terriblement dur.

— Je m'appelle Mina, répondit-elle, les yeux dans le vague.

Ils ne parlèrent plus jusqu'au moment où on apporta le champagne. Dès que leurs deux coupes furent pleines, Malko leva la sienne:

— A quoi devons-nous boire?

Comme à regret, elle prit aussi la sienne, avec ce qui pouvait passer pour un sourire:

— Au succès de notre conversation.

Elle trempa ses lèvres dans le liquide glacé, en but une gorgée et remarqua:

— C'est bon!

Il remplit de nouveau sa coupe. L'orchestre avait commencé à jouer. C'étaient des Philippins, qui jouaient à la chinoise des airs américains.

— Là où je travaille, dit la Chinoise, en jouant avec sa coupe vide, on ne sert pas de champagne.

Malko remplit sa coupe:

— Où travaillez-vous?

— Au Kim Hall. Je suis entraîneuse.

Elle vida sa coupe presque aussitôt. Ses yeux morts avaient enfin pris de l'expression et ses joues avaient rosi.

— Vous parlez bien anglais, remarqua-t-il. Pourquoi n'essayez-vous pas de trouver autre chose?

Elle le regarda presque avec haine et jeta, méprisante:

— Je suis entrée en fraude à Hong-kong, il y a un an. J'ai de faux papiers. Pour les payer j'ai dû coucher pendant quinze jours avec tous les hommes qui me l'ont proposé. *Tous*, vous m'entendez.

» On me tolère. Mais si j'essayais de prendre le travail d'une fille qui est en règle, on me dénoncerait. Vous savez ce que cela veut dire?

Malko secoua la tête négativement.

— On risquerait de me reconduire à la frontière, chez les communistes.

Elle se tut un instant. Il vit que ses lèvres tremblaient.

— Hong-kong est un piège, dit-elle. Après, on ne peut pas aller plus loin. Vous vous souvenez de l'homme qui avait réussi à se glisser sur le ferry de Macao, il y a quelques années. A Macao, on n'a pas voulu le débarquer. A Hong-kong, on ne voulait pas non plus le laisser descendre. Cela a duré trois mois. Personne n'a faibli.

— Qu'est-il devenu?

— Il s'est suicidé. Pour ne pas devenir fou. On l'aurait laissé vieillir sur place. Dans deux ou trois ans les communistes seront à Hong-kong. Pour tous ceux qui n'auront pas pu partir avant, le rideau se baissera définitivement. Je ne veux plus être là à ce moment.

— Comment pouvez-vous quitter Hong-kong?

Ses yeux lancèrent un éclair.

— Si je pouvais quitter Hong-kong, seule, je ne serais pas ici ce soir. C'est mon seul jour de repos. Pour partir d'ici, il faut pouvoir aller ailleurs, avoir un passeport. Moi je n'ai pas de passeport, rien à part un faux extrait de naissance. Je peux tout juste aller à Macao. Nous sommes de dizaines de milliers dans le même cas.

— Pourquoi avez-vous réclamé le corps de Cheng Chang? demanda Malko. Vous n'êtes pas sa veuve

Elle haussa les épaules.

— J'étais obligée de le faire.

— Pourquoi?

— Je ne vous le dirai pas.

— Comment m'avez-vous retrouvé?

Elle haussa les épaules.

— Aucune importance. Je veux que vous me disiez qui vous êtes et pourquoi vous vouliez le corps de Cheng Chang.

Elle avait posé sa question brutalement, comme un homme.

— Pourquoi?

— Je pourrais peut-être vous aider.

C'était trop gros pour être un piège. Mais il n'y comprenait plus rien.

— Pourquoi voulez-vous m'aider? demanda-t-il.

— Pour un passeport anglais ou américain.

— Que savez-vous?

Elle secoua la tête avec un ricanement amer.

— Ne faites pas l'idiot. Donnant donnant.

Maintenant une fille en slip et soutien-gorge lamé or dansait dans une cage aux barreaux dorés au milieu de la scène, sur un jerk digne de Harlem. Malko hésitait:

— Vous êtes sûre de savoir quelque chose d'important?

Sa belle bouche s'ouvrit en un rictus cruel:

— J'ai l'impression. Je pourrais en tout cas vous mener à quelqu'un qui en sait long.

Il se voyait mal fabriquer un faux passeport. Dick Ryan allait sauter en l'air s'il lui demandait cela. Le State Department était à cheval sur les principes.

— Qui croyez-vous que je sois donc, demanda-t-il, pour pouvoir vous procurer un passeport?

— Je m'en fous. Si vous voulez savoir quelque chose, je veux un passeport. Ou alors, il y a un autre moyen.

— Quoi donc?

— Que vous m'épousiez.

Il n'y avait aucune douceur dans sa voix. Elle aurait pu aussi bien lire les cours de la bourse. C'était inattendu. Il se força à sourire:

— Je ne pensais pas vous avoir inspiré une passion aussi soudaine, l'autre jour, à la morgue.

Elle eut une grimace d'agacement:

— Ne faites pas l'idiot. Je veux vous épouser seulement pour partir d'ici, avoir un passeport. Dès que nous serons aux Etats-Unis, je vous quitterai, je vous le promets. Dans les cinq minutes et vous n'entendrez plus jamais parler de moi. Il vous sera facile d'obtenir un divorce.

— Mais que ferez-vous?

Elle eut un sourire las qui découvrit ses dents impeccables. Le premier de la soirée.

— Je serai putain, comme ici. Je ne sais rien faire d'autre. Et c'est un métier qu'on peut faire partout. Mais au moins je n'aurai plus peur qu'on m'arrête ou qu'on m'envoie en Chine. Je ne veux plus jamais avoir peur. Plus jamais.

Elle serrait le cristal de son verre à le briser, l'air farouche. Malko était perplexe: que savait-elle vraiment?

— Pourquoi vous adressez-vous à moi? demanda-t-il. Ces renseignements sont précieux pour beaucoup de gens.

— Vous êtes le seul à pouvoir me donner ce que je veux, répliqua-t-elle brutalement. Les Anglais ne donneront jamais un passeport à une putain chinoise, et de l'argent, je peux en gagner avec mon corps tant que je veux.

Autour d'eux, on dansait et on flirtait. La fille en or continuait à se remuer dans sa cage. Le Den était plein de touristes qui n'osaient pas sortir de l'hôtel à cause des bombes. Tous escortés de taxi-girls chinoises.

— Je dois réfléchir, dit Malko. Tout cela ne dépend pas de moi. Mais, je vous promets que, si je le peux, je vous ferai sortir de Hong-kong.

Elle le regarda, avec, pour la première fois, quelque chose d'humain dans les yeux.

— Vrai?

— Vrai.

— Vous avez des yeux de chat, remarqua-t-elle. Jaunes comme les chats.

Elle prit sa coupe de champagne et la vida d'un coup.

A eux deux, ils avaient bu la bouteille de Moët et Chandon. De quoi faire vivre pendant un an une famille de Kowloon. Mina semblait passablement éméchée. Comme l'orchestre attaquait un slow, elle prit Malko par la main et l'entraîna sur la piste. Il eut l'impression qu'un serpent chaud et doux s'enroulait autour de lui. Comme si elle n'avait pas d'os, que des courbes rondes.

— Je vais vous montrer comment je gagne mes dollars, murmura-t-elle à son oreille.

Effectivement, elle lui montra. Toujours le visage hautain et impassible.

— Pouce, dit Malko au bout d'un slow. Je suis convaincu.

L'attentat à la pudeur n'était pas loin. Elle relâcha son étreinte et ils continuèrent à danser normalement. Quand ils revinrent à la table, Mina regarda la montre de Malko. Il était près de deux heures du matin. Le temps avait passé vite.

— Partons maintenant, dit-elle, sinon nous n'aurons pas le temps de faire l'amour et je dois me lever tôt demain matin.

— Mais je n'ai pas l'intention de faire l'amour avec vous, protesta doucement Malko.

Elle le regarda, moitié étonnée, moitié ironique:

— Vous n'aimez pas les putains?

Il lui prit la main et la baisa:

— Vous êtes une femme ravissante, dit-il et je ne connais pas ce mot Peut-être plus tard quand nous nous connaîtrons mieux. Venez, je vais vous raccompagner.

Le hall du Hilton était désert. Ils prirent un taxi qui les conduisit à l'embarcadère et ensuite un walla-walla qui les déposa de l'autre côté, en face du Peninsula. La Volkswagen était au garage et il ne tenait pas à se perdre dans le dédale de Kowloon City. Mina ne prononça pas une parole de tout le voyage, laissant tremper sa main dans l'eau.

C'est elle qui donna l'adresse au chauffeur de taxi. Le véhicule s'arrêta, dix minutes plus tard, devant un immeuble lépreux hérissé de linge à sécher, selon la mode chinoise.

— Vous pouvez me voir au Kim Hall tous les soirs, dit-elle. Décidez-vous vite.

Elle avait repris toute sa dureté.

Malko lui baisa la main. Elle la lui laissa un peu plus longtemps que nécessaire.

— C'est dommage que je sois une putain. Personne ne m'a jamais traitée comme vous ce soir.

Ce furent ses derniers mots. Elle disparut dans l'entrée sombre de l'immeuble.

Dans le taxi, il récapitula les événements. Décidément, Max l'ordinateur n'avait pas tout prévu. Une chose le choquait. Cheng Chang ne semblait pas avoir été un professionnel du Renseignement. Pourtant il avait été sans conteste en possession d'une information vitale. Comment et par qui?

Malko connaissait maintenant deux veuves. Que lui réservait la troisième?

CHAPITRE IX

Jamais encore, depuis le début de sa liaison avec Mme Yao, Holy Tong ne s'était aventuré jusqu'à son bureau du Cinéma Astor. Il se sentait mal à l'aise et oppressé en frappant à la porte. C'est la voix autoritaire de sa maîtresse qui répondit immédiatement: il poussa le battant et tenta de se composer un visage avenant et paisible. Mais intérieurement, il tremblait.

— Qu'est-ce que tu fais là?

Mme Yao marcha sur lui sans lui laisser le temps d'entrer dans la pièce. Il sembla à Holy que les grandes dents jaunes allaient le dévorer.

— Je... je voulais te parler, balbutia-t-il. Pas au téléphone. C'est important.

Elle alla se rasseoir et Holy déglutit devant l'ondulation de sa croupe maigre.

— Tu es fou de venir ici! fit-elle, d'une voix basse et furieuse.

— On sait que je te soigne, protesta Holy Tong

Soudain, tout ce qu'il avait préparé se dissolvait dans son cerveau. Il commença maladroitement:

— Ce n'est pas bien, tu as fait tuer cette pauvre femme. Elle n'avait rien fait. C'est encore une chose qui m'empêche de dormir...

Mme Yao envoya le mufle en avant:

— Ne te mêle pas de mes affaires. Misérable. Tu es abject. C'est à cause de toi que tout ça est arrivé, de ta langue fourchue; je devrais te l'arracher, et te la faire manger. Imbécile. C'est tout ce que tu avais à me dire?

Evidemment ce n'était pas des mots d'amour. Le pauvre Holy Tong commençait à regretter sa visite. Mais le plus dur restait à dire.

— J'ai reçu la visite d'un homme. Un agent américain, je crois. Il... cherchait à savoir. Je veux dire...

Les mots s'embrouillaient dans la tête de Holy Tong sous le regard froid de la Chinoise. Il raconta la visite de Malko, avec trop de détails, parla du traitement qu'il allait lui prodiguer et s'arrêta, le front couvert de sueur.

— Comment t'a-t-il trouvé? questionna Mme Yao menaçante.

Holy croisa ses mains grassouillettes!

— C'est... c'est cette femme qui est morte qui lui a parlé de moi.

Il ne disait pas « que tu as fait tuer » pour ne pas la vexer.

Mme Yao réfléchissait. Elle connaissait l'existence de cet agent américain. Depuis qu'il avait été réclamer le corps de Cheng. Soudain, elle voyait un moyen de l'utiliser.

— Puisque tu vas revoir cet homme, dit-elle, tu vas me rendre un service.

— Oh! non, gémit Holy. J'ai peur.

— Tu aurais encore plus peur si je te fais tuer. Tu refuses? fit-elle, menaçante.

— Non, non, je ferai ce que tu veux...

Elle prit un paquet de Craven sur la table, en alluma une sans en offrir à Holy, la mit dans un long fume-cigarette en bambou et croisa les jambes très haut:

— Je te donne le moyen de te racheter, fit-elle doucereusement. Voici ce que tu vas dire...

Holy cligna des yeux derrière ses lunettes. Mme Yao le fascinait comme un serpent. Pendant dix minutes, il écouta sa maîtresse, docilement. La tête lui tournait. Il avait la sensation de s'enfoncer dans un puits sans limite. Et surtout, il avait peur. Combien il maudissait le soir où il avait voulu briller devant son ami Cheng Chang.

— Je ferai comme tu veux, dit-il d'une voix presque imperceptible.

Satisfaite, elle sourit. Sans transition, ce n'était plus qu'une femme sensuelle, et avide de plaire.

— Je viendrai te voir demain, roucoula-t-elle. Mon dos me fait mal...

La carotte et le bâton.

Holy sentit une boule de chaleur au creux de son estomac. Quand elle faisait l'amour avec lui, Mme Yao lui disait des choses que même les putains des meilleurs bordels de Kowloon ne savaient pas inventer.

— Va-t'en maintenant, fit Mme Yao d'une voix redevenue dure.

Holy se retrouva dans Hanoi Road, grouillante de monde. Il n'était pas bien dans sa peau. Un tueur à gages ne coûtait pas même cinq mille dollars Hong-kong. Une misère. Tout en marchant le long de Nankin Road, Holy tournait et retournait le problème dans sa tête. Il était coincé.

Il arriva devant le Peninsula Hotel au moment où un autocar débarquait un flot de touristes japonais du *Matsamaru,* cargo ancré dans la rade.

Malko attendait Holy Tong, qui devait venir l'acupuncter à onze heures, en lisant le *South China Morning Post*. C'était une longue litanie d'attentats et de troubles. Le meurtre de Mme Cheng Chang semblait être passé complètement inaperçu. Officiellement tout au moins.

On frappa un coup léger à la porte et il alla ouvrir. La silhouette rondouillarde de Holy Tong se tenait dans l'embrasure.

Le Chinois semblait fébrile et nerveux. Ils échangèrent quelques banalités sur le temps, puis Malko s'étendit sur le lit après s'être déshabillé, ne gardant qu'un slip. Holy Tong commença à tâter délicatement les traces de son ancienne blessure. Il avait des mains extraordinairement douces pour un homme.

— Je pense que je vais vous soulager beaucoup, dit-il après son examen. C'est un cas relativement simple.

Il tira de sa poche une petite trousse avec ses aiguilles. Mais il était si nerveux qu'il la fit tomber sur le lit.

— Qu'y a-t-il, monsieur Tong, demanda Malko? Vous êtes toujours aussi tendu avant de soigner quelqu'un...

Le Chinois secoua la tête:

— Non. Non, mais j'ai repensé à ce que vous m'aviez dit l'autre jour. A propos de mon ami Cheng Chang...

Malko dressa l'oreille. Le Chinois venait de lui enfoncer une aiguille d'or entre deux côtes et il ne ressentait absolument aucune douleur. Etonnant. Les trois autres aiguilles se plantèrent dans sa chair de la même façon, comme s'il s'était agi d'une autre personne. Assez impressionnant.

— Il faut les garder dix minutes environ, commenta Holy Tong, pour que cela agisse sur les terminaisons nerveuses.

— Pourquoi êtes-vous tracassé au sujet de Cheng Chang, demanda Malko? Il est mort.

Holy hocha la tête tristement.

— Je sais, je sais, fit vivement le Chinois, mais je me demande si je ne sais pas pourquoi...

Malko se dressa sur ses coudes si brusquement qu'il manqua arracher ses aiguilles!

— Quoi!

Mais déjà Holy Tong battait en retraite:

— Je ne sais rien de précis, assura-t-il. Seulement une phrase m'est revenue, une chose qu'il m'avait dite.

Malko était sur des charbons ardents. Le Chinois jouait avec une des aiguilles non utilisées. Voilà donc ce qui expliquait sa nervosité de leur première rencontre.

— Monsieur Tong, dit-il, très doucement, si vous savez quelque chose, il faut me le dire. C'est très, très important.

Le Chinois baissa les yeux:

— J'ai peur. Regardez ce qui est arrivé à Cheng Chang. Non, je crois qu'il vaut mieux que je garde cela pour moi Si on savait que je vous ai parlé.

— Personne ne le saura jamais, affirma Malko...

Holy songea avec amertume qu'on lui avait tenu exactement les mêmes propos vingt ans plus tôt. On finissait toujours par savoir. Surtout à Hong-kong.

Il resta silencieux un moment, puis dit lentement:

— Deux jours avant qu'il ne parte pour Taipeh, j'ai vu Cheng Chang. Il était très excité.

— Pourquoi?

Holy se pencha à son oreille comme si la chambre avait été pleine d'espions:

— Il m'a dit que les communistes allaient attaquer la flotte américaine la prochaine fois qu'elle serait à Hong-kong!

Malko regarda le Chinois. Holy soutint fermement le regard des yeux jaunes. Intérieurement, Malko jubilait. L'électronique, c'était quand même extraordinaire. L'aveu de ce Chinois recoupait parfaitement ce qu'avait prévu Max l'ordinateur.

— Vous ne savez rien d'autre? demanda-t-il.

Le Chinois secoua la tête.

— Rien. Il ne parlait pas beaucoup. Sur le moment, j'ai cru que ce n'était pas sérieux. Puis, avec ce qui s'est passé...

— Beaucoup de gens ont cru que ce n'était pas sérieux, dit sombrement Malko.

Brusquement, il se sentait beaucoup plus léger. Sa mission était terminée. A l'équipe de Dick Ryan de veiller sur le *Coral-Sea,* lorsqu'il arriverait. Au fond tout cela avait été merveilleusement facile. Il allait enfin pouvoir se comporter comme un touriste normal. Se faire faire des costumes, aller fumer un peu d'opium et admirer le merveilleux spectacle de la baie sans craindre de recevoir une balle dans le dos. Quand le *Coral-Sea* arriverait, il serait loin au fond de son château, en Autriche. En revenant par la Scandinavian, il descendrait à Copenhague et le tour serait joué. Il fut plein de reconnaissance pour Holy Tong.

La seule à être sérieusement déçue serait la belle Mina. Ce n'est pas lui qui lui offrirait son passeport. Dans sa joie, il dit à Holy:

— Mon cher, je vous invite à déjeuner!

Le Chinois protesta faiblement, mais Malko insista tant qu'il finit par céder. Le temps de se rhabiller et ils étaient dans le hall.

Malko faillit éclater de rire: Po-yick était sagement assise sur une banquette! Avec son inséparable amie. Décidément, elle était folle amoureuse. Fugitivement, Malko regretta d'avoir invité le Chinois à déjeuner.

— Attendez-moi une seconde, demanda-t-il, je dois dire un mot à cette jeune personne.

Po-yick semblait toujours aussi timide.

—Mon amie a voulu aller manger un ice-cream à la cafétéria, alors je l'ai accompagnée... Je ne pensais pas vous voir.

Malko sourit devant l'énorme mensonge. Les yeux de la Chinoise disaient assez son trouble. C'était charmant et touchant.

— Je dois aller déjeuner avec un monsieur, expliqua-t-il, mais, à partir d'aujourd'hui, je serai beaucoup plus libre si vous avez des devoirs. Venez vers six heures.

Elle hocha la tête sans répondre. Malko lui caressa la joue et rejoignit Holy Tong. Au regard de ce dernier, il comprit qu'il avait nettement monté dans son estime.

— Je connais un très bon restaurant coréen dans Wan-chai, dit le Chinois, nous y serons tranquilles.

Malko se laissa guider. Ils prirent un taxi et descendirent à Harcourt Road. En entrant dans Gloucester Road, ils furent stoppés par une voiture de police mise en travers de la route. Un important groupe de manifestants s'était formé dans les bidonvilles de Morrisson Hill, près du champ de courses de Happy Valley. Les voitures ne pouvaient plus pénétrer dans Wan-chai.

— Continuons à pied, conseilla Holy Tong, c'est tout près.

Effectivement, le restaurant coréen se trouvait à moins d'un quart de mille, près de l'embarcadère du ferry de Jordan Street. Malko était le seul Européen. Sur chaque table était posé un réchaud à gaz!

Etrange. Malko comprit pourquoi lorsqu'on leur apporta des morceaux de viande crue... La cuisine coréenne tenait de la fondue bourguignonne et du barbecue... Avec une sauce à arracher le vernis de la table.

Quant au vin, on aurait dit une purge. Amer et fort. Holy Tong encouragea Malko à en boire:

— C'est excellent pour la virilité, affirma-t-il. C'est du vin de Gien-seng. Très recherché.

Incorrigible Holy.

Malko prit rendez-vous pour le lendemain, afin de poursuivre son traitement. Mais Holy avait déjà autre chose en tête:

— Je peux vous emmener dans un endroit étonnant, glissa-t-il à Malko. Cela s'appelle la Maison des Oiseaux. C'est rempli d'immenses volières d'oiseaux les plus rares. Et il y a les plus belles filles de Hongkong. Si vous voulez, cela ne vous coûtera pas un sou...

— Ce sont des philanthropes?

Holy gloussa, l'œil lubrique.

— Non. Mais il y a beaucoup de riches Chinois trop vieux pour faire l'amour. Alors, ils viennent et ils regardent. Ce sont eux qui paient pour les filles.

A l'écouter, Holy devait être un habitué. Pour son compte, il n'avait pas la moindre envie de servir de cobaye à de vieux Chinois. Il régla l'addition et ils sortirent. Malko avait hâte de se rendre au consulat rapporter la bonne nouvelle à Dick Ryan. Le Chinois remontait dans sa villa et il le déposa au pied du funiculaire dans Garden Street.

Dick Ryan était vêtu d'une façon qui aurait fait hurler le colonel Whitcomb. Un costume léger avec des raies si larges qu'il ressemblait à un pyjama de déporté. Deux grandes rides plissaient son front très bombé. Il n'avait pris aucune note depuis le début du récit de Malko, mais crayonnait son sous-main.

Ils se trouvaient dans son bureau, au onzième

étage. Par les fenêtres on apercevait Wan-chai et l'est de la baie de Kowloon.

Malko termina son récit. Ryan but une gorgée de thé et alla à la fenêtre. Les barbelés du toit de la Bank of China se découpaient dans le soleil.

— Je donnerais cher pour aller faire un tour là-dedans, soupira-t-il.

Il se tourna vers Malko:

— Le *Coral-Sea* sera ici dans une semaine.

« Je crois à votre histoire, maintenant. Mais je voudrais bien savoir comment ce minable de Cheng Chang a pu avoir une information aussi capitale et vraie! Puisqu'on l'a tué. Il y a un mystère là-dessous.

— Qu'allez-vous faire au sujet du *Coral-Sea*?

Ryan émit un bruit peu distingué.

— Prier. Avertir Washington et les Anglais. Le mieux serait qu'il retarde sa visite. Cela donnerait le temps de découvrir quelque chose de plus précis. Mais c'est une décision qui ne dépend pas de moi.

— Pourquoi ne rien dire aux Anglais et empêcher le *Coral-Sea* de venir tout simplement? suggéra Malko.

Ryan cracha avec précision dans un crachoir, à un mètre.

— Vous plaisantez? Et les British? Et le commerce local? La 7e flotte, c'est la manne pour les putes et les boîtes de Wan-chai. Sans compter les tailleurs. Si on leur faisait ce coup-là, en douce, ils seraient fichus de nous virer. On ne peut pas se permettre de les doubler. Hong-kong appartient encore à Sa Gracieuse Majesté...

» Je vais convoquer ce cher colonel Whitcomb pour une petite conférence... Le plus tôt sera le mieux. Il n'y a plus qu'à prier Bouddha pour qu'il nous donne son feu vert. Lui sait que le *Coral-Sea* est en route pour Hong-kong... C'est aussi un petit encouragement vis-à-vis de la Chine de Taipeh. Imaginez ce qui se passerait si le *Coral-Sea* et deux ou trois autres étaient dans la rade juste au moment où les Rouges décident d'envahir Hong-kong? Sacrée force de dissuasion, non?

» Croyez-moi, Whitcomb ne nous aime pas, mais on va avoir du mal à le lui arracher son porte-avions. Ça vaut tous les lanciers du Bengale...

*
**

Les yeux bleus du colonel Whitcomb transperçaient Dick Ryan sans le voir.

— Je refuse, dit-il d'une voix égale... En tant que responsable de la sécurité dans la colonie, je puis vous affirmer que rien de fâcheux n'arrivera aux bâtiments de la 7e flotte tant qu'ils seront mouillés dans la rade. Je vous en réponds sur ma tête.

Bougon, Ryan haussa les épaules et marmonna:

— Cela nous fera une belle jambe, quand le *Coral-Sea* sera au fond de l'eau, d'avoir votre démission.

Le colonel Whitcomb fit comme s'il n'avait pas entendu. Il tapotait, à un rythme exaspérant, le buvard placé devant lui. Les trois hommes se trouvaient dans la salle de conférence, au troisième étage du consulat. Malko avait juste eu le temps de redescendre au Hilton une heure avant la réunion.

Le colonel Whitcomb n'avait marqué aucune surprise en trouvant Malko dans le bureau. Il avait même fait comme s'il n'existait pas.

— Mais enfin, monsieur Ryan, fit Whitcomb, sarcastique, que craignez-vous donc? Je croyais que le *Coral-Sea* était invulnérable?

Ryan cracha et leva un doigt accusateur:

— Bon sang, et si les Rouges s'amusent à installer un canon à charge creuse sur la Bank of China, il vous faudra combien de temps pour aller les déloger? Vos hélicoptères ne peuvent pas y atterrir. Et si vous devez vous battre dans les étages, ça prendra trois semaines...

D'accord, le *Coral-Sea* viendra. Mais que le drapeau anglais flotte sur la Bank of China...

Whitcomb serra les lèvres. Dick Ryan avait touché un point sensible. Ces enclaves communistes dans la colonie étaient comme des épines dans sa chair.

— Si vous étiez chargé de la sécurité de Hongkong répliqua-t-il, j'aimerais savoir comment vous vous y prendriez. Je vous rappelle que les communistes peuvent nous couper l'eau quand ils le veulent et déclencher ainsi la révolution en quarante-huit heures. Sans tirer un coup de feu...

Malko se gratta la gorge. Visiblement Ryan et Whitcomb se haïssaient. Ce qui n'était pas pour arranger les choses.

— Colonel, demanda-t-il, en quoi cela vous est-il nuisible que le *Coral-Sea* ne vienne pas à Hongkong cette fois-ci? Ce n'est pas une mesure définitive, nous voulons seulement éviter un risque d'incident.

— Monsieur, fit Whitcomb avec un mépris infini dans la voix, vous ne connaissez rien aux Jaunes. De deux choses l'une: ou, comme je le crois, il s'agit d'une habile intoxication. Dans ce cas, nos adversaires verront qu'il suffit de nous faire peur pour nous faire reculer. Imaginez les conséquences désastreuses pour la colonie, à longue échéance.

Il s'adressa plus particulièrement à Ryan, sarcastiquement:

— A Macao, l'évêque a besoin de l'autorisation du parti pour ouvrir son église. Voulez-vous que ce soit la même chose à Hong-kong?

Personne ne répondit. Le colonel Whitcomb alluma sa pipe et continua:

— Dans l'hypothèse où tout cela n'est qu'un bluff, nous sommes également perdants. Les communistes savent que le *Coral-Sea* doit relâcher ici; ils se demanderont pourquoi il ne vient pas. Et cela créera un précédent. Car ils prétendront que c'est l'action des forces démocratiques qui l'a empêché de venir. N'oubliez pas que nous sommes engagés dans un combat à mort, un combat où la psychologie a plus d'importance que les armes. En lui-même, le *Coral-Sea* n'a pas plus d'importance que les huit divisions rouges qui se trouvent de l'autre côté de la frontière. Mais il doit être là...

» Bref, ajourner cette visite serait perdre la face vis-à-vis des Chinois. Je m'y oppose absolument et j'exprime l'opinion du représentant de Sa Très Gracieuse Majesté la Reine et du gouvernement du Royaume-Uni.

De toute façon, le cocktail de bienvenue est déjà préparé, pour les officiers supérieurs du *Coral-Sea*, jusqu'au grade de capitaine...

Ça risquait d'être un cocktail Molotov... Le côté armée des Indes ne perdait pas ses droits. Malko guignait du coin de l'œil Dick Ryan qui se retenait d'exploser. L'Américain serrait tellement ses petites lèvres, qu'il semblait ne plus en avoir du tout.

— Colonel, fit-il doucereusement, votre raisonnement est parfait. Mais pouvez-vous me dire ce qui arrivera si vos calculs sont faux, et si on retrouve le *Coral-Sea* au fond de la rade de Hong-kong. Vous oubliez une chose aussi: *moi*, je suis responsable de la sécurité des bâtiments de la 7e flotte lorsqu'elle relâche ici. Et cette sécurité, dans les circonstances actuelles, je ne peux absolument pas l'assurer. Ceux qui ont mis une bombe à bord du Boeing des China Airlines ne sont pas des plaisantins. Les avez-vous identifiés?

L'ambiance ne s'arrangeait pas. Un ange passa et s'enfuit à tire-d'aile.

Le colonel Whitcomb resta silencieux pendant une interminable minute:

— *Well,* fit-il. D'abord nos services suivent de très près l'affaire du Boeing. Puisque vous m'y forcez, je peux aussi vous dire que j'ai la preuve que le dénommé Cheng Chang est vivant. Nous sommes sur sa piste. Lui retrouvé, nous posséderons les informations qui nous manquent. C'est ce qui explique mon optimisme...

Ryan et Malko échangèrent un regard d'intense surprise. Ça, c'était nouveau. Nouveau et explosif.

— Comment savez-vous qu'il est vivant? coupa Ryan brutalement.

— Nous avons retrouvé la personne qui a transporté un Chinois blessé de Kai-tak jusqu'à une maison de Hanoi Street, le soir de l'accident. L'enquête a montré qu'il ne pouvait s'agir que de Cheng Chang. Depuis, nous avons perdu sa trace.

— Et vous prétendez retrouver un Chinois à Hong-kong en quelques jours, ironisa Ryan, alors que vous n'êtes pas même fichu d'empêcher les poseurs de bombes...

Whitcomb rougit violemment.

— Je suis à Hong-kong depuis quinze ans, Mister Ryan, fit-il et je peux vous dire que nous subissons rarement des échecs.

— Cheng Chang était-il grièvement blessé? demanda Malko pour éviter que l'Anglais et l'Américain ne se sautent à la gorge.

Le colonel daigna répondre:

— Assez sérieusement, d'après les déclarations de notre témoin, mais pas assez pour mettre sa vie en danger

— Vous n'êtes pas le seul à le rechercher, ce Cheng Chang, dit perfidement Ryan. Rien ne dit que vous serez le premier à le retrouver...

Whitcomb ne broncha pas. Il avait raté sa carrière. Au poker, il aurait gagné dix fois sa solde.

— Je suis heureux de rencontrer ici M. Linge, qui s'était fait passer à mes yeux pour ce qu'il n'était pas, fit-il.

Ses yeux bleus se fixèrent sur Malko:

— J'enquête sur le meurtre d'une Chinoise. Justement l'épouse de ce Cheng Chang. Elle a été assassinée à l'aide d'une dose massive de cyanure le lendemain de l'explosion du Boeing. Or, un témoin Chinois, une jeune fille, a aperçu un homme, un Blanc, dont le signalement correspond absolument à celui de M. Linge, entrant dans l'appartement du meurtre, quelques minutes avant que l'on ne découvre le corps.

» Nous avons également retrouvé le chauffeur de taxi, qui a conduit M. Linge loin du lieu du crime.

» Je vais donc demander à votre collaborateur de se mettre à notre disposition. Une arrestation n'est pas exclue...

Malko se sentit plutôt mal à l'aise. Les prisons à Hong-kong, ça devait être quelque chose. Il se voyait déjà immolé sur l'autel des dissentiments anglo-américains... Il glissa un œil à Ryan: l'Américain virait à l'aubergine, rejoignant la couleur de sa chemise.

— Colonel Whitcomb, dit-il en martelant chaque mot, j'ai l'honneur de vous faire savoir que le prince Malko Linge appartient au personnel diplomatique de notre consulat; au titre de vice-consul. Et qu'en conséquence, il est hors de question que vous le poursuiviez et même que vous l'interrogiez. Tout ce que vous pouvez faire, c'est demander son rappel. Dans les circonstances actuelles, je crains que les démarches ne soient extrêmement longues...

Malko ferma ses yeux dorés. C'était la douche écossaise: le fait d'être vice-consul n'était pas désagréable... Cela correspondait plus à ses aspiration profondes que d'être barbouze de luxe. Evidemment, lorsqu'on savait que le modeste consulat de Hongkong comptait cent cinquante vice-consuls, pour une population de trois mille cinq cents Américains, le poste était un peu moins honorifique... Mais enfin...

Le colonel Whitcomb n'avait pas désarmé.

— Puis-je vous demander à quand remonte cette nomination?

— A maintenant, fit brutalement Ryan. Et ne me dites pas que je n'ai pas le pouvoir de nommer le prince Malko. Je l'ai.

L'Anglais en resta la bouche ouverte. Vraiment ces Américains n'avaient pas le sens des convenances. Mais Ryan n'avait pas fini:

— Whitcomb, fit-il, oubliant volontairement son grade, si les gens de Formose savaient l'histoire de la filière du Kwang-si, je pense que vous auriez intérêt à demander une mutation...

— L'histoire du Kwang-si? répéta le colonel Whitcomb d'une voix neutre. Je ne vois pas...

— Laissez-moi vous rafraîchir la mémoire, cingla Ryan. Il y avait une filière d'infiltration en Chine rouge. Formose y a envoyé une douzaine d'agents l'an dernier. Jusqu'au moment où ils se sont aperçus que leurs agents étaient attendus au relais de Canton et coupés en morceaux avec tous les raffinements dus à leur rang.

L'Américain brandit un index vengeur.

— Vous le saviez depuis le début, colonel Whitcomb. Par cette vieille fripouille de Wang-chau qui a déjà trois fois changé de camp. Il se tourna vers Malko: Wang-chau est le chef de la police chinoise de Hong-kong. Il est resté trois ans chez les communistes puis est revenu. Seulement vous n'avez rien dit pour ne pas risquer de le griller...

Whitcomb tira sur sa pipe:

— Ces gens seraient morts de toute façon. Ils étaient stupides...

— Si vous voulez tuer tous les cons, fit Ryan, vaut mieux creuser le grand cañon du Colorado. Ils n'y tiendront pas tous.

— Mais vous en auriez fait autant, soupira Whitcomb angéliquement. Je ne pense pas que vous ayez une très grande estime pour les gens de Formose, n'est-ce pas?

L'ange repassa et s'enfuit, dégoûté de tant de cynisme. Malko regardait la table. Tout cela ne lui disait rien qui vaille. Le colonel Whitcomb se leva comme si de rien n'était, après un coup d'œil à sa montre.

— Je dois partir maintenant, faites-moi savoir le jour exact d'arrivée du *Coral-Sea*.

Il tendit la main à Malko:

— Félicitation pour votre promotion, cher monsieur. Vous me ferez tenir votre adresse afin que nous puissions vous envoyer des invitations.

Pas la moindre trace d'ironie dans sa voix Ça sert l'armée des Indes. Il ne serra pas la main de Ryan, mais eut une brève inclination de tête. L'Américain, jouant avec des papiers, répondit à peine. Dès que l'Anglais eut refermé la porte derrière lui Ryan explosa:

— Quel guignol, non, mais quel guignol! Et faux jeton avec ça! Ils savent tout ces fumiers-là, mais ils ne lèvent pas le petit doigt. Comme pour le Kwang-si.

— Pourquoi êtes-vous tellement accroché à cette histoire de Kwang-Si?

Ryan crayonnait rageusement sur la feuille de papier devant lui:

— Parmi les types de Formose, il y en avait un qui n'était pas tout à fait jaune, fit-il sombrement. De chez nous. Ce fumier de Whitcomb le savait parfaitement, mais il considère que Hong-kong est chasse gardée. Alors vous avez intérêt à faire attention. D'ici qu'il vous balance à ses petits copains, il n'y a pas loin.

— La dernière chose que je ferai avant de partir d'ici, fit rêveusement Ryan, c'est de filer cinq cents dollars à un gars pour qu'il pousse ce fumier d'Anglais sous un tramway. Je partirai heureux.

Charmant...

C'est ce qu'on appelle l'entente cordiale... Malko ne voulut pas s'associer, même moralement, à une aussi vilaine pensée. Ryan ne devait pas être un petit ange, non plus.

— Bon, fit l'Américain, vous avez compris. Il s'agit de retrouver ce foutu bonhomme avant Whitcomb et avant les autres, surtout. A vous de jouer...

— Vous êtes très optimiste, soupira Malko. Il y a deux millions de Chinois à Hong-kong...

— Démerdez-vous. N'oubliez pas que je vous ai échangé contre un porte-avions, grogna Ryan. Le *Coral-Sea* arrive dans une semaine et j'aimerais bien en savoir plus sur cette histoire. D'ici à ce qu'ils aient un sous-marin miniature ou un truc comme ça...

» Allez-y. Je suis prêt à vous aider de toutes les façons. C'est-à-dire, en pratique, à vous donner des tickets pour la cantine, une voiture qui vous fera repérer à dix milles et une carte de Hong-kong...

Il serra quand même vigoureusement la main de Malko et remonta se plonger dans ses synthèses. Malko quitta le consulat, perplexe.

Comment retrouver Cheng Chang?

Seuls, Holy Tong et peut-être Mina pouvaient l'aider. Les deux étaient aussi peu dignes de confiance l'un que l'autre. Un soleil radieux brillait sur Hong-kong. Dans la rade, les ferries et les walla-wallas ressemblaient à des jouets. Une grosse jonque, avec des voiles déchirées, défilait majestueusement devant le Central District. Indifférent au luxe de l'île l'équipage, accroupi sur le bordage, se lavait avec des seaux tirés de la mer. Ils arboraient le pavillon communiste et retournaient en Chine, probablement chargés de matériel de contrebande. Une des contra dictions de Hong-kong.

Avant d'entrer au Hilton, Malko songea à l'homme traqué, quelque part dans ce territoire minuscule. Si on le retrouvait, il mourrait presque certainement. Mais aucun de ceux qui le cherchaient ne s'en souciait. Il était pris dans l'engrenage impitoyable de la guerre secrète.

En face du Hilton, l'équipe de cricket s'entraînait comme si de rien n'était.

CHAPITRE X

Malko allait donner sa clé à la réception quand un cri perçant le fit retourner.

La silhouette diaphane de Po-yick disparaissait complètement entre deux gurkhas trappus qui la tenaient littéralement par la peau du cou. La petite Chinoise se débattait de toutes ses forces en poussant des cris aigus de souris. L'un des Indhous la décolla du sol et elle donna de furieux coups de pied. Le sang bleu de Malko ne fit qu'un tour: bousculant deux gros philippins huileux, il traversa le hall comme une fusée saturne.

— Laissez cette petite fille tranquille, ordonna-t-il aux gurkhas.

Les deux Indhous le regardèrent sans comprendre, haussèrent les épaules et continuèrent à entraîner Po-yick.

Malko se planta devant le plus grand et enfonça son index dans le ventre rebondi:

— *Stop it!*

Déjà le manager accourait, les gens commençaient à s'attrouper sous l'œil impavide des employés chinois et des hôtesses en long cheong-sam fendu. Ils ne regardaient même pas, comme si la scène s'était déroulée sur une autre planète. La peur.

Malko sourit à Po-yick et la prit par sa seule main libre:

— N'ayez pas peur.

Le manager, un Italien à lunettes, affreusement ennuyé, s'interposa:

— Sir, cette fille est soupçonnée de porter des bombes. Cela fait un long moment qu'elle se dissimule dans le hall. C'est très grave, il ne faut pas entraver l'action de la police.

Malko haussa les épaules et le foudroya de ses yeux dorés:

— Ridicule, elle ne pose pas de bombes. Elle avait rendez-vous avec moi.

— Avec vous?

La mâchoire de l'Italien sembla se décrocher. Il regarda Malko avec son élégant costume d'alpaga et la petite Chinoise en socquettes blanches. Puis il fit un signe de tête aux deux Indhous, qui, dociles, lâchèrent leur proie. Aussitôt, Po-yick vint se réfugier près de Malko, les yeux brillants de fureur derrière ses lunettes. Le manager toussa discrètement:

— Il faut nous excuser, sir, mais dans les circonstances actuelles, n'est-ce pas...

Il s'éloigna, ayant hâte d'apporter un potin tout chaud à la réception, qui en avait pourtant vu d'autres. Dignement Po-yick ramassa son cartable et suivit Malko au Dragon Boat Bar. C'est la première fois qu'elle acceptait d'y mettre les pieds. Il n'osa pas lui proposer de monter dans sa chambre. Le colonel Whitcomb aurait été trop content de l'inculper de détournement de mineurs... Il commanda un jus d'orange pour elle et une vodka pour lui, regrettant qu'elle ne puisse goûter au Moët et Chandon que la direction avait fait porter dans sa chambre. Ryan avait dû avertir de sa fraîche nomination...

— Vous étiez venu me voir? demanda Malko.

La Chinoise hocha la tête et dit d'une voix fluette:

— J'ai raccompagné une amie qui habite tout à côté. Alors je suis passée. Je voulais vous parler de

Steve MacQueen. Est-ce que c'est un impérialiste?

Malko éclata de rire. Où va se nicher le communisme?

— Pourquoi? demanda-t-il.

Po-yick prit l'air profondément boudeur.

— Il y a un film de lui qui passe au Royal dans Shentung Street. Je voudrais bien le voir, mais Chairman Mao a dit qu'il fallait lutter contre l'impérialisme par tous les moyens. Si Steve MacQueen est un impérialiste, je ne peux pas aller voir le film...

— Je vous assure que Steve n'est pas un impérialiste, pas plus que moi, en tout cas...

Elle le regarda en dessous:

— Tous les Américains sont des impérialistes. Vous n'êtes pas Américain? L'Autriche, c'est près de l'Amérique?

— C'est assez loin. Mais nous admirons beaucoup la Chine.

Les lunettes de Po-yick s'embuèrent d'émotion.

Chaque fois qu'elle ne se croyait pas observée, elle dévorait Malko des yeux. Gravement, elle avala son jus d'orange et demanda:

— J'ai peur des hommes barbus. Est-ce que vous voulez me raccompagner jusqu'à la station des autobus, au coin de Ice Street?

Encore un prétexte pour être avec lui. Malko n'avait rien à faire jusqu'au déjeuner. Sauf chercher Cheng Chang, bien entendu. Tâche à peu près impossible.

Il paya et, suivi de Po-yick, quitta la pénombre de Dragon Boat Bar pour s'engager dans l'escalator. Le gurkha de service lui jeta un regard noir. Il regrettait sincèrement de ne pas avoir discrètement tordu le cou de la petite fille avant l'arrivée de Malko. Comme tous les Indous, il haïssait cordialement les Chinois.

Un coolie-pousse maigre à glisser sous une porte leur barra le passage et Malko ne s'en débarrassa qu'avec un billet de cinq dollars. Po-yick trottinait à côté de lui, très guillerette. Soudain, avant d'arriver au croisement de Queen's Road et d'Ice Street, elle s'arrêta et attira Malko par la main près d'une porte cochère. Surpris, il se retrouva dans l'ombre, serré contre la petite fille. Il n'eut pas le temps de se poser de questions sur son étrange conduite.

— Tenez-moi ça, demanda-t-elle.

Elle lui tendait son cartable, pour y fouiller plus à l'aise. Elle en sortit quelque chose qui ressemblait à une lanterne japonaise en papier, couverte de caractères chinois à l'encre rouge.

Vivement, elle souffla dans une sorte d'embouchure et l'objet se gonfla, prenant la forme d'un ballon presque carré, entouré de papier marron. Elle ligatura l'embout et posa l'objet par terre avec un air de concentration comique. Cela avait la taille d'un ballon de football.

— Qu'est-ce que c'est? demanda Malko.

Pic-yick pouffa:

— Une bombe!

— Une bombe!

Il regarda l'objet. Pourtant, il avait vu gonfler ce qui semblait être un ballon d'enfant. Mais déjà Po-yick l'entraînait par la main. Ils se retrouvèrent sur le trottoir de Queen's Road. Po-yick marchait nettement plus vite, jusqu'à l'arrêt du bus, où elle se mit dans la file avec un regard espiègle pour Malko.

— Qu'est-ce que c'est que cette histoire? fit-il sévèrement.

La Chinoise riait aux anges:

— C'est une bombe démocratique. Enfin, une fausse. Il y a des inscriptions en chinois pour dire de s'écarter, que cela va sauter et tuer les ennemis du peuple. La police va la trouver et enverra une voiture et beaucoup d'agents. Ils ne savent pas si elle est vraie ou pas, vous comprenez? Comme ça, ils se fatiguent beaucoup et ils n'ont plus le temps de courir après les vrais démocrates...

Malko en était estomaqué. Il regarda en direction de la porte où se trouvait la « bombe ».

— C'est très mal. Et si on vous attrape?

— Je serai une martyre de la révolution, fit avec un sérieux imperturbable Po-yick. Les policiers me violeront et me battront. Mais je ne dénoncerai personne...

Le bus vert à impériale arrivait. Po-yick se haussa sur la pointe de ses ballerines et embrassa Malko sur la joue.

— Vous êtes très gentil. Puisque vous n'êtes pas un impérialiste, vous n'êtes pas fâché, n'est-ce pas? Les bombes sont seulement contre les impérialistes...

Passablement affolé, Malko eut le temps de demander:

— Vous faites cela souvent?

— Chaque fois qu'on me le demande, dit fièrement Po-yick. J'appartiens à la Fraternité des Papillons de Wan-chai. Nous sommes très actifs et...

Le reste se perdit dans le grondement de l'autobus. Malko regarda le lourd véhicule démarrer avec lenteur. Il commençait à comprendre pourquoi les Anglais auraient une dépression nerveuse avant les Chinois...

*
**

Holy Tong mangeait sans appétit. Pourtant, à l'Ascot, il était chez lui et le chef, un ancien légionnaire français déserteur, arrivé un jour du Cambodge, lui mitonnait de merveilleux ragoûts.

Il avait peur. Mme Yao était venue le voir le matin même, dans sa villa. Ils avaient fait l'amour particulièrement bien. Mais il y avait quelque chose de retenu dans l'attitude de la Chinoise qui l'avait effrayé, bien qu'elle n'ait pas dépassé le niveau habituel de mépris. Holy lui avait fidèlement rapporté sa conversation avec Malko. Mme Yao avait paru satisfaite, mais il avait senti une certaine réticence. Sans le regarder, elle avait remarqué:

— Je n'aime pas cet homme. Il semble moins bête que Crâne-d'Œuf. Il peut être dangereux.

Crâne d'Œuf était le surnom donné à Dick Ryan par les communistes.

En se rhabillant, Mme Yao avait dit avec le grincement qui lui tenait lieu de rire:

— Si les Américains t'enlevaient et te torturaient, en enfonçant des aiguilles dans ton gros ventre, tu parlerais.

— Jamais, avait juré faiblement Holy, sans y croire lui-même.

Mme Yao lui avait tordu méchamment le sexe, si fort que des larmes avaient jailli des yeux du Chinois. Elle s'était relevée avec une tape amicale, comme pour le rassurer:

— Tu parlerais, j'en suis sûre.

Holy repoussa son assiette encore aux trois quarts pleine. Les phrases de Mme Yao tournaient en rond dans sa tête. Et il avait rendez-vous avec l'homme aux yeux d'or pour une nouvelle séance d'acupuncture. Il grillait d'envie de lui téléphoner pour se décommander, mais n'osait pas. Ce serait perdre la face. Et, chose beaucoup plus grave, désobéir à Mme Yao.

La porte du restaurant s'ouvrit. Sur Malko. Holy Tong se força à continuer à mâcher. Les yeux de l'arrivant étant dissimulés derrière des lunettes noires il ne voyait pas leur expression. Il se décida pour un sourire timide. Malko, sans se presser s'approcha de la table et s'assit. Holy en avala son beignet sans le mâcher, ce qui lui fit émettre un rot discret.

— Votre ami Cheng Chang est vivant, annonça

rant deux balancelles moelleuses, croulant de coussins de soie, pour s'asseoir ou s'étendre.

Les boxes qu'aperçut Malko étaient occupés par des Chinois et des hôtesses en très sage conversation. Soudain sa guide s'arrêta devant un box.

Mina s'y trouvait, en grande discussion avec deux autre Chinoises, au fin visage triangulaire. En voyant Malko, elles se levèrent vivement et, sur un regard de Mina, disparurent dans le labyrinthe...

La Chinoise portait une tunique mauve sur des pantalons de même couleur et un maquillage délicat. Malko s'enfonça près d'elle dans le divan.

— Thé ou alcool? demanda Mina.

— Thé.

Il s'attendait à voir un garçon. Soudain un carré de mosaïque du sol descendit, comme un minuscule ascenseur, découvrant une ouverture sombre. Moins d'une minute après, il reprit sa place, chargé d'un plateau de thé.

Devant la surprise de Malko, Mina daigna sourire.

— Nous aimons la discrétion, dit-elle.

— Voulez-vous fumer l'opium? Il est excellent, en provenance des hautes vallées de Birmanie.

Malko refusa poliment. Il n'avait d'yeux que pour Mina. Sa beauté était presque incroyable. Comme celle des poissons tropicaux nageant dans le bassin qui se trouvait sous leur table.

— C'est un endroit agréable, remarqua Malko. Féerique même.

La bouche de la Chinoise se tordit:

— Vous croyez?

C'était si différent des dancings poussiéreux et minables qui foisonnent en Extrême-Orient et où sévissent des putains analphabètes et sans grâce. Ou des immenses halls à taxi-girls où on choisit sa cavalière parmi trois cents filles qui ressemblent à des poupées mécaniques.

— Je veux dire que ce n'est pas une maison de rendez-vous comme tous les dancings de Hong-kong.

Mina découvrit ses dents éblouissantes:

— Ecoutez.

Malko tendit l'oreille. Derrière l'écran qui les séparait de l'autre box s'élevait un bruit confus de soupirs rythmés et de gémissements qui ne laissaient aucun doute sur l'activité pratiquée par ses occupants.

— Il n'y a pas de chambres ici, précisa Mina. Mais ces divans sont assez confortables pour y faire l'amour... Si vous voulez essayer.

Il eut envie d'elle et elle le vit. Mais elle ne bougea pas, l'observant comme un insecte derrière un microscope. Si elle avait seulement posé la main sur lui, il l'aurait prise là, tout de suite, sur la balancelle. Peut-être à cause de cette ambiance d'érotisme collectif et raffiné. Comme si elle avait lu dans les pensées de Malko, Mina précisa:

— Beaucoup d'hommes viennent ici avec leur femme légitime. Pour se retrouver amoureux.

— Ils ne craignent pas d'être dérangés, ironisa-t-il.

Les longs doigts de la Chinoise écartèrent un petit coussin de soie, découvrant un véritable clavier dissimulé dans le sol à côté de l'aquarium.

— Ce bouton-là avertit qu'il ne faut plus passer devant le box. Celui-ci fait venir une seconde fille, celui-là un médecin...

— Un médecin?

— Beaucoup de clients sont âgés. Ils abusent de leurs forces... Cet autre est pour appeler au secours... Enfin celui-ci — elle désigna un bouton noir — permet l'enregistrement sonore de ce qui se passe dans le box. Tout est centralisé dans une salle sous celle-ci. Tout est noté. Lorsqu'un client arrive, les mama-san l'aiguillent sur celle qui est capable de satisfaire le mieux ses goûts les plus intimes.

— Eh bien! fit Malko, suffoqué, il ne manque que la télévision.

— Certains boxes sont pourvus de caméras, précisa Mina, imperturbable. Mais l'on ne filme que les Blancs, à leur insu. Ensuite, les films sont revendus très cher à l'étranger.

Les chefs de la maffia en auraient mangé leur cigare de dépit, devant une telle organisation. Malko eut du mal à redescendre sur terre.

— Mina, dit-il, vous allez peut-être gagner votre passeport. L'homme dont vous réclamiez le cadavre, Cheng Chang, est vivant. Il se cache quelque part dans Hong-kong. J'ai cinq jours pour le retrouver. Pouvez-vous m'aider?

— Il est vivant, répéta-t-elle à voix basse. Vous en êtes sûr?

— Certain, dit-il, s'avançant un peu. Et il me le faut.

Mina semblait à mille lieues. Soudain, elle fit:

— Demain, je ne travaille pas. Je pourrai vous voir. Je saurai peut-être quelque chose.

— D'accord, acquiesça Malko. Venez me prendre au Hilton. Appartement 2220. Vers huit heures.

Il but une gorgée de thé et se leva. Il avait rendez-vous avec Dick Ryan. Mina le raccompagna jusqu'à la porte. La mama-san lui présenta la note: cent dollars HK. C'était hors de prix pour une tasse de thé, même avec la pulpeuse Mina. Il se retrouva sous le soleil de Tai-Wang Road un peu étourdi. Décidément Hong-kong réservait bien des surprises. L'enseigne au néon de Damaru, le grand magasin japonais, brillait au-dessus de Wang-chai. Il allait faire nuit.

Il entraît à peine dans sa chambre que le téléphone sonnait. Il décrocha. Une voix féminine, incontestablement chinoise, parlant un anglais sifflant et heurté, demanda:

— Monsieur Linge?

— Oui.

— Si vous voulez savoir quelque chose sur M. Cheng Chang, venez dans une heure au Fenwick St'eet Pier. Ne dites rien à pe'sonne.

Elle raccrocha. Malko resta le combiné à la main. Sa mémoire hors pair ne pouvait pas le tromper, c'était la voix déguisée de la troisième veuve de Cheng Chang, celle qu'il n'avait plus revue depuis la morgue. Pour qui travaillait-elle, celle-là?

Sur le plan de Hong-kong, il trouva facilement Fenwick Street Pier. C'était une petite jetée, à l'entrée de Wang-chai, près de la caserne de police et du terrain d'hélicoptères. Il pouvait y aller à pied de l'hôtel. Se méfiant du colonel Whitcomb, il descendit dans le hall téléphoner d'une cabine publique, à Dick Ryan. L'Américain en siffla de joie.

— Vous allez voir qu'on va se retrouver avec deux ou trois Cheng Chang et autant d'informations fausses...

Toujours optimiste.

Malko aurait bien voulu savoir si c'était le résultat de ses indiscrétions contrôlées. En tout cas, cela bougeait... Il n'y avait plus qu'à mettre la main dans le piège en espérant qu'il ne se refermerait pas trop vite. Dommage que ses deux gorilles, Chris Jones et Milton Brabeck ne soient pas là avec leur artillerie portative. Ils n'avaient peur de rien. Sauf des virus et microbes. Même pas des Chinois.

***

Fenwick Street Pier était aussi sinistre que désert. C'était une mince bande de ciment s'avançant dans la mer, séparée de Hartcourt Road par un terrain vague. Malko attendait, en faisant les cent pas. L'heure du rendez-vous était passée depuis une bonne demi-heure. Il avait beau écarquiller les yeux, rien ne bougeait sur les petits sampans sans lumière ancrés au *pier*.

De l'autre côté de Hartcourt Road, clignotaient les néons nostalgiques du Suzie Wong Bar, vide de marins. Une voiture de police grillagée ralentit en passant devant le portier et tourna dans Fenwick Street, regagnant la caserne.

En venant à pied, juste à côté du bar, Malko avait senti soudain l'odeur caractéristique de l'opium, devant un rideau de fer baissé.

Une fumerie clandestine.

Pas de veuve. Malko avait sérieusement envie de s'en aller.

Plusieurs silhouettes inquiétantes étaient déjà apparues dans l'ombre du quai. C'était un coin à se faire étrangler.

L'eau noire clapotait contre le quai. Un couple enlacé passa près de Malko sans le regarder et monta dans un des sampans. Des rafales de vent plaquaient le costume léger de Malko contre lui. Une fille sortit d'un sampan et vint se planter devant lui. Il ne comprit pas d'abord ce qu'elle disait. Puis, soudain, elle écarta sa blouse pour montrer deux jeunes seins pointus. Elle n'avait pas seize ans. Cela se passait de commentaires. Il refusa avec un sourire et la fille regagna son sampan.

Il retraversait le terrain vague pour partir lorsque la « veuve » apparut, essoufflée, venant de Wangchai, vêtue d'un pantalon noir et d'une blouse assortie, les cheveux tirés en chignon. Elle bredouilla des explications embrouillées à propos d'un barrage de police qui l'avait retenue, puis entraîna Malko par la main.

Elle s'engagea sur le *pier* et le suivit jusqu'au bout.

Un Chinois attendait debout près du dernier sampan Il la salua. Mme Cheng aida Malko à monter.

Le sampan était aménagé en chambre à coucher. Une banquette assez longue pour s'y étendre occupait tout le fond. Des toiles fermaient hermétiquement les quatre côtés. Bien en vue sur le lit, il y avait une vieille serviette sans couleur. C'était une maison de rendez-vous flottante. Une lanterne de papier diffusait une lueur jaunâtre. La Chinoise sauta à bord à son tour. Aussitôt, Malko sentit que le sampan glissait silencieusement en avant. Le Chinois manœuvrait à la godille.

— Où allons-nous? demanda Malko, médiocrement rassuré.

— Je vous expliquerai, répondit la Chinoise. Plus tard. Il ne faut rien dire.

Pendant plusieurs minutes, ils n'échangèrent pas une parole. Elle s'était assise près de lui. On n'entendait que le clapotis de la godille et le bruissement de l'eau contre la coque. Soudain, Mme Cheng se rapprocha de Malko. Elle était assez jolie Il sentit d'abord sa cuisse contre la sienne, puis, insensiblement, tout son corps. Il crut d'abord que le léger roulis du sampan en était responsable, mais il bougea un peu et la Chinoise suivit son mouvement. Sa main se posa sur le genou de Malko. Toujours sans qu'une parole ait été échangée.

Lentement la main remonta le long de sa cuisse. En même temps, la Chinoise se laissait aller en arrière sur la banquette. Décidément, les veuves de Cheng étaient d'humeur folâtre. Malko gardait la tête froide, heureusement. Ce subit accès de passion ne lui disait rien qui vaille. Discrètement, il repoussa le rideau de son côté.

Ils étaient au beau milieu de la baie de Kowloon. La masse sombre d'un cargo japonais se dressait tout près d'eux. Soudain, Mme Cheng se leva et souffla la lanterne. Quand elle se recoucha, sa main s'attarda sur le corps de Malko, avec une précision qui aurait fait honte à un légionnaire. Il comprit en un éclair le but de cette exploration systématique: elle vérifiait s'il ne portait pas d'arme.

Lorsque la Chinoise l'attira sur elle, il se laissa faire, tendu comme une corde à violon, prêt à tout.

Elle eut un dixième de seconde d'avance. Ses jambes et ses bras l'emprisonnèrent avec une force insoupçonnée. En même temps, elle poussait un cri guttural:

— *Gung ho!*

Les parois de toile de l'avant s'écartèrent brutalement: deux Chinois vêtus seulement d'un short se jetèrent sur Malko. Leurs corps étaient enduits d'huile et leurs muscles durs comme du teck. Chacun tenait à la main un nœud coulant tout préparé. L'un immobilisa les chevilles de Malko, l'autre les bras.

Mme Cheng se releva sans un mot, rajusta son chignon et ralluma la lanterne. Malko ouvrit la bouche pour hurler et l'un des Chinois lui enfonça immédiatement un chiffon sale dans la bouche.

Un des deux Chinois se releva et disparut sur le pont. Il revint portant un objet long que Malko n'identifia pas immédiatement. Ce n'est que le nez dessus qu'il vit qu'il s'agissait d'une énorme barre de sel gemme. Le contact rugueux lui râpait la joue. A son deuxième voyage, le Chinois ramena une autre barre identique.

Le reste se passa très vite... Malko fut basculé sur le fond, face contre terre. Il sentit qu'on posait les deux barres sur son dos. Les deux Chinois les attachèrent solidement avec de grosses cordes. C'était une excellente méthode: lesté de deux barres de sel, il allait couler à pic, bien que ses liens soient assez lâches. Il n'aurait jamais le temps de se défaire avant d'étouffer. Ensuite, le sel fondrait rapidement et les cordes se détacheraient d'elles-mêmes; il ne resterait aucune trace du meurtre: noyade accidentelle.

Indifférente, la Chinoise regardait la scène Son regard croisa celui de Malko sans qu'elle manifestât le moindre intérêt. Comme si on noyait une portée de chats.

Sans ménagement, les deux Chinois empoignèrent Malko, l'un par les épaules, l'autre par les pieds. On défit les cordes des chevilles et des poignets. La veuve de Cheng Chang entrouvrit la toile. D'un geste précis les deux hommes balancèrent le corps. Il y eut un plouf sourd et plus rien.

Malko sentit l'eau froide avant d'avoir peur. Il n'eut même pas le temps de voir quoi que ce soit. Déjà il coulait dans l'eau noire, les yeux ouverts. Désespérément, il essaya de se dégager, mais les poids l'entraînaient impitoyablement vers le fond. Déjà ses poumons lui faisaient mal. Il pourrait tenir peut-être une minute, pas plus. Pour soulager la pression intolérable, il lâcha un peu d'air. Le sang battait à ses tempes. La pensée de son château le traversa, puis il ouvrit la bouche toute grande et l'eau nauséabonde pénétra dans ses poumons.

CHAPITRE XI

Les moustaches du colonel Whitcomb étaient aiguisées comme les cornes d'un taureau. Elles se préparaient à frapper, menaçantes. Malko hurla.

— Il se réveille, fit une voix inconnue.

Il ouvrit les yeux, mais tout était flou autour de lui.

Malko se trouvait dans ce qui devait être une chambre d'hôpital, sur un lit étroit entouré d'un appareillage compliqué. Il voulut parler mais n'émit qu'un grognement. Un masque à oxygène était posé sur son visage.

Une main de femme le lui ôta et il put bredouiller quelques mots. Les objets prirent un contour plus précis. Près du lit se tenait le colonel Whitcomb avec un Chinois en civil. Une nurse chinoise s'affairait autour de Malko. Elle prit sa tension et nota des chiffres sur une feuille de papier.

— Vous avez de la chance que je me sois intéressé à vous, fit Whitcomb. Sinon, vous seriez en ce moment au fond de la baie de Kowloon.

Malko trouva la force de sourire. L'Anglais lui semblait beaucoup plus sympathique tout à coup. Il parvint à s'asseoir sur son lit. Tout tournait autour de lui. Il ne comprenait pas comment il se trouvait là.

— Que s'est-il passé? demanda-t-il.

— Remerciez l'inspecteur Hinh, répliqua Whitcomb en désignant le Chinois. Je lui avais donné l'ordre de vous suivre. Il l'a observé à la lettre. Mais si la personne avec qui vous aviez rendez-vous n'était pas arrivée en retard, il n'aurait jamais eu le temps d'alerter une de nos vedettes spécialement équipées.

Malko allait de mieux en mieux. Il remarqua le visage avenant de la petite infirmière.

— Mais j'étais déjà au fond de la rade, protesta-t-il.

L'inspecteur Hinh sourit et s'inclina:

— J'ai reçu un entraînement particulier, dit-il. Je peux plonger très profond.

Le colonel Whitcomb tira sur sa pipe.

— Ils vous ont rattrapé de justesse. Vers les dix mètres, je crois. Hinh est un nageur extraordinaire. Quand il vous a vu embarquer dans le sampan, il pensait que cela finirait ainsi. Il était prêt, avec des bouteilles d'oxygène, ignorant seulement si vous seriez vivant ou mort. Mais, de toute façon, nous avions besoin du corps pour l'enquête. Il a ensuite appelé par radio un patrouilleur équipé pour la réanimation. Cela a duré quand même pas mal de temps. Vous n'êtes pas un poisson, vous savez... Puis on vous a amené ici.

Discrètement, la nurse s'esquiva.

— Avez-vous attrapé la Chinoise? demanda Malko.

Whitcomb secoua la tête.

— Non. A cause de vous. Il fallait soit vous sauver, soit les poursuivre. Hinh a pris la mauvaise décision, pensant que vous seriez à même de nous renseigner plus tard. Je l'en ai d'ailleurs réprimandé.

Qu'en termes galants... Après tout, l'opinion de Dick Ryan sur l'Anglais était peut-être justifiée.

Malko bénit *in petto* le manque de discipline de l'inspecteur Hinh.

— Je ne peux pas beaucoup vous aider, répondit-il. Je n'avais jamais vu les deux Chinois qui m'ont jeté à l'eau, mais ce sont certainement des hommes de main, rien de plus. Quant à la Chinoise, c'est la seconde veuve de M. Cheng Chang...

Il raconta rapidement les circonstances de la rencontre. Whitcomb et Hinh échangèrent quelques phrases en chinois, puis l'anglais hocha la tête:

— C'est bien ce que je craignais. Nous ne savons rien d'elle. Je l'avais fait suivre, mais elle nous a glissé entre les mains, il y a plusieurs jours déjà.

— Je suis désolé, fit Malko.

Le colonel Whitcomb continuait à le regarder avec insistance.

— Ne soyez pas désolé, monsieur Linge, dit-il doucement. Il y a au moins quelque chose que vous pouvez me dire. C'est la raison pour laquelle on a voulu vous tuer. Je connais tous les réseaux communistes de Hong-kong. Ils ont des instructions pour ne jamais tuer de Blancs, sauf en cas de nécessité absolue. Pourquoi vous a-t-on jeté dans la baie de Kowloon?

Malko ne répondit pas tout de suite. Dieu merci, il n'avait plus besoin d'oxygène, car le colonel Whitcomb aurait été tenté de l'asphyxier un petit peu pour le faire répondre plus vite. Depuis qu'il avait repris connaissance, il se posait la même question. Et il ne trouvait aucune réponse satisfaisante. Excepté qu'à son insu, il était dangereux. Et que cela avait certainement un lien avec le fait que Cheng Chang soit vivant. Il l'avait dit à deux personnes: Mina et Holy Tong...

— Je n'en ai pas la moindre idée, dit-il d'une voix égale. Je le regrette, car j'aimerais bien vous aider. Surtout après le service que vous m'avez rendu...

Les yeux dorés soutinrent sans ciller le regard bleu du colonel Whitcomb. L'Anglais se contrôlait à merveille. Il remit sa pipe dans sa poche.

— Dans ce cas, je n'ai plus qu'à vous laisser reprendre goût à la vie. Vos vêtements sont à votre disposition. J'espère qu'on n'essaiera plus d'attenter à votre vie car cette fois l'inspecteur Hinh ne serait plus là pour vous sauver. Etant donné votre ignorance, ce n'est pas la peine de vous donner une protection, n'est-ce pas?

— Absolument pas, fit Malko. Cet attentat devait être une erreur.

En cette année olympique, la médaille d'or du mensonge se disputait durement.

Le colonel salua et sortit. Comme si elle avait attendu derrière la porte, la nurse, surgit avec les vêtements de Malko soigneusement pliés et repassés. Les blanchisseurs chinois sont les meilleurs du monde... Il s'habilla rapidement, signa quelques papiers et se retrouva dans Salisbury Road, en face du vieil Hôtel Peninsula, la tête lourde et un goût de boue dans la bouche.

Il prit un des taxis en stationnement devant l'hôtel. Il avait hâte de retrouver le confort du Hilton.

Durant la traversée en ferry, il ne quitta même pas son taxi. La réaction à sa baignade forcée se faisait sentir: maintenant il avait les jambes en coton et des élancements dans la poitrine. Sa migraine était encore accentuée par le problème lancinant qu'il n'arrivait pas à résoudre: où se trouvait Cheng Chang? Où chercher quelqu'un dans cette fourmillière qu'était Hong-kong? Dans de nombreux endroits les Blancs ne pouvaient même pas s'aventurer sans mettre leur vie en danger...

Soudain, il eut une illumination. Il existait un endroit où personne ne traquerait le Chinois, ni la police, ni les tueurs lâchés à ses trousses. C'était en tout cas la seule chance à tenter. Malko se pencha vers le chauffeur:

— Nous n'allons plus au Hilton. Emmenez-moi à North Point.

⁂

L'immeuble où avait habité la veuve de Cheng Chang était toujours aussi grouillant de monde. Grâce à l'obscurité Malko passa à peu près inaperçu. Il avait fait arrêter le taxi beaucoup plus loin et marché près d'un demi-mille, le long de Victoria Park. A part les hommes de Whitcomb, personne ne pouvait l'avoir suivi. Négligeant l'ascenseur, il monta à pied. Le couloir du huitième étage était désert, éclairé par une ampoule qui était une insulte au progrès.

Deux cachets de cire rouge réunissaient le battant et l'encadrement de la porte close de l'appartement 8 b: la police avait mis les scellés. Il n'avait pas pensé à cela et cela démolissait toute son hypothèse.

Soudain, il entendit un bruit dans l'escalier et s'appuya instinctivement contre la porte. Le battant céda de quelques millimètres, découvrant un espace entre le bois et la cire: le cachet avait été décollé. Donc, on pouvait entrer dans l'appartement sans que personne ne s'en aperçoive...

Il fouilla ses poches et trouva un canif. La serrure semblait assez simple. A tout hasard, il glissa la lame entre le pêne et le montant, puis appuya de toutes ses forces.

A son grand étonnement, il y eut un « clic » sec et la porte s'ouvrit, dévoilant l'entrée obscure: la serrure n'était pas fermée à clé.

Sans réfléchir, il poussa un peu plus le battant, se glissa à l'intérieur et referma sur lui. Il était dans une obscurité totale. Soudain, il réalisa qu'il risquait sa vie.

S'il était armé, Cheng Chang, aux abois, ne devait pas faire beaucoup de sommations.

Il resta plusieurs secondes accroupi dans le noir contre la porte. Aucun bruit ne venait de l'appartement.

Puis, il appela doucement:

— Cheng Chang, n'ayez pas peur, je suis un ami. Un Américain.

Rien.

Il répéta son appel, plusieurs fois, puis se décida à avancer dans le noir. Il se heurta aussitôt à la porte fermée. Il s'emmêla dans le rideau séparant le living de l'entrée, et se glissa dessous. Aussitôt une odeur connue lui sauta au visage: l'opium.

Un sixième sens lui disait que la pièce était vide. Il fit assez de bruit volontairement pour éliminer tout doute.

Puis après avoir vérifié à tâtons que les stores de bois étaient fermés, il alluma.

A première vue, rien n'avait changé depuis sa dernière visite. La « fille du docteur » trônait toujours sur la petite table. Les meubles étaient en place. On voyait encore par terre les traces de craie qui avaient servi à délimiter les contours du corps de Mme Cheng Chang.

Il alluma dans la chambre et entra. Le lit portait l'empreinte d'un corps. A son pied se trouvait un plateau avec une pipe et un nécessaire complet de fumeur d'opium. Sous un fauteuil il vit plusieurs boîtes de conserve vides et une serviette en boule. Il la ramassa et l'examina: elle était constellée de taches de sang séché.

Qui d'autre que Cheng Chang pouvait se cacher dans cet appartement? C'était le dernier endroit où ses ennemis iraient le chercher. Le linge taché disait qu'il était blessé. Peut-être gravement.

Malko retourna dans le living, s'assit dans un fauteuil. Il ignorait comment, mais Cheng Chang savait que la bombe dans le Boeing était pour lui. La peur était plus forte que le désir de monnayer l'information qu'il détenait. Il n'y avait qu'une chose à faire: attendre qu'il revienne. S'il revenait... Rien n'indiquait qu'il ait été là récemment. Peut-être avait-il changé de cachette. Il décida de passer la nuit. Si Chang était sorti pour se nourrir ou pour toute autre raison, il rentrerait assez vite.

En prévoyance d'une longue attente, il s'étendit sur le divan et chercha à ne plus penser, pour se détendre un peu. Puis, il éteignit la lampe.

Le temps passait lentement. Les bruits du grand building devinrent familiers à Malko. Les cris, les radios, les pleurs des enfants. Cette attente dans le noir était éprouvante pour les nerfs. Et soudain le téléphone sonna.

C'était un son tellement inattendu que Malko bondit littéralement du canapé.

La sonnerie continuait, insistante. Il se rapprocha de l'appareil, posé dans l'entrée. Il n'avait que quelques secondes pour prendre une décision: répondre ou ne pas répondre?

A première vue, c'était idiot de signaler sa présence, pourtant un pressentiment le fit décrocher à la septième sonnerie. D'abord, il n'y eut qu'un silence au bout du fil. Puis une voix angoissée et cassée dit en anglais:

— Partez, partez vite, je vous en supplie...

Il y avait un halètement en bruit de fond comme si la personne qui parlait avait du mal à respirer. Malko ne répondit pas tout de suite. Il était sûr que c'était l'homme qu'il recherchait, le Chinois traqué: Cheng Chang. Mais comment prenait-il le risque de parler ainsi? Soudain, il repensa au craquement entendu dans l'escalier. Le Chinois devait monter à pas de loup derrière lui. La faible lueur de l'ampoule du palier avait été suffisante pour reconnaître un Blanc, donc en principe un ami.

— Cheng Chang, dit très lentement Malko, je sais qui vous êtes. Je suis Américain, je veux vous aider. Où êtes-vous?

Il y eut une sorte de sanglot étouffé:

— Partez, partez, répéta l'homme.

Malko sentit un tel désespoir et une telle terreur dans sa voix qu'il fut submergé de pitié.

— Ecoutez-moi, supplia-t-il, vous êtes traqué, vous ne pouvez pas vous cacher indéfiniment. Ils vous prendront. Moi je peux vous aider, vous sauver.

L'homme ne répondit pas tout de suite. Malko sentit qu'il l'avait ébranlé. Il continua:

— Nous pouvons vous faire quitter Hong-kong. Dites-moi où vous êtes... Nous vous protègerons.

— Non, non, fit Cheng Chang, hâtivement, c'est trop dangereux. J'ai peur.

— Venez au consulat.

— C'est trop dangereux, répéta le Chinois...

Malko sentait une méfiance profonde dans la voix de Cheng Chang. Et en même temps qu'il avait envie de dire quelque chose.

— Je peux vous donner un passeport et de l'argent pour quitter Hong-kong, promit-il. Mais dites-moi où vous êtes.

Le silence se prolongea, dépassant les limites d'une pause normale, pour devenir une épreuve de volonté. Malko sentait que le Chinois était ébranlé. Puis, il prit une profonde inspiration, comme un sportif fatigué qui va tenter un dernier effort.

— Vous dites la vérité?

A la fin de la phrase, le ton était monté de façon bizarre. Malko sentait son interlocuteur au paroxysme de la peur et du désespoir.

— Oui, fit Malko d'une voix volontairement neutre.

De nouveau, ce fut le silence. Le léger grésillement des parasites qu'on n'entendait pas durant la conversation, ressortait maintenant comme un violent crépitement.

Lorsque Cheng Chang reprit la parole, cela fit à Malko l'effet d'une aiguille qui lui perçait le tympan.

— Qui êtes-vous? demandait-il.

Malko lui répondit rapidement, épela son nom, donna le numéro de sa chambre au Hilton. Il sentait que, s'il employait le mot qu'il ne fallait pas, Cheng Chang raccrocherait, que ce serait fini.

— Je vous téléphonerai, dit soudain le Chinois. Il s'exprimait comme un homme en proie à un profond désarroi. Le vocabulaire et la syntaxe étaient normaux, mais on sentait chez lui les échos d'une détresse sans appel. Il n'arrivait pas à prendre sa décision.

Sans prévenir, il raccrocha. Les oreilles bourdonnantes Malko reposa le combiné. Le silence pesant de l'appartement l'étouffa. Cheng Chang, où qu'il soit, ne viendrait pas. Maintenant il fallait prier et attendre. Il savait qu'il avait marqué quelques points sur la peur du Chinois, mais il ignorait si c'était assez pour la faire basculer et le débarrasser de sa peur viscérale d'animal traqué.

Il ressortit, refermant soigneusement la porte derrière lui. L'escalier était désert et il regagna la rue sans encombre. Peut-être Cheng Chang le guettait-il dans l'ombre.

Le *Coral-Sea* arriverait dans cinq jours. Il fallait que le Chinois se décide à téléphoner d'ici là.

CHAPITRE XII

Le taxi déposa Malko et Mina sur le port d'Aberdeen, devant l'embarcadère du restaurant flottant Sea-Palace. L'odeur de pourriture aurait fait reculer un putois. Devant eux un enfant chinois sortit son sexe et se mit tranquillement à faire pipi sur un tas d'immondices.

Brusquement, avec ses vêtements bien coupés et cette jolie fille maquillée jusqu'au bout des ongles à son bras, Malko se sentit déplacé.

Aberdeen, c'est le chancre de Hong-kong. Dans un port minuscule et boueux, au flanc sud de l'île, à l'opposé des lumières de Victoria City, sont venus s'agglomérer petit à petit trois ou quatre mille jonques. Serrées les unes contre les autres, elles forment un magma noirâtre et nauséabond où survit une population misérable de réfugiés ne possédant que les quelques planches pourries qui s'enfoncent peu à peu dans l'eau fangeuse.

Personne n'a jamais vraiment cherché à savoir de quoi vivent les habitants de cette mer des Sargasses en miniature. La prostitution, le vol et la mendicité organisée sont les activités les plus riantes. De temps en temps on repêche un corps lardé de coups de couteau ou étranglé. Ou un fœtus à demi dévoré par les rats. Pour un homme traqué, c'est un refuge pratiquement inviolable: les jonques communiquent toutes les unes avec les autres, et fouiller leurs cales prendrait jusqu'au Jugement dernier. Il y a de tout, depuis l'atelier où on mutile les enfants pour en faire des mendiants inspirant assez de pitié, jusqu'aux bordels pour coolies-pousses, garnis de squelettes pustuleux et édentés.

Peu à peu, le chancre gagne le bord, envahit le petit village d'Aberdeen, étendant ses tentacules jusqu'à l'immense cimetière chinois qui recouvre la colline.

Toujours génialement commerçants, quelques riches Chinois ont planté dans ce port du désespoir et de la misère, deux énormes bateaux-restaurants ruisselants de lumières, de dorures et de victuailles, écrasant de leurs masses les jonques noires et pouilleuses. Ainsi, tout en dégustant des nids d'hirondelle importés clandestinement de Changhaï, les étrangers peuvent admirer sans danger le cloaque humain qui les cerne.

Plongé dans ses pensées, Malko regardait les reflets rouges des milliers d'ampoules du Sea-Palace. On aurait dit du sang. Autour du quai, des miséreux dormaient dans des coins d'ombre, à même le sol. D'autres somnollaient, accroupis, dans l'immuable position de l'Asie.

Une Chinoise sans âge, portant un bébé dans le dos, s'accrocha à lui. En mauvais anglais, elle proposait une jonque pour visiter Aberdeen. Cinq dollars. Des dizaines de petites embarcations, conduites par des femmes, s'agglutinaient autour du ponton, essayant d'attirer l'attention, avec des voix aiguës. Malko choisit celle qui semblait le moins sale et aida Mina à monter dedans. L'arrière était aménagé en banquette. La sampanière, qui n'avait pas quinze ans, godillait avec ardeur. Sous sa crasse et ses haillons, elle avait un visage gracieux. Elle ne portait pas le traditionnel pantalon de soie, mais une minijupe de satinette noire.

Plusieurs fois, elle sourit, cherchant à saisir le règard de Malko. Poliment, il lui rendit son sourire. Elle en profita pour écarter imperceptiblement les genoux. Il put voir ainsi qu'elle ne portait rien sous sa jupe. Le sourire s'était accentué.

Mina eut un rictus méprisant et cracha dans l'eau. La sampanière marmonna quelque chose et serra les jambes. Parfois, les Blancs, même accompagnés, ne dédaignaient pas une fantaisie rapide dans l'ombre des grosses jonques. Toujours le frisson du risque. Mais, philosophe, elle cessa ses avances. D'ailleurs, ils abordaient le Sea-Palace. Le bateau-restaurant comportait trois étages somptueusement décorés. Il régnait un vacarme épouvantable au troisième, où une noce s'était donné rendez-vous.

On les installa dans la salle du bas, croulant sous les dorures et les lambris. Rien que la décoration avait coûté un million de dollars Hong-kong. De quoi nourrir les ombres qui entouraient le Sea-Palace pendant un an... Avec un mauvais goût délirant les dorures succédaient aux dorures, les dragons innombrables auraient épuisé saint Michel. Il y avait très peu de Chinois. Derrière les vitres sales, des petits mendiants en barque imploraient qu'on leur jetât quelques restes.

Les garçons chinois toléraient ce manège. D'abord, pour le pittoresque, et ensuite, pour éviter de se retrouver flottant entre deux eaux, un couteau dans le dos.

Malko choisit un menu classique, sans illusion sur la qualité des plats. Le Sea-Palace n'était certainement pas un palais de la gastronomie.

On leur apporta un potage aux nids d'hirondelle, graisseux et fade. Puis des langoustines à la sauce trop forte pour faire passer le manque de fraîcheur.

Seul le thé était bon. Mina mangeait rapidement et semblait pourtant apprécier ce piètre repas. Malko la surveillait du coin de l'œil. Inexplicablement, il appréciait la présence de cette putain qui ne se cachait pas de l'être. En dépit de ses traits presque parfaits, elle distillait un froid glacial et restait aussi insaisissable qu'un chat.

Malko se demandait s'il avait bien fait de sortir avec Mina. Il aurait pu décommander leur rendez-vous. Toute la journée, il avait attendu dans sa chambre du Hilton le coup de téléphone de Cheng Chang.

En vain. Le Chinois, repris par sa peur, se terrait. Très probablement, il n'appellerait pas. Avec lui s'évanouissait la meilleure chance de savoir ce qui se tramait contre le *Coral-Sea*. Dick Ryan était nerveux. La tentative de meurtre contre Malko l'inquiétait. Il craignait que les Chinois ne s'attaquent aux hommes de la 7e flotte quand ils seraient à terre. Au fond des alcôves des Suzie Wong Bars, c'étaient des proies faciles. Et si on les consignaient à Hong-kong après deux mois d'opération, ils allaient mettre la crosse en l'air...

C'est un peu pour cela que Malko avait décidé de voir Mina. Elle avait un pied dans cette histoire, et peut-être avait-elle appris quelque chose d'utile.

De toute façon, le standard du Hilton avait des instructions. Toutes les communications pour Malko étaient dérivées sur un numéro où Dick Ryan veillait en personne avec les deux Chinois les plus sûrs de son service.

Depuis que Mina l'avait retrouvé dans le hall du Hilton, ils n'avaient pas échangé dix paroles. Maintenant, les yeux dans le vide, elle jouait avec ses baguettes. Ou elle n'avait rien de nouveau, où elle attendait que lui la questionnât. Pour donner plus d'importance à ses révélations... Avec les Asiatiques, on ne sait jamais.

— A quoi pensez-vous? demanda Malko.

— Aux millions qu'on a dépensé pour décorer ce restaurant, dit-elle. Pour la face. Par moments, je hais mon peuple. Savez-vous qu'il y a quelque temps, des bandits ont kidnappé la femme d'un milliardaire de Hong-kong? Ils voulaient un million de dollars de rançon. Cet homme adorait sa femme et il aurait pu payer sans même s'en apercevoir... Mais la presse s'était emparée de l'histoire. Il ne pouvait plus payer sans perdre la face. Alors, il a refusé. Ils lui ont renvoyé sa femme par petits morceaux; en commençant par les doigts, les seins et les oreilles...

» Cela a duré un mois.

» Depuis, il a dépensé trois fois la somme qu'on lui réclamait pour châtier dans des supplices incroyables les ravisseurs.

— Comment connaissez-vous cette histoire?

— Chaque fois qu'il recevait un morceau de sa femme, il venait me voir, répliqua-t-elle simplement. Ensuite, il me battait terriblement pour me punir d'être belle. Il adorait sa femme. Il m'avait apporté tous ses vêtements pour que je les mette quand il me faisait l'amour. Après il les a brûlés.

— Pourquoi ne l'avez-vous pas épousé?

Elle haussa les épaules:

— Dans ce pays on n'épouse pas les putains.

Soudain, elle soupira.

— Oh! comme je voudrais partir!

Malko sauta sur l'occasion.

— Vous n'avez rien appris?

Elle secoua la tête.

— Rien encore.

— Le temps presse. Ce que je veux savoir vaut très cher aujourd'hui. Peut-être rien dans une semaine.

Mina eut un geste d'impuissance. Malko avait failli lui parler de son bain dans la baie de Kowloon puis s'était ravisé. A quoi bon? Il fit une dernière tentative:

— Qui vous avait dit d'aller réclamer le corps de Cheng Chang?

— Je ne peux pas vous le dire.

De nouveau, elle était fermée comme une huître. Elle savait certainement quelque chose, mais quoi? Et pourtant, elle avait vraiment envie de quitter Hongkong. C'était la seule chose sûre. Un peu agacé par le mutisme de sa compagne, Malko regarda autour de lui. Il avait l'impression déprimante de perdre son temps. Comme souvent en Asie où les concepts du Blanc n'ont plus qu'une valeur très relative.

Le restaurant se vidait. La vie nocturne et clandestine d'Aberdeen avait commencé. Une humanité inquiétante grouillait dans l'obscurité autour du Sea-Palace. Les putains dans les sampans, les petits tripots flottants où l'on jouait au fan-tan, et d'autres choses encore plus inquiétantes. De jeunes blousons noirs chinois rôdaient dans l'ombre, espérant surprendre un touriste isolé. On mettrait cela sur le compte des communistes...

Une partie de la noce s'était installée au fond de la salle, s'empiffrant avec de grands rires, ponctués de petits verres d'alcool de riz. Les visages luisaient de sueur et de graisse. On est très pauvre ou très riche en Chine et le voisinage de la misère n'a jamais gêné personne. A trente mètre du Sea-Palace était ancrée une jonque où un gang de matrones mutilaient des enfants pour en faire des mendiants. Elles brisaient les membres de certains d'eux, en brûlaient d'autres et laissaient tremper les plaies dans l'eau innommable du port afin qu'elles s'infectent assez spectaculairement...

Pour dix dollars, les initiés pouvaient visiter la fabrique de monstres après un bon repas au Sea-Palace.

Malko réclama l'addition. Les petits mendiants s'enhardissaient et commençaient à envahir la salle. L'un d'eux vint jusqu'à la table et tira Malko par la main. Celui-ci se dégagea gentiment. Mais le petit Chinois restait debout près de la table, obstiné. Il murmura une phrase en chinois. Mina traduisit:

— Il veut que vous signiez le livre d'or de l'établissement. Tous les étrangers le font. C'est là-bas, près de l'entrée. Il espère une pièce.

Malko sourit et se leva. On venait de lui rapporter sa monnaie. Le gamin le précéda jusqu'à une table où était posé un grand registre couvert de signatures et de paraphes en anglais et en chinois. Malko prit son stylo et s'apprêtait à y joindre le sien, lorsqu'il resta en arrêt.

La dernière ligne du registre comportait quatre mots en anglais qui dansaient comme des lettres de feu devant les yeux de Malko:

— 34 Temple Street. Cheng.

Le gamin lâcha la main de Malko et disparut en courant. Malko gribouilla n'importe quoi au-dessous du message. Soudain, la voix de Mina demanda derrière lui, moqueuse:

— Qu'avez-vous écrit?

Il réprima un sursaut et se déplaça de façon à cacher la page. Son regard croisa celui de la jeune femme. Impénétrable. Impossible de savoir si elle avait lu ou non. Le mieux était de faire comme si de rien n'était. Mais, maintenant, il brûlait de la quitter. Il regarda autour de lui. On le surveillait. Pourquoi cette adresse?

— Oh! j'ai juste signé! fit-il en la prenant par le bras.

Elle se laissa faire docilement, comme toujours. Pour revenir ils prirent la jonque de l'établissement. Malko avait du mal à garder son calme.

Quelques boutiques étaient encore ouvertes, avec

des lampes à acétylène. Ils montèrent dans le premier taxi de la file. Encore une chose qui n'était pas chère à Hong-kong. Mais tout y était bon màrché, y compris la vie humaine.

A chaque virage de la route sinueuse longeant la côte, le corps de Mina s'appuyait contre le sien. Dans la pénombre, impossible de discerner son expression. S'il lui proposait de rentrer avec lui au Hilton, elle accepterait. Elle n'en était pas à un homme près. Mais c'était plutôt le contraire qu'il cherchait pour l'instant...

— Je crois que l'alcool de riz m'a fait mal à la tête, fit-il d'un ton aussi dégagé qu'il le put... Je ferais mieux d'aller me coucher.

— Bien sûr, dit-elle d'une voix égale. Mais avant je voudrais vous montrer le Marché de la nuit. Vous en avez entendu parler?

— Non, mais je suis un peu fatigué...

— C'est notre route, expliqua Mina. Cela ne nous fera pas perdre de temps et c'est très joli.

Sans attendre la réponse de Malko elle dit quelques mots au chauffeur. Au virage suivant, la baie de Hong-kong apparut dans toute sa splendeur, piquetée de milliers de lumières. La voiture entrait dans West Point, une banlieue populaire qui prolongeait à l'ouest Victoria City. C'est là que se faisait presque tout le trafic local des jonques.

Quittant Connaught Road, le taxi tourna à gauche sur le quai et stoppa un peu plus loin, devant les bâtiments du ferry pour Macao. Mina descendit, exposant généreusement trente centimètres de cuisses fuselées.

— Venez, fit-elle, c'est ici.

Malko la suivit, découvrant un spectacle étonnant. La place bordée par la mer était occupée par des dizaines de petites échoppes. Presque toutes étaient des restaurants vendant des poissons, des huîtres, des escargots... On dégustait sur place, assis sur des petits banc. Chaque commerçant possédait sa lampe à acétylène. Une foule jacassante et compacte circulait sans cesse entre les échoppes.

Mina stoppa devant un Chinois accroupi, pérorant au milieu d'un groupe respectueux.

— C'est un diseur de bonne aventure, expliqua-t-elle. Tous les marins des jonques viennent manger ici. Ce n'est pas cher et c'est bon. Ils y trouvent même des filles. Regardez...

Une femme sans âge discutait avec deux marins. Elle était énorme, mafflue, bouffie, avec un énorme nez épaté, presque plus de cheveux. Vision de cauchemar.

— Deux Hong-kong dollars seulement, fit Nina. Elles n'ont même pas de chambre, elles font ça sous les arcades de Des Voeux Road, là-bas.

Malko regarda dans la direction indiquée et réprima un frisson. Ce n'était pas de la sensation pour touriste, ça. Il allait répliquer quand, brusquement, il ne vit plus Mina derrière lui.

Il la chercha des yeux, mais la lueur des lampes à acétylène ne permettait pas de voir loin. Il crut qu'elle regardait le diseur de bonne aventure. Au fond, c'était une excellente occasion de lui fausser compagnie, pensa-t-il, quand il la revit derrière lui au Sea-Palace, près du livre d'or.

C'est elle qui était en train de lui fausser compagnie!

Comme un fou, il fonça dans la foule amorphe, vers le taxi. Il était le seul Blanc. Mina avait disparu, avalée par la foule. Il bousculait les gens sans même s'excuser. Il fallait qu'il la rattrape. Toutes les échoppes se ressemblaient. Il renversa un plateau d'escargots, perdit de précieuses secondes à donner un billet de vingt dollars et à s'excuser, puis repartit, suivi par des regards haineux.

Soudain, il se souvint de la station de taxi, près de l'embarcadère du ferry.

Il infléchit sa course. Mina, elle aussi, devait se faufiler entre les marins.

Jamais il ne l'aurait rattrapée sans deux Chinois qui lui avaient barré le passage, avec une idée bien précise. Malko la vit de dos, cherchant à se dégager. Il accéléra encore au moment où elle se retournait. Elle luttait furieusement, mais l'un des marins en casquette Mao ne voulait pas la lâcher.

Malko rejoignit le groupe.

Mina se tourna d'un bloc vers lui. Elle était méconnaissable, même plus jolie, les lèvres retroussées dans un rictus fou.

Au moment où il la saisissait par le bras, elle se mit à parler à toute vitesse aux deux Chinois. Leur attitude changea immédiatement. L'un d'eux apostropha Malko en chinois, l'air mauvais. L'autre cria quelque chose vers un groupe qui dégustait des escargots, à quelques mètres de là.

Plusieurs se levèrent lentement. Mina continuait à crier, à ameuter la foule. Sans avertissement, le Chinois en casquette empoigna Malko par les revers de sa veste.

Maintenant, il y avait une vingtaine d'hommes silencieux, autour du petit groupe. On n'entendait que le bruissement des lampes à acétylène. Malko sentit une boule dans sa gorge. Il n'y a rien de plus dangereux que la foule. Ceux-là avaient mille fois le temps de l'écharper avant que la police n'intervienne.

S'il perdait son sang-froid il était mort. Il regarda sévèrement le Chinois qui l'avait empoigné et se dégagea sans brutalité, mais d'un geste sec.

Deux autres lui saisirent les bras par-derrière et voulurent l'immobiliser. Il parvint encore à s'en débarrasser. Mais le cercle s'était encore rétréci. Il sentait l'odeur de poisson et de crasse de ceux qui l'entouraient. Mina eut un sourire méchant et dit en anglais:

— Je leur ai dit que vous étiez un Américain et que vous aviez voulu me violer dans le taxi, que je voulais seulement rentrer chez moi. Vous feriez mieux de me laisser. Ils ont très envie de vous tuer...

— Vous êtes folle, fit Malko, hors de lui. Pourquoi faites-vous cela?

Un des Chinois les plus grands, sans crier gare, frappa Malko en plein visage. Le coup, pas trop violent l'atteignit sur la bouche et il sentit le goût fade du sang. Il voulut riposter et vit luire dans la pénombre la lame d'un couteau, devant lui.

Il allait se faire massacrer.

— Je vous ai promis un passeport, dit Malko, s'efforçant au calme.

— Je ne vous crois pas. Je n'ai pas confiance en vous, fit Mina. Je peux avoir mieux.

Elle eut un sourire ensorceleur pour le premier Chinois qui l'avait interpellée et lui tint un grand discours. L'autre hocha vigoureusement la tête avec un regard menaçant pour Malko.

— Je leur ai dit que je partais, qu'ils vous retienne un bon moment afin que vous ne me dénonciez pas à la police.

Elle s'éloigna avec un rire moqueur, faisant balancer ses hanches. Malko voulut rompre le cercle. Un coup l'atteignit au bas-ventre et il se plia en deux de douleur. Les yeux bridés le regardaient haineusement. Il n'aurait pas fallu les prier beaucoup pour qu'ils le jettent dans le port. Deux types avaient des couteaux à la main, tenus horizontalement, à bout de bras, comme des tueurs.

Il voulut parlementer en anglais, mais personne ne pouvait ou ne voulait comprendre. Mina monta dans un taxi et la voiture démarra.

Un type lui cracha à la figure, les autres éclatèrent de rire. Sans mot dire, il s'essuya avec son mouchoir et sourit. Un peu décontenancés ses adversaires s'écartèrent imperceptiblement. Mais, quand il voulut se dégager, le cercle se reforma. Pendant un temps qui lui sembla infiniment lent, les Chinois restèrent autour de lui. Puis, un par un, ils s'éloignèrent. Ceux qui avaient interrompu leur repas repartirent vers leurs escargots.

Malko se retrouva seul.

Juste pour voir s'approcher à pas lents deux policiers chinois en uniforme, balançant leurs longues matraques à bout de bras, le long Smith et Wesson au côté, impeccables avec leurs shorts et leurs bas de laine blanche. Ils regardèrent Malko avec surprise. Le Marché de la nuit n'était pas un coin pour les Blancs à cette heure-là.

Malko courut jusqu à la station de taxi. Les flics étaient arrivés trop tard, comme toujours... Il restait deux Toyota.

Le premier chauffeur parlait un peu anglais. Il eut l'air de savoir où se trouvait Temple Street.

— Kowloon, fit-il.

Et il éclata d'un grand rire.

Ce n'est qu'après une conversation de dix minutes en pidgin que Malko comprit la raison de sa gaieté: Temple Street était la rue des bordels bon marché de Kowloon. Le chauffeur proposait à Malko des endroits beaucoup plus sélects à des prix très raisonnables. Il ne se découragea qu'en arrivant au ferry. Hélas! il quittait le quai et ils durent attendre vingt minutes. Il n'y avait pas un seul walla-walla en vue.

Malko rongeait son frein, Mina avait de l'avance. Si Cheng pensait que Malko le trahissait, il redisparaîtrait définitivement. Sans compter qu'il ignorait s'il n'avait pas été suivi. Le manège de Mina, dans ce cas, avait dû fâcheusement attirer l'attention. Il n'avait même pas le temps d'appeler Dick Ryan à la rescousse.

CHAPITRE XIII

Trois petites filles d'une dizaine d'années se jetèrent dans les jambes de Malko, dès qu'il descendit du taxi. Se donnant la main, elles commencèrent à danser autour de lui une ronde endiablée, chantant d'une voix aiguë une étrange complainte. La première attaquait:

— J'aime mon père!

La deuxième répliquait:

— J'aime ma mère!

Et les trois autres reprenaient en chœur:

— Mais j'aime encore plus le président Mao...

Aussi soudainement qu'elles avaient surgi, elles disparurent dans l'ombre des arcades, ravies de ce bon tour joué à un Blanc.

En dépit de l'heure tardive, une foule compacte et bruyante se pressait dans Temple Street, envahissant la chaussée. On n'était qu'à quelques mètres de Jordan Street et c'était déjà un autre monde, grouillant et mystérieux, imperméable au Blanc.

Temple Street avait deux spécialités: les bordels bon marché, à raison d'un par maison, et les restaurants ambulants de serpents. Les reptiles étaient lovés dans des cages de verre, à côté du fourneau, dans une petite carriole, genre de voiture de quatre-saisons. A la demande du client, on sortait le reptile, on en coupait un morceau qui était grillé immédiatement. Le client mangeait debout ou accroupi au milieu de la chaussée. Il y a belle lurette que les voitures avaient renoncé à passer dans Temple Street, les restaurants occupant toute la chaussée. De chaque côté, sous les arcades, les flâneurs se faufilaient entre des tas d'immondices.

Malko eut du mal à trouver le numéro 34. Les chiffres disparaissaient sous la crasse. C'était un vieil immeuble de trois étages avec du linge pendu à chaque fenêtre et un couloir si sale qu'il aurait effrayé un cafard.

Il commençait à pleuvoir. Malko se réfugia sous les arcades, frôlant des personnages innommables. Une vieille Chinoise se tenait sur le seuil du 34. A la vue de Malko elle eut un sourire édenté et murmura avec une expression qu'elle voulait engageante:

— *Beautiful girls, cheap*[1].

Malko s'engagea dans le couloir noirâtre. Si ses ancêtres le voyaient en ce moment, ils devaient se retourner dans leur tombe. L'odeur fade de l'opium et celle, inimitable, de la crasse asiatique, se mélangeaient pour composer un fumet de pourriture. Un escalier étroit et branlant s'ouvrait devant lui. Il s'y engagea.

La première fille qu'il vit sur le palier n'était peut-être pas chère, mais devait être en service depuis la fin de la guerre. Sa robe chinoise luisante de crasse boudinait des formes opulentes et les couches successives de fard n'arrivaient pas à cacher toutes ses rides. Elle roucoula en mauvais anglais:

— *Darling. Good night. You come with me?*

Malko en frissonna. Elle aurait dû être dans un bocal à l'université. Prenant son silence pour un acquiescement, elle voulut l'enlacer et il fit un pas en arrière.

[1] Belles filles, pas chères.

— Cheng Chang, demanda-t-il. Mister Cheng Chang.

Elle ne sembla pas comprendre. De nouveau elle se rapprocha. Malko, à tout hasard, ouvrit une porte devant lui. Cinq filles seules jouaient au fan-tan sur une table boiteuse. Elles s'arrêtèrent en le voyant. Deux se levèrent et vinrent vers lui. De nouveau les explications laborieuses recommencèrent. Cheng Chang semblait être complètement inconnu. Plus Malko s'entêtait, plus elles secouaient la tête. Soudain l'une d'elles eut un rire aigu et interpella les autres.

Puis, elle prit Malko par le bras, et, avec une mimique expressive, lui fit signe de le suivre. Elle puait le patchouli et la sueur et à chaque marche s'amusait à frôler Malko. Ils montèrent deux étages. La fille frappa deux coups à une porte et attendit. Il y eut un remue-ménage puis le battant s'ouvrit. La fille eut un gloussement de joie et poussa Malko en avant.

Il était pourtant blindé contre l'horreur mais il eut un sursaut de dégoût. L'ampoule jaunâtre éclairait une apparition dantesque. Une Japonaise en kimono, le faciès décharné, les deux yeux crevés, ne laissant apparaître que le blanc. Elle murmura une phrase d'accueil en japonais et s'inclina. Malko en eut le cœur sur les lèvres.

— Cheng Chang, cria-t-il, dégoûté, à l'autre fille qui regardait en ricanant bêtement.

Soudain, il y eut un pas lourd dans l'escalier et un gros Chinois se matérialisa sur le palier. En gilet de corps, les cheveux huileux, des avant-bras énormes, il était tout, sauf rassurant. En très bon anglais, il demanda:

— Qu'est-ce qui ne vas pas, sir?

— Je cherche un certain Cheng Chang, dit Malko. Il m'a donné rendez-vous ici?

Les petits yeux se vrillèrent dans les siens.

— Mister Cheng Chang. Je ne connais pas. Cela

doit être une erreur. Vous ne voulez pas une fille? Elles ne vous plaisent pas?

Malko serra les lèvres:

— Je vous dis que je cherche Cheng Chang. Il doit être ici.

L'autre haussa les épaules et prit Malko par le bras. Ses doigts étaient durs et crochus comme des pinces d'acier:

— Si vous ne voulez pas de filles, sir, répéta-t-il, il faut partir, nous ne voulons pas de scandale.

Une seconde les deux hommes se dévisagèrent. La Japonaise attendait, le visage mort. Pour gagner du temps, Malko demanda:

— Qu'est-ce que c'est que cette horreur?

Pour le coup, le Chinois s'anima, découvrant assez de dents en or pour rendre jalouse l'Afrique du Sud.

— C'est une Japonaise, sir. Nous en avons trois. Elles ont été capturées pendant la guerre et nous leur avons crevé les yeux parce que les Japonais étaient très cruels avec nous. Maintenant, nous les réservons aux clients japonais, n'est-ce pas, sir? Mais si vous voulez, c'est vingt dollars Hong-kong...

Il luisait de joie... l'immonde. Malko se sentit des idées de meurtre, mais ce n'était pas le moment. Il préféra tirer un billet de cinquante dollars Hong-kong et le tendre au Chinois.

— Vous êtes sûr que vous ne connaissez pas Cheng Chang?

Le Chinois ne prit même pas le billet. Stupéfiant. Il secoua la tête sans répondre comme s'il n'avait même pas compris la question. Découragé, Malko rempocha l'argent et redescendit l'escalier.

Le brouhaha et l'odeur de Temple Street étaient toujours aussi effroyables. Une fillette l'aborda, cherchant à l'entraîner dans l'ombre. Il resta quelques secondes devant le numéro 34, se demandant s'il n'allait pas prévenir le colonel Whitcomb. Mais si Cheng

Chang était là, on aurait dix fois le temps de le faire disparaître.

Bonne idée pourtant de lui avoir donné rendez-vous dans un bordel; c'est le dernier endroit où on l'aurait suivi et le seul où il pouvait se rendre sans éveiller les soupçons. Soudain quelque chose bougea dans le couloir. Malko s'avança et vit le gros Chinois. Il fit signe à Malko d'avancer.

— *Money*, murmura-t-il.

Malko tendit un billet de cent dollars, plié, que l'autre fit disparaître:

— M. Cheng Chang est parti, fit-il. Beaucoup peur.

— Quand?

Le Chinois regarda autour de lui.

— Pas longtemps.

— Où?

L'autre secoua la tête.

— Je ne sais pas, sir. Beaucoup de gens cherchent Cheng Chang... Une fille. Puis une autre fille venue, après.

— Une fille belle? La première?

— Oui, oui.

Le Chinois n'avait plus qu'une envie: filer. Avec un geste vague il rentra dans l'obscurité, laissant Malko au bord de la dépression nerveuse. Où était Cheng Chang? Et Mina, surtout? C'est sa venue qui avait provoqué la fuite du Chinois. Qui était la seconde femme qui traquait Cheng Chang? Mina avait bien une demi-heure d'avance sur lui, à cause du ferry.

Il allait repartir vers Nathan Road lorsqu'il sentit une main maigre s'accrocher à la sienne.

Un gamin d'une quinzaine d'années se renait dans l'ombre. Maigre, les yeux brillants avec un blue-jean collant et un maillot de corps. D'abord Malko le prit pour un jeune pédé et se dégagea. Mais le Chinois s'accrocha en murmurant:

— *Mister Cheng Chang. You come.*

Malko sursauta. Ce n'était pas le même qu'à Aberdeen. On aurait cru du Kafka. A mesure qu'il se rapprochait, Cheng Chang fuyait. Il eut d'abord envie de l'envoyer au diable. Puis il lui posa des questions, mais l'autre secouait la tête. Il avait été au bout de son anglais. De guerre lasse, Malko fit signe qu'il était prêt à le suivre.

Ils débouchèrent dans Nathan Road, et le gamin s'arrêta à un taxi. Il monta près du chauffeur. Une discussion s'engagea. Apparemment, le chauffeur ne voulait pas aller là où l'autre voulait. Le jeune Chinois fit mine de descendre et, enfin, par gestes, réclama de l'argent à Malko. Le chauffeur, lesté de dix dollars, consentit à démarrer. La circulation était fluide, et très vite ils sortirent de Kowloon par Nathan Road, remontant vers le nord. D'immenses HLM pouilleux, avec des tonnes de linge aux fenêtres, bordaient la route. Puis le paysage changea.

On se serait cru en Norvège. Les phares éclairaient des bois de sapin et de petits lacs tranquilles, escarpés comme des fjords. Ils entraient dans les Nouveaux-Territoires, la bande de terre montagneuse et surpeuplée, coincée entre Kowloon et la frontière de la Chine rouge. Malko était rien moins que rassuré: la grande plaisanterie des Chinois communistes était d'enlever des Blancs et de les rendre après plusieurs mois... quand ils les rendaient. Et Dick Ryan ne savait même pas où il se trouvait...

Ils roulèrent près d'une demi-heure, traversant plusieurs villages endormis. Kowloon était loin derrière eux. La route était bordée de rizières. Ils croisèrent un petit convoi militaire anglais et retrouvèrent le bord de mer, passant devant une fabrique de jonques, encore éclairée. Puis un grand écriteau, noir sur fond blanc, apparut dans la lumière des phares.

« Cha-to-kok. »

C'était un des villages frontières de la colonie.

Malko se souvenait parfaitement de l'avoir situé sur la carte. La moitié des maisons se trouvaient en territoire communiste. Sur les indications du guide, le taxi s'arrêta au bord de la route. Malko descendit.

Ils se trouvaient le long des premières maisons, devant un pont franchissant une rivière à sec. Un kilomètre plus loin, il y avait des soldats chinois. De jour, on pouvait apercevoir les barbelés du poste anglais qui défendait la route. Sans laissez-passer, il était impossible de franchir le barrage. Le chauffeur avait déjà fait effectuer un demi-tour à la Datsun et houspillait le guide pour être payé. Malko se vit déjà revenant à pied à Kowloon... Il ne manquait plus que cela. Pour frapper un grand coup, il sortit un billet de cent dollars, le coupa en deux et en tendit la moitié au Chinois, lui faisant comprendre, par une mimique appropriée, qu'il aurait la seconde moitié à son retour.

L'autre grommela, empocha le demi-billet et stoppa son moteur.

Mais que diable étaient-ils venus faire ici? Ils se trouvaient à près de dix milles de Hong-kong.

Son guide semblait impatient de s'enfoncer dans le village qui s'ouvrait, désert et mort en apparence. Ils enfilèrent une ruelle si étroite qu'ils pouvaient difficilement marcher à deux de front, à cause des innombrables éventaires étalés devant de minuscules boutiques. Au fond de chacune d'elles, des visages apparaissaient à la lueur d'une lampe à pétrole. Certains sortaient sur leurs talons, silencieusement. Ils ne devaient pas souvent voir de Blancs...

Le guide hésitait. Il demanda plusieurs fois son chemin. Soudain, il s'arrêta devant ce qui semblait être une grange. Après avoir inspecté les alentours, il poussa vivement Malko à l'intérieur. On n'y voyait goutte, mais l'odeur fade de l'opium flottait, épaisse et lancinante. Le jeune Chinois avait refermé la porte derrière eux. Malko sentit qu'il lui prenait la main et qu'il le guidait dans un escalier raide, étroit et branlant.

Ils débouchèrent dans un grenier, faiblement éclairé par deux petites lampes à pétrole. Plusieurs hommes étaient étendus sur une sorte de bat-flanc rectangulaire. Quand les yeux de Malko se furent habitué à la pénombre, il distingua une petite vieille accroupie dans un coin, vêtue de hardes noires, puis un second cercle de fumeurs. Il se trouvait dans une fumerie clandestine.

Certains fumeurs étaient couchés en rond, à même le sol, sur des morceaux de vieux journaux, la tête calée sur des billots de bois, avec au milieu des tasses de thé et des paquets de cigarettes. D'autres étaient étendus sur le bat-flanc. Silencieusement les fumeurs se passaient les deux uniques pipes de la fumerie, fumant tour à tour une boulette d'opium. C'était une fumerie de pauvres.

La plupart se dressèrent sur leurs coudes devant les cheveux blonds de Malko, pleins de méfiance. Il y eut une discussion animée entre la vieille et le jeune Chinois. Finalement, ce dernier prit Malko par le bras et le força à s'installer au milieu des fumeurs, assis à même le sol. Poliment les Chinois lui firent de la place et il se retrouva sur un journal presque propre, avec un petit oreiller de bois! Furieux il interpela le guide et se releva:

— *Where is Cheng Chang?*

Ils s'ensuivit une explication confuse et embrouillée. La vieille, qui baragouinait quelques mots d'anglais, s'en mêla, tirant Malko par la manche. Finalement, il crut comprendre que Cheng Chang se trouvait quelque part dans Cha-to-kok, à un endroit que son guide devait découvrir. Le seul endroit où Malko pouvait attendre en toute sécurité était la fumerie. Celui-ci se résigna. Discuter eut fait perdre encore du temps.

Le jeune Chinois disparut dans l'escalier et Malko se retrouva avec la pipe commune dans la main. Obligeant, son voisin fit griller une boulette d'opium et l'introduisit dans le fourneau. Malko aspira une longue bouffée. A la sixième bouffée, il se sentait déjà moins nerveux. Voyant qu'il savait fumer, les Chinois ravis se disputèrent l'honneur de lui préparer sa pipe. Tout cela sans le moindre échange de parole. Et pour cause.

Les pipes succédèrent aux pipes. Les Chinois bavardaient entre eux à voix basse. La vieille apportait thé et cigarettes. Malko avait un peu perdu la notion du temps. L'odeur de l'opium l'étourdissait. Il n'avait plus envie de bouger. Personne ne s'occupait plus de lui.

De temps en temps la pensée que Cheng Chang se trouvait à quelques centaines de mètres lui arrachait un sursaut, mais, comme si ses voisins avaient deviné ses soucis, il y avait toujours une pipe toute prête... Plusieurs fumeurs se levèrent et s'en allèrent, laissant entre les mains de la vieille un billet froissé.

Son guide réapparut tout à coup, essoufflé et décoiffé. Malko se leva d'un bond. Le jeune Chinois était dans un état d'agitation extrême, marmonnait des mots incompréhensibles. Il fit comprendre à Malko qu'il fallait payer la vieille et lui arracha trois billets de dix dollars qu'elle fit disparaître aussitôt. Malko eut le pressentiment d'une catastrophe.

— *Quick, quick*, répétait le chinois en le poussant dans l'escalier.

Une fois dehors, il se mit à courir dans la ruelle, déserte maintenant. Le village était un véritable labyrinthe de chemins obscurs. Seul, Malko ne s'y serait jamais retrouvé.

Son guide s'arrêta enfin devant une porte de bois, qu'il ouvrit brutalement.

— *Here*, fit-il, avant de s'enfuir en courant, visiblement peu soucieux de se mêler à cette histoire.

Malko entra. C'était une pièce en terre battue, avec une lampe à pétrole, accrochée à une poutre, qui diffusait une lumière extrêmement faible. Une masse sombre bougeait au centre de la pièce, par terre, laissant échapper des halètements. Malko s'approcha et distingua la tache plus claire d'une cuisse de femme avec une main aux longs ongles rouges crispés dessus. Il y eut un hurlement rauque, quand la main remonta, saisissant à pleine main l'entrejambe. Deux femmes étaient en train de se battre férocement. Sans un mot, sans même s'apercevoir de la personne de Malko.

Il y eut une nouvelle empoignade et les deux combattantes roulèrent l'une sur l'autre. Malko eut le temps de reconnaître le visage convulsé de Mina. Une grande estafilade saignait sur sa joue, ses yeux étaient hagards, elle haletait, un rictus de haine forcenée la défigurait presque.

— Mina! appela Malko.

La Chinoise ne répondit pas. D'un coup de reins, elle venait de clouer son adversaire au sol en s'asseyant sur son ventre. Malko reconnut la deuxième veuve de Cheng Chang, celle qui avait voulu le tuer. Elle semblait encore plus mal en point que Mina, respirait à peine, les yeux fermés. Celle-ci arracha son chemisier brutalement, découvrant la poitrine de l'autre Chinoise. Il y eut un cri horrible. Mina se redressa et cracha le bout d'un des seins...

Un flot de sang jaillit de la poitrine mutilée. Toujours à genoux sur son adversaire, Mina arracha une de ses chaussures à hauts talons, la brandit et l'abattit de toutes ses forces sur le visage de la blessée. Le talon aigu s'enfonça dans l'œil droit comme un pieu et resta planté. Mais le sursaut de l'adversaire de Mina sous l'effroyable douleur, fut si violent qu'il la désarçonna.

Mina se releva d'un bond, les yeux fous, échevelée.

Son regard traversa Malko sans le voir. Elle plongea dans un recoin sombre et émergea, brandissant à deux mains une grosse fourche à trois dents.

Avant que Malko puisse intervenir, elle brandissait la fourche au-dessus du corps inerte de son adversaire. Avec un « han » de bucheron, elle l'abaissa de toutes ses forces sur le ventre.

La Chinoise blessée se recroquevilla comme une araignée. Le hurlement d'agonie qui jaillit de sa gorge s'écrasa sur les murs de pierre épaisse. Les trois dents de la fourche s'étaient enfoncés de vingt centimètres, la clouant au sol. Ce n'était pas assez pour Mina. Comme si elle avait pilé du mil dans un mortier, elle arracha la fourche et refrappa plus bas, vers le sexe, recommença son geste inlassablement. On aurait dit qu'elle écrasait un animal malfaisant. Blessée à mort, la Chinoise se tordait comme un ver de terre coupé en morceaux, exhalant un râle rauque. Toute sa vie, Malko aurait dans les oreilles le cri de la fille transpercée.

Enfin, Mina planta la fourche une dernière fois dans le corps agité d'un tremblement convulsif. La tête retomba en arrière, elle agonisait.

Seulement, alors, elle sembla s'apercevoir de la présence de Malko. Il se trouvait entre la porte et elle. La fourche haute, aux pointes encore gluantes de sang, elle marcha sur lui.

— Laissez-moi passer, ordonna-t-elle ou je vous cloue contre le mur comme cette putain.

Elle l'aurait fait sans la moindre hésitation. Malko regarda la femme en train de mourir, puis s'écarta légèrement.

— Où est Cheng Chang? demanda-t-il.

Mina se plaça rapidement entre la porte et lui, et l'ouvrit.

— Là, fit-elle en désignant un coin de la pièce.

Rapidement, elle se jeta dehors. Malko s'approcha de l'endroit qu'elle avait désigné.

Un homme était allongé sur de vieux sacs. Presque nu. Il avait été affreusement torturé. L'œil gauche pendait sur la joue, vraisemblablement énucléé d'un coup de pouce. Les parties sexuelles avaient démesurément enflé sous les coups. Malko se détourna, réprimant une nausée. L'odeur fade du sang se mélangeait à celle de la crasse. Il toucha le visage du mort: le corps était encore chaud. Il avait donc été torturé pendant que Malko se trouvait dans la fumerie. Par Mina ou par l'autre tigresse.

Surmontant son dégoût, il retourna le corps. Il n'y avait rien dessous, que des chiffons imprégnés de sang. Cheng Chang avait définitivement emporté son secret dans la tombe. Cela n'expliquait pourtant pas les tortures. Il suffisait de le tuer pour l'empêcher de parler. Sauf si c'était Mina. Malko avait du mal à imaginer autant de férocité de la part d'une fille aussi jeune. Pourtant, il l'avait vue à l'œuvre...

Il fouilla la pièce rapidement, puis sortit. Il reconstituait toute l'histoire. La seconde Chinoise devait le surveiller. Après avoir assisté à la bagarre du Marché de la nuit, elle avait suivi Mina qui l'avait menée à Temple Street. Ensuite les deux femmes avaient dû se battre, devant le cadavre de Cheng Chang.

Les petites ruelles de Cha-to-kok étaient maintenant calmes et silencieuses. Il tourna près d'un quart d'heure avant de retrouver la grand-route.

Le taxi était toujours là, le chauffeur endormi au volant. Il le réveilla et s'affala à l'arrière du véhicule. Maintenant, il fallait retrouver Mina.

CHAPITRE XIV

Holy Tong déglutit bruyamment. Le corps parfait de Mina était livré à sa fringale érotique depuis plus de deux heures et pourtant il n'était pas aussi satisfait qu'il en avait rêvé.

Il promena la main sur les seins de la jeune femme, sans obtenir plus de réaction que s'il avait caressé de la pierre. Les yeux mi-clos comme un chat, elle avait la respiration régulière d'un bébé. Pas un frémissement n'agitait sa peau satinée et son visage avait le calme olympien d'une statue. Holy se pencha à son oreille pour lui exprimer un désir. Sans que l'expression de la Chinoise s'altérât, elle s'exécuta docilement, avec une technique et une patience qui aurait mérité un grand prix aux cours du soir d'érotisme. Holy la guidait de brèves interjections et elle obéissait à la lettre.

Elle reprit ensuite sa position initiale, tandis qu'il tentait de rattraper son cœur qui faisait des bonds dans sa poitrine. Son rêve secret, c'était de mourir ainsi, dans un paroxisme de jouissance. A ce moment-là, il n'avait même pas peur de la mort. Pourtant, dès qu'il fut calmé, de nouveau l'insatisfaction rampa en lui. Il avait l'impression d'être frustré, de faire l'amour avec un merveilleux robot, mais un robot quand même.

Avec mille circonlocutions à la chinoise, il lui demanda s'il ne serait pas possible de se montrer légèrement plus énervée, ou participante si elle préférait ce mot.

C'était la question qu'attendait Mina depuis la seconde où Holy Tong l'avait touchée.

— Je n'aime pas cet endroit, laissa-t-elle tomber, dédaigneuse.

Puis elle but une gorgée de thé. Ils se trouvaient dans un des boxes de verre du Kim Hall, entourés de couples se livrant au même passe-temps qu'eux.

Mina était arrivée très tard au Kim Hall, directement de Cha-to-kok, et avait dû raconter une histoire à dormir debout à sa mama-san, qui avait menacé de la jeter dehors. Tout le long du trajet en taxi, elle avait réfléchi à ce qu'elle allait faire après avoir tué Cheng Chang et l'autre Chinoise. Elle savait que cette dernière travaillait pour les Rouges. Mina avait très peu de temps devant elle. Lorsque la chasse commencerait, elle serait impitoyable, et ce qu'elle avait fait subir à Cheng Chang blessé pour le faire parler n'était rien à côté de ce qu'elle risquait. Ils découperaient sa peau, carré par carré, jusqu'à ce qu'elle devienne folle, pour faire un exemple.

Il lui fallait trouver un abri sûr. Très vite. Avant l'aube elle serait traquée. Aussi était-elle passée au Kim Hall uniquement dans l'espoir d'y rencontrer Holy Tong, qui en était habitué, avant de se résigner à aller le trouver chez lui en plein milieu de la nuit. Peureux comme il l'était, il risquait de ne jamais ouvrir.

Elle était passée volontairement devant le box où il se trouvait avec une fille beaucoup moins belle qu'elle. Evidemment, il l'avait appelée. Elle lui avait laissé entendre que s'il voulait l'utiliser ce soir-là, elle ne comptabiliserait pas toutes ses faveurs... Par pure gentillesse.

Il l'avait crue. Depuis, elle attendait qu'il lui dise la phrase qu'il venait justement de prononcer.

— Pourquoi n'allons nous pas chez moi?

C'était un des seuls endroits de Hong-kong où elle serait en sécurité pour cette nuit. En même temps, elle pourrait parler à Tong.

Elle fit semblant d'hésiter. Les filles avaient l'interdiction formelle de suivre les clients. Le Kim Hall aurait fait faillite.

— Je vais dire que je suis malade, que je dois rentrer, dit-elle enfin devant son air désolé. Pars le premier.

Elle se moquait bien de la mama-san, en ce moment. Si son plan se réalisait, elle ne remettrait jamais les pieds au Kim Hall. En plus de sa peur, elle ressentait une exaltation grisante. Pour la première fois depuis qu'elle était née, elle devait sa puissance à autre chose que ses jolies fesses rondes. De tuer la Chinoise l'avait libérée de son humilité apparente et de ses craintes secrètes. Elle se sentait invulnérable.

Après avoir laissé passer un laps de temps raisonnable, elle se leva et alla trouver la mama-san.

*
**

Comme prévu, Holy Tong attendait dehors dans un taxi. Ils ne dirent pas un mot tandis qu'ils roulaient à travers des chemins déserts vers sa villa. Il posa la main sur la cuisse de la jeune femme et elle le laissa faire, magnanime, amusée même.

Dès qu'ils furent dans sa bibliothèque, Holy enlaça sa partenaire. Pendant le trajet, son imagination érotique s'était remise au travail.

Brutalement, elle se dégagea et le gifla à toute volée, un aller et retour si fort que les lunettes du Chinois volèrent à travers la pièce. C'était tellement inattendu qu'il en resta bouche bée. Même avant ce soir, Mina s'était toujours docilement prêtée à ses fantaisies sexuelles contre quelques dollars. Une seconde, la pensée l'effleura que son geste était destiné à l'exciter encore plus, mais l'expression des grands yeux marrons le détrompa tout de suite. C'était un mélange en proportions parfaites de haine et de dégoût.

— Fiche-moi la paix, siffla-t-elle; tout à l'heure, c'est la dernière fois que tu m'as touchée.

Holy se passa la main sur le visage. C'était un cauchemar. Il esquissa de nouveau un geste vers la Chinoise mais elle cracha comme un chat:

— Imbécile! Tu ne me crois pas! Tu es gros, laid, tu crois bien faire l'amour, mais tu n'as jamais fait jouir aucune femme.

— Mais enfin, pourquoi es-tu venue ici? balbutia Holy. Je croyais...

Elle le regarda avec une impression d'indicible méchanceté.

— Parce que cela m'arrangeait.

— Va-t'en, fit Holy Tong dans un sursaut de dignité. Tu n'es qu'une putain et je considère avec un mépris extrême les parties intimes de Madame ta mère...

Mina s'assit sur le canapé noir et ricana:

— Je ne m'en vais pas. Je vais coucher dans ta chambre et tu dormiras ici.

Le Chinois ne comprenait plus mais la colère avait pris le pas sur le désir. Il s'approcha de Mina et la saisit fermement par le bras. Aussitôt, elle lui décocha un coup de genou vicieux qui le fit se plier en deux. Des larmes plein les yeux il l'entendit annoncer:

— Je partirai demain matin. Pour revenir dans quatre jours. D'ici là, il faudra que tu aies vendu tout ce que tu possèdes et que tu me donnes l'argent. Après, tu n'entendras plus parler de moi, jamais.

Elle rêvait déjà, Mina. Un vrai passeport ne coûtait pas plus de trois mille dollars américains. Avec l'argent de Holy, elle pourrait acheter un petit bordel à Manille, aux Philippines, et enfin faire travailler les autres. A s'en lécher les babines.

Holy, déplié par la surprise, se demandait si elle n'avait pas perdu la raison.

— J'ai tué tout à l'heure ton ami Cheng Chang, expliqua-t-elle paisiblement. Quand tu m'as demandé d'aller réclamer son corps, tu ne m'avais pas parlé de son petit secret...

Le Chinois sentit son corps se vider de son sang.

— Qu'est-ce que tu veux dire? balbutia-t-il. Je ne comprends pas...

— Ne fait pas l'idiot, répliqua Mina durement. Cheng Chang a parlé avant de mourir. Je connais le secret que tu lui avais confié, je sais qui te l'avait dit, et je connais l'homme qui est prêt à l'acheter à n'importe quel prix, ton ami Américain.

» Tu me crois maintenant? conclut-elle triomphalement.

Holy la croyait. Il avait l'impression d'avoir reçu le Victoria Peak sur la tête. Il tentait de réfléchir mais son cerveau refusait tout travail.

— C'est très simple, continuait Mina: ou tu me donnes ce que je te demande et je disparais sans rien dire, ou dans quatre jours je vais tout raconter à l'Américain. Tu sais ce que fera Mme Yao si tout échoue à cause de toi?

» Elle te tuera.

— Elle te tuera aussi, protesta Holy sans conviction.

Mina haussa les épaules.

— Peut-être. Mais toi sûrement.

Anéanti, le Chinois baissa la tête. Mina disait la vérité. Mme Yao le tuerait. Ne serait-ce que pour ne pas perdre la face. Le plan de Mina était diabolique. Il cherchait désespérément la faille quand une once de raison surnagea dans le cauchemar:

— Pourquoi ne traites-tu pas maintenant avec les Américains? demanda-t-il.

— Je n'ai pas confiance, fit Mina. Ils vont me rouler. Tandis que, si tu es raisonnable, nous serons vivants tous les deux. Réfléchis bien. Je vais me coucher.

Elle se sentait très forte, Mina. Elle connaissait la mollesse de Holy Tong. Jamais il ne tenterait rien contre elle.

Pendant ces quatre jours, elle se cacherait à Macao, chez une amie sûre.

Elle se leva et sortit de la pièce en faisant saillir ironiquement sa croupe.

Mais cette vision n'éveilla qu'une morne tristesse chez Holy Tong. Il se laissa tomber sur le canapé, anéanti. Il lui restait quelques heures avant l'aube pour trouver une solution. Sinon, il était obligé d'accepter le marché de Mina.

*
**

Pour la première fois depuis longtemps Holy Tong ne commença pas sa journée par une tasse de thé. Tuan lui avait apporté son plateau. Mais il avait la gorge si serrée que même le liquide ne pouvait pas descendre. Mina était partie depuis moins d'une minute. Après avoir vidé son portefeuille et fouillé ses tiroirs. Mille dollars Hong-kong en tout. Et ce n'était qu'un début.

— A lundi, avait-elle jeté. Si tu veux voir le soleil se lever mardi, n'oublie pas de prendre tes dispositions. Je ne te donnerai pas un quart d'heure de grâce.

Une toux discrète fit sursauter Holy. Tuan contemplait d'un air désolé le plateau de thé intact. Cela fit germer une idée dans le cerveau embrumé de Holy Tong.

— Suis-la, ordonna-t-il à son boy. Tu me diras où elle est allée. Ensuite, tu me rapporteras les journaux.

Le boy sortit du bureau précipitamment. Par chance, n'ayant pas de voiture, elle serait obligée de prendre le funiculaire. Il la rattraperait à la station.

Tuan revint une heure plus tard, avec un paquet de journaux. Il avait suivi Mina jusqu'à l'embarcadère du ferry pour Macao sans se faire remarquer. Elle avait embarqué sur le premier hydrofoil partant pour Macao, sans avoir parlé à personne. Holy prit les journaux et déplia hâtivement le *Hong-kong Standard*. Il n'eut pas à lire bien loin: la photo du cadavre de Cheng Chang s'étalait sur cinq colonnes à la première page. Les mains tremblantes, il commença à lire l'article. En se disant que Mme Yao devait être plongée dans la même lecture.

***

Malko avait dormi deux heures. Après une douche glaciale à sept heures du matin, il avait rejoint Dick Ryan à la Californian Electronics afin de le mettre au courant de vive voix. Les deux hommes, après une orgie de café presque aussi mauvais qu'aux USA, finissaient de faire le point de la situation.

Il n'y avait pas de quoi tirer une salve d'honneur.

Le *Coral-Sea* arrivait trois jours plus tard et, Cheng Chang cette fois bien mort, il ne restait plus que Mina à retrouver. La cascade de meurtres disait assez que cette histoire n'était pas de la pure intox, comme l'avait cru Ryan.

Dick Ryan attendait sereinement que le colonel Whitcomb débarquât dans son bureau. La présence de Malko à Cha-to-kok n'allait pas être difficile à prouver pour l'Anglais. Encore des grincements de dents en perspective. Mais ce n'est pas lui qui les aiderait. Car, de toute façon, ni Malko, ni Ryan n'étaient décidés à lui parler du rôle de Mina.

— Il ne reste plus qu'Holy Tong que nous ayons sous la main, conclut tristement Malko.

L'Américain leva les yeux au ciel:

— Ce clown. Si vous comptez sur lui. Il ne pense qu'à baiser.

— Justement, remarqua Malko. Il connaît peut-être Mina. C'est bien le genre de fille qu'il doit fréquenter. Sinon, il n'y a plus qu'à mettre une petite annonce pour la retrouver.

— Allez-y si vous voulez, soupira Ryan. Au point où nous en sommes...

Malko se leva.

— De toute façon, je devais le voir ce matin pour mon traitement. Je vais aller le surprendre chez lui. Il n'a peut-être pas encore appris la seconde mort de son ami Cheng Chang...

*
**

Lorsque Tuan annonça à Holy Tong qu'un Blanc avec d'extraordinaires yeux jaunes le demandait, il pensa sincèrement à sauter par la fenêtre.

Après s'être recoiffé, il tenta de redonner à son visage rondelet une expression détendue, mais le cœur n'y était pas.

— Fais-le entrer, dit-il au boy.

Malko s'excusa de venir le déranger à domicile. Mais il avait vu la nouvelle de la mort de Cheng Chang dans les journaux et, n'est-ce pas...

Le Chinois n'eut pas à feindre d'être bouleversé. Ses bajoues en tremblaient. Il désigna les journaux épars sur le bureau.

— Je savais déjà; c'est une histoire absolument horrible. Je comprends de moins en moins. Pourquoi ne m'a-t-il pas donné signe de vie? Je l'aurais aidé...

— Oui, pourquoi? fit Malko, songeur.

Un ange passa et s'enfuit absolument horrifié. Holy n'était décidément pas un saint bon teint.

Malko rangea soigneusement une petite idée dans ses circonvolutions cérébrales et continua:

— C'est d'ailleurs beaucoup plus affreux que vous ne le pensez, mon cher Tong. Car votre ami a été tué par une personne que vous connaissez peut-être, une femme...

Il commença à raconter le rôle de Mina. Cette fois, Holy Tong eut du mal à ne pas se glisser sous le canapé. La Chinoise ne lui avait pas dit que Malko avait pratiquement assisté au meurtre. De mieux en mieux... Il était tellement décomposé que Malko interrompit son récit:

— Qu'avez-vous? vous connaissez cette femme?

C'est en cette seconde que Holy perdit définitivement son auréole de saint. Mais c'est difficile d'être vraiment saint à Hong-kong, en 1968. Il ne voulait pas, à son âge, abandonner son confort et son bien-être. Le plan qui venait de germer dans son esprit était tortueux, mais c'était le seul pour éviter de se plier aux exigences de Mina.

— Elle a passé la nuit ici, avoua Holy Tong. Elle est partie ce matin pour Macao. C'est une prostituée qui travaille au Kim Hall. J'y étais hier soir et je l'ai ramenée. Maintenant je réalise qu'elle était très nerveuse. Ce matin, tôt, elle a demandé à mon boy de la conduire jusqu'au ferry de Macao.

Tout cela tenait très bien. Malko examinait le Chinois. Son bouleversement s'expliquait assez bien, pourtant quelque chose le gênait. Malheureusement, il n'avait pas le temps d'approfondir. Avant tout, retrouver Mina.

— Il n'y aura pas d'acupuncture ce matin,

annonça-t-il, mais je vous remercie infiniment. C'est de la chance que cette fille soit justement venue passer la nuit avec vous.

— C'est de la chance, fit en écho Holy Tong.

On ne savait pas encore pour qui.

Malko prit congé rapidement. Dans la rue déserte, il regarda autour de lui. Personne. Et pourtant, tout lui disait qu'il était sous surveillance constante.

Sinon, M. Cheng Chang n'aurait pas été assassiné pour la seconde fois.

Derrière sa fenêtre, Holy Tong regarda démarrer la voiture de Malko. Ses mains tremblaient. Après le coup de téléphone qu'il allait donner, il ne pourrait plus jamais se regarder dans une glace sans avoir un haut-le-cœur. Gênant pour sa coquetterie. Mais, au fond de son âme pure, il préférait être une ordure vivante qu'un saint mort.

*
* *

Dick Ryan sirotait un Coca-Cola à la cafétéria du Hilton en lorgnant la plus jolie des serveuses, qui alliait un visage lunaire à une croupe callipyge, détail rare chez une Asiatique.

Son visage s'éclaira au récit de Malko puis se rembrunit.

— Macao ! grogna-t-il. Comment voulez-vous retrouver une fille là-bas en deux jours?

— Mais les Portugais?

L'Américain siffla de joie devant une telle naïveté.

— Les Portugais crèvent de peur devant les Chinois. Ils ne lèveront pas le petit doigt, même si les autres vous les coupent et vous les font manger...

C'est beau, la solidarité occidentale.

— Je peux essayer tout seul, suggéra Malko, héroïque.

Ryan secoua la tête, pas convaincu.

— Ça peut vous prendre un an, et le *Coral-Sea* arrive après-demain. Il y a un moyen, mais il me déplaît souverainement. Nous avons un agent à Macao. Un type étonnant, qui n'appartient pas à la Division des Plans, un « agent dormeur ». Il a été mis en place il y a plusieurs années et je ne l'ai jamais utilisé, sur ordre de Washington. J'avais même l'interdiction d'entrer en contact avec lui. Ils le gardaient pour une circonstance grave. Si on se faisait tous virer d'ici, par exemple...

» Tant pis, vous allez l'utiliser, même si cela doit le griller. Je sais qu'il a d'excellents contacts avec Macao. Il pourra vous aider.

— Comment s'appelle-t-il?

L'Américain sourit:

— Vous ne me croirez peut-être pas, mais j'ignore son vrai nom. Je ne suis même pas sûr qu'il soit Américain. Il tient une boutique de marchand de timbres, Avenida de Almeida-Riveiro. Cela doit être facile à trouver.

Il faut dire que Macao est à peine plus grand que la Place de la Concorde.

— Comment me reconnaîtra-t-il? demanda Malko.

— Je vais vous donner l'objet de reconnaissance, répondit l'Américain. Une pièce de un dollar en argent. Daté de 1902. On n'en a pas frappé cette année-là, en réalité. Astucieux, non?

— Il y a encore un petit problème si je retrouve la fille, souligna Malko. Le passeport.

Ryan s'arracha au moins la moitié de ses derniers cheveux:

— Vous croyez que je peux donner des passeports comme ça. Si le Département d'Etat apprend cela, ils vont me faire envoyer à Sing-Sing. Vous me signerez une décharge et une déclaration sur l'honneur certifiant que l'intérêt vital du pays est en jeu. J'espère que cela passera. Sinon, il faudra le rendre, ce foutu passeport. Ou jurer qu'on l'a perdu...

Courteline à la CIA. Même à Hong-kong, la sacro-sainte administration ne perdait pas ses droits.

— Je signerai tout ce que vous voulez, assura Malko.

L'Américain se leva:

— Bon, allons à mon bureau, je vais vous donner tout cela. Il y a des hydrofoils toutes les deux heures pour Macao.

CHAPITRE XV

Les pensées de Mao étaient partout. Sur de grandes affiches en caractères rouges, collées sur les arbres et sur les murs; peints à même la chaussée de l'Avenida Salazar, en petits tracts distribués par des gamins nu-pieds. Comme si cela ne suffisait pas, les haut-parleurs installés pour le Grand Prix de Macao du dimanche suivant diffusaient, entre deux airs de musique aigrelette, les plus récents aphorismes du génial Mao Tsé-toung.

Malko, cahoté dans son taxi sans amortisseurs, aperçut la carcasse inachevée d'un énorme building surmontant la baie de Praia Grande: un casino qui ne serait jamais terminé. Le moteur du taxi hoquetait en grimpant la côte de l'Avenida Salazar. A Macao, même l'essence était fatiguée.

Une mélancolie pathétique montait de cette petite ville vieillotte aux maisons pastel qui était en train de s'éteindre tout doucement sous la férule communiste. Où était le temps où les riches *compradores* — les Chinois qui commerçaient avec l'étranger — avait fait de cette petite ville de province portugaise l'enfer du jeu?

Maintenant, les riches avaient fui depuis longtemps. Tous les dimanches, l'évêque, symbole de l'ultime résistance aux Rouges, devait demander au Parti la permission d'ouvrir son église sur la colline de l'Armida-de-Penha... En semaine, deux soldats portugais somnolaient devant la porte pour empêcher les fidèles d'entrer.

Les derniers Portugais restaient là, englués par l'habitude, mais l'enfer du jeu, était mort en se transformant en paradis communiste.

Sur la baie plate et sans grâce de la rivière des Perles, il n'y avait que deux vieux cargos rouillés et des jonques usées, aux voiles en lambeaux.

Dans un effort dérisoire et touchant pour faire venir un peu de monde, on organisait chaque année un Grand Prix automobile sur les avenues désertes qui encerclaient la petite bourgade. Cette année, en dépit des préparatifs fiévreux, on ignorait s'il allait se dérouler. De mauvaise humeur, les communistes avaient menacé de faire assassiner les pilotes impérialistes.

Une nouvelle carcasse de béton et d'acier apparut dans la côte. Le chauffeur de Malko, un métis chino-portugais, eut une mimique désabusée:

— Encore un casino. Il ne sera jamais achevé. Les propriétaires sont partis à Singapour, il y a deux ans.

Singapour! Un autre monde.

Et l'on n'était qu'à une heure et quart de Hongkong par les hydroglisseurs ultramodernes de la compagnie Shuntak. Voyage féerique à travers la mer de Chine, entre des milliers d'îles inhabitées.

Enfoncé dans l'eau le long de son ponton, l'hydroglisseur était le seul objet moderne de Macao. Tout le reste était resté au XIXe siècle.

L'arrivée des engins amenaït un peu d'animation, puis l'apathie retombait. Seuls les cyclo-pousses à la capote verte pédalaient comme des fous, traînant les rares touristes et saluant repectueusement tous les uniformes rencontrés. Dans cet univers kafkaïen, le policier chinois de la place du Sénat était plus puissant que le gouverneur portugais. Il faisait partie de l'ordre nouveau, à la fois invisible et omniprésent.

Le taxi déposa Malko sur une placette ombragée, en face de l'Hôtel de Bela-Vista, le palace de Macao. Le dernier endroit où on trouvait encore du café brésilien.

L'Avenida Almeida-Ribeiro s'ouvrait devant lui, avec ses boutiques de pacotille. Il hésita un instant, craignant d'être suivi. Mais il avait eu beau examiner un à un ses compagnons de voyage, il n'avait pas décelé celui ou celle qui le surveillait.

Ici, l'espionnage et la violence paraissaient appartenir à un autre monde. Malko s'engagea en flânant dans l'avenue. Au fond des boutiques, les commerçants apathiques n'espéraient plus rien.

Il découvrit sans aucune peine la boutique du philatéliste. Elle était la seule dans son genre, minuscule et poussiéreuse, coincée entre deux marchands de souvenirs.

Qui pouvait collectionner les timbres à Macao?

La vitrine ne renfermait que quelques pochettes jaunies et un catalogue de 1956.

Malko poussa la porte, déclenchant une clochette. Cela sentait le renfermé et la crasse. Un Blanc, vêtu d'une chemise sans couleur, sortit sans enthousiasme de l'arrière-boutique. Il était plus grand que Malko, avec des épaules très larges et un visage aux traits marqués, large et plat, avec des yeux très enfoncés dans leurs orbites. Il n'était pas rasé et avait les yeux injectés de sang, comme s'il n'avait pas assez dormi ou s'il avait trop bu. Il marmonna un vague bonjour à l'adresse de Malko et attendit, l'air surpris. L'élégant costume de Malko détonait dans la boutique minable.

Ce dernier sortit de sa poche le dollar d'argent et le posa sur le comptoir, comme s'il jouait avec.

— Je voudrais une pochette de variétés de Chine 1900, demanda-t-il.

C'était la première partie du code.

D'abord, il crut que le marchand ne l'avait pas entendu. Pas un muscle de son visage n'avait tressailli. Il n'avait pas bougé. Alors, Malko poussa la pièce devant lui, sur le comptoir, à plat pour qu'il puisse voir la date: 1902. Soudain, l'homme demanda d'une voix changée:

— Pourquoi vous a-t-on envoyé ici?

Il dévisageait Malko, peu amène.

— On a besoin de vous, dit ce dernier. Une histoire sérieuse. Vous êtes le seul à pouvoir nous aider.

L'autre secoua la tête:

— Les imbéciles, fit-il, comme pour lui-même. Ils gachent dix ans de travail.

Malko le regarda, surpris:

— Pourquoi dites-vous cela?

Le marchand de timbres haussa les épaules.

— Tout se sait à Macao. Tout. Ce soir, « ils » sauront que vous êtes venu me voir. Dans trois jours, ils sauront qui vous êtes, et alors...

— Et alors?

— Ils me tueront ou ils me chasseront. Je crois plutôt qu'ils me tueront. Ils n'aiment pas qu'on se moque d'eux. Enfin, que voulez-vous de moi?

La résignation de la voix était incroyable. Brusquement, Malko découvrait le visage ingrat de l'espionnage. Cet homme vendait des timbres dans une boutique miteuse depuis des années, avait oublié la vie de son pays, afin de servir une seule fois, pour une chose dont il ne saurait même pas l'importance. Malko allait lui expliquer lorsque un vacarme infernal retentit dans l'avenue. Des haut-parleurs crachaient des slogans en chinois, d'une voix nasillarde et criarde. Les murs en tremblaient.

— Qu'est-ce que c'est?

Malko s'en bouchait les oreilles. Le marchand de timbres sourit tristement.

— Le lavage de cerveau quotidien. Les communistes ont installé des haut-parleurs dans toute la ville. De deux à cinq, ils endoctrinent la population et les visiteurs.

Saisissant. Pourquoi Mina était-elle venue se réfugier ici, dans la gueule du loup?

— Voilà ce que je viens chercher, expliqua-t-il, entre deux vociférations...

Il décrivit Mina, donna son nom. L'autre écoutait attentivement, il hocha la tête, à la fin:

— Je pense que ce ne sera pas difficile, dit-il, sauf si elle est déjà passée de l'autre côté.

— Je ne crois pas, dit Malko. Elle en venait.

— Qui sait? dit l'Américain, rêveusement. Ils ne raisonnent pas comme nous. Mais si elle est à Macao, je vais la trouver. Ce sera le premier et le dernier service que je rendrais ici. Ma femme est Chinoise, vous comprenez, membre du parti. C'était une belle réussite, n'est-ce pas? Elle ignore qui je suis réellement.

Il eut un geste fataliste:

— Revenez ici à la fin de la journée. En attendant, promenez-vous, faites le touriste, n'attirez pas l'attention sur vous, surtout... Tenez!

Malko empôcha une pochette de timbres multicolores. L'autre le raccompagnait déjà à la porte et lui disait au revoir d'un ton indifférent.

*
**

De l'autre côté de la rivière, large d'une dizaine de mètres, la sentinelle faisait les cent pas entre un petit blockhaus et un bouquet d'arbres. On distinguait nettement la mitraillette à chargeur camembert passée à l'épaule et la toque de fourrure avec l'étoile rouge communiste.

C'était fascinant, cette étroite rivière séparant deux mondes aussi dissemblables. Sur la rive portugaise, il y avait quelques cahutes de tôle ondulée et rien de l'autre côté.

— Venez, fit le chauffeur du taxi à Malko, ils n'aiment pas qu'on les regarde trop longtemps.

Il avait l'air aussi effrayé que si la rivière avait été une ligne symbolique. Malko regagna la voiture avec regret. C'était de loin ce qu'il y avait de plus intéressant à voir à Macao, cette frontière palpable avec la Chine. Il avait parcouru distraitement les rues endormies de la petite ville. Il n'y avait rien à vendre, à part quelques souvenirs sans valeur.

Bientôt, tout Macao ressemblerait aux ruines de la vieille église du XVIe siècle qui dominait la ville: une façade sans rien derrière.

— Je voudrais bien aller à Hong-kong, dit timidement le chauffeur. Vous ne connaissez pas quelqu'un qui me donnerait du travail. Je suis un bon mécanicien.

*
**

Toujours le même refrain. Partir, fuir. Malko eut envie de lui dire que Hong-kong était un autre cul-de-sac. Qu'après il ne pourrait plus fuir ailleurs, mais il n'eut pas le courage. Le métis quêtait un encouragement de ses bons gros yeux. Voyant que Malko ne répondait pas, il remit sa voiture en route.

Un peu plus loin, il s'arrêta: un groupe de musiciens en tenues fripées et élimées, avec des dragons en papier, étaient assis à la terrasse d'un café.

— Ils vont enterrer quelqu'un expliqua le métis, vous voulez voir?

Le dernier spectacle de Macao.

Mina se cachait quelque part dans cette ville fossile. Qu'on était loin du grouillement de Hong-kong. Ici c'était déjà la résignation des grands malades... Il n'y avait plus d'espoir.

— Retournons dans le centre, ordonna Malko, je voudrais faire quelques achats.

Il était sûr de ne pas avoir été suivi depuis qu'il était en taxi. Il y avait extrêmement peu de véhicules à Macao.

Laissant généreusement cent dollars Hong-kong a son guide, il reprit l'Avenida Almeida-Ribeiro. Il entra dans plusieurs boutiques pour marchander des souvenirs. Les haut-parleurs s'étaient tus mais partout d'immenses banderolles recouvertes de caractères rouges, exaltaient la sagesse de Mao Tsé-toung. Les gens passaient devant, les yeux baissés, sauf un groupe de touristes qui se faisaient complaisamment photographier devant.

La boutique de philatéliste était toujours vide. Malko passa devant une fois, revint sur ses pas et entra. Cette fois, l'Américain devait le guetter, car il souleva tout de suite le rideau de l'arrière-boutique, et se pencha sur le comptoir.

— Rendez-moi la pochette que je vous ai donnée tout à l'heure, dit-il à voix basse.

Malko la lui tendit. Le marchand la classa et en sortit plusieurs qu'il étala devant Malko.

— Faites semblant de choisir, souffla-t-il. Il faut être très prudent.

Malko se pencha sur les timbres, la gorge nouée.

— Vous avez retrouvé la fille?

Les lèvres de l'Américain bougèrent à peine. Comme à regret il laissa tomber:

— Oui.

— Alors?

— Elle partage depuis ce matin une chambre à

l'Hôtel Barra près du Bela-Vista avec une autre fille, qui est croupière au dernier casino de Macao. C'est une péniche ancrée dans le port intérieur. C'est tout ce que je sais.

— Merci.

Les yeux dorés de Malko se firent plus chauds. Le courage de cet homme lui inspirait le respect. C'était beaucoup plus dur de rester là, à Macao, à avoir peur, que de risquer la mort avec une vie agréable.

— Vous allez rester?

— Oui. Ce serait trop bête. J'espère que je passerai à travers. Maintenant, partez et bonne chance. Ne restez pas trop à Macao.

Malko empocha une pochette de timbres et se dirigea vers la porte. L'Américain, au dernier moment, lui glissa:

— J'aimerais bien revoir la Californie, un jour, mais je n'y crois pas beaucoup.

L'Avenida Almeida-Ribeiro s'était vidée des touristes. Le dernier hydroglisseur repartait une demi-heure plus tard. Malko repartit vers le Bela-Vista. Il n'eut aucun mal à trouver l'Hôtel Barra, situé dans une petite rue à côté. Assez minable. Malko n'eut pas le temps de se demander ce qu'il allait faire. Deux filles sortaient de l'hôtel en se tenant par le bras. L'une d'elles était Mina. Il se jeta dans une encoignure de porte. Elles passèrent devant lui et montèrent dans un cyclo-pousse.

*
**

Qui n'a pas rêvé des casinos de Macao? Quand le cyclo-pousse de Malko s'arrêta, il eut envie de se frotter les yeux. Il se trouvait de l'autre côté de Macao, en face de la côte de Chine, dans un quartier populaire dont les murs lépreux des maisons disparaissaient sous les affiches Mao. Devant lui, se trouvait une sorte de péniche à deux étages, ancrée au quai. Mina et l'autre Chinoise venaient de s'y engouffrer.

Une demi-douzaine de cyclo-pousses somnolaient devant.

C'était le casino Royal.

Malko descendit, abasourdi. A Las Vegas, on n'aurait même pas osé y mettre des machines à sous. C'était minuscule, minable, ce casino flottant, ancré face à la Chine. C'est tout ce qui restait du grand Macao, le Monte-Carlo de l'Asie!

On aurait dit un bateau-mouche abandonné. Certes, les dorures et la peinture rouge y étaient, mais il n'y avait même pas de portier: économies. Les propriétaires auraient bien remorqué le casino ailleurs si l'endroit le plus proche où le jeu était toléré ne s'était trouvé à deux mille milles marins...

La nuit tombait. Une musique aigre-douce venait du casino. Malko fit les cent pas pendant une vingtaine de minutes, espérant que Mina allait ressortir. Il aurait préféré lui parler seul à seul. Finalement, il se décida à enjamber la passerelle. Le rez-de-chaussée avait été transformé en salle de spectacle. Des acteurs masqués, en costume somptueux, jouaient une pièce chinoise hermétique devant une trentaine de spectateurs sirotant du thé au jasmin.

De chaque côté de la péniche, des escaliers menaient aux étages supérieurs, où se trouvaient les jeux. Malko emprunta l'escalier de gauche.

Le premier étage était sinistre. Il n'y avait que des tables de fan-tan et de « 21 » tenues par des croupières, jolies filles habillées très court, douées d'une dextérité infernale pour brouiller les cartes et ramasser les jetons de toutes les couleurs. Malko s'approcha d'une table. Aussitôt, une fille aux longs cils, avec une sacoche d'encaisseur, s'approcha de lui:

— *Change, sir.*

Pour ne pas se faire remarquer, il changea cent dollars de jetons mauves.

Comme toujours en Asie, les apparences ne comptaient pas. A la table, un vieux Chinois jouait sans arrêt de gros bancos. On l'aurait cru à l'Armée du Salut. Une chemise élimée et sans col, une barbe de trois jours, des mains sales, un pantalon tire-bouchonné. Mais régulièrement, sur un signe imperceptible des doigts sales, une des vaporeuses caissières s'approchait et déposait devant lui une pile de jetons. Sans signature, sans compter, sans rien.

Grâce aux glaces qui recouvraient les murs, Malko surveillait les gens circulant entre les tables. Il avait peur d'avoir été suivi depuis Hong-kong. Mais par qui? L'anxiété du marchand de timbres et ses remarques augmentaient encore son angoisse. C'était la mouche et l'araignée. Ici, à Macao, il pouvait disparaître à tout jamais, sans que personne sache ce qu'il était devenu. Les Chinois faisaient ce qu'ils voulaient.

Le casino se remplissait peu à peu. Beaucoup de curieux, l'entrée étant libre. Mais au fond, il restait cinq tables de « 21 » sans aucun joueur. En vain, les croupières prenaient des poses sexy, lançaient des œillades enflammées.

Pas de Mina.

Malko reprit l'escalier tapissé de glaces. Un court instant, au moment où il passait, un visage d'homme s'y refléta. Banal. Un Chinois entre deux âges, aux cheveux lissés en arrière, le visage bouffi, bien habillé. Mais un « tilt » se fit dans le cerveau de Malko. Sa mémoire fonctionnait toujours aussi bien. Cet homme était assis à quelques places de lui, dans l'hydroglisseur.

Bien sûr, cela pouvait ne rien dire. Son regard ne croisa même pas celui de Malko. Déjà, il avait disparu.

Le dernier étage était bien différent des deux autres. C'était l'étage noble, celui du mah-jong, le jeu traditionnel chinois, dont les règles sont totalement incompréhensibles aux Européens. Le mah-jong se joue sur deux étages. En face de Malko, il y avait une longue table, avec d'un côté, les joueurs, de l'autre, les croupières. Celles-ci annonçaient d'une voix aiguë, en chinois, les mises et les numéros. Sans arrêt, les joueurs faisaient claquer sur la table les pièces du mah-jong ressemblant à des dominos, causant un vacarme infernal.

Le plafond était évidé en ovale. D'autres croupières se tenaient dissimulées, assises sur des chaises basses, avec chacune, un petit panier pendu à une cordelette. On mettait la mise dans le panier qui redescendait avec les jetons en cas de gain.

Malko s'approcha de la table.

Les paniers allaient et venaient. Tout à coup, il aperçut Mina, debout à côté d'une croupière. De grosses poches marquaient ses yeux et elle avait les traits tirés. Les yeux brillants, elle suivait le mouvement des jetons. Son amie croupière travaillait les yeux baissés.

Le cœur de Malko battit plus vite. Il avait réussi la première partie de sa mission grâce au philatéliste, mais le plus dur restait à faire.

Il vint se placer juste en face de Mina, debout, derrière un Chinois au visage grêlé de petite vérole.

En principe, il ne risquait rien dans le casino. Il aurait toujours le temps d'intervenir si on attaquait Mina. Mais cela se gâterait à la sortie. Il n'avait pas la moindre arme.

Mina leva soudain les yeux et le vit. Il fut le seul à remarquer son mouvement de recul. Elle reprit cependant très vite son sang-froid. Mais ses pommettes s'étaient colorées et Malko vit une grosse veine battre sur sa tempe gauche.

Soudain, Mina s'éloigna de la table, tournant le dos à Malko.

Il lui emboîta le pas aussitôt. Sans se retourner, elle disparut à droite dans l'escalier. Il pressa le pas juste à temps pour la voir s'engouffrer dans les lavatories des dames.

Oubliant provisoirement sa bonne éducation, il entra. Mina lui fit face aussitôt:

— Partez, siffla-t-elle. Vous êtes fou d'être venu jusqu'ici. Comment m'avez-vous retrouvée?

Malko ignora la question. Ses yeux dorés se firent les plus caressants possible.

— Je vous ai retrouvée et c'est le principal. Il faut que vous m'écoutiez. Je suis prêt à vous donner ce que vous voulez. Tenez.

Il sortit de sa poche intérieure le passeport que lui avait remis Dick Ryan.

— Il ne manque que votre signature et votre photo sur ce document, dit Malko. Vous pourrez quitter Hong-kong avec quand vous voudrez. Enfin dès que nous serons sûr que votre information est exacte. Alors?

Tous les sentiments passaient sur le visage de la jeune Chinoise. Malko la sentit vaciller. Il avait gardé le passeport à la main, exprès. Puis, brutalement, elle se reprit:

— Vous êtes fou, cracha-t-elle. Fou à lier. C'est ma peau qui est en jeu, si je vous dit ce que je sais. Ils me retrouveront partout, je suis Chinoise, ne l'oubliez pas.

Une femme essaya d'entrer et Malko dut peser de tout son poids sur la porte, sans que Mina s'en aperçoive. Heureusement, l'inconnue n'insista pas.

— De toute façon, vous allez les vendre, ces renseignements, insista-t-il, vous me l'avez dit.

La Chinoise prit l'air infiniment rusée:

— Bien sûr. Mais c'est sans danger. Pas comme avec vous. Maintenant, laissez-moi passer.

Brutalement, elle bouscula Malko. Mais déjà elle était dehors. Il repartit dans la salle de jeu, s'excusant auprès d'une grosse Chinoise qui le foudroya du regard.

La partie de mah-jong continuait. Mina avait repris sa place près de son amie.

Malko se remit en face d'elle. Il fallait qu'elle cèdât. Qu'elle ait encore plus peur de lui que des autres. Ostensiblement il appella une changeuse et prit mille dollars de jetons. Il ne connaissait rigoureusement rien au mah-jong, mais la CIA paierait la note de frais. On lui fit place respectueusement, et il commença à lancer ses jetons dans les petits paniers.

Mina le fusillait du regard chaque fois qu'il misait. A un moment, il parvint à se rapprocher d'elle et lui glissa:

— Je vous attendrai jusqu'à ce que le casino ferme. J'ai tout le temps. Vous devriez penser à votre passeport.

A un changement infinitésimal dans l'expression de la Chinoise, il comprit qu'il l'avait touchée. Elle jeta soudain un regard anxieux autour d'elle.

Rien ne se passa pendant près d'une heure. Malko et Mina s'observaient. Un panier plein de jetons lui arriva sans qu'il sache pourquoi.

Puis la Chinoise se rapprocha de lui et lui dit à voix basse:

— J'ai changé d'avis, mais ne restez pas là, c'est dangereux. Allez à l'hôtel, je vous rejoindrai.

Malko n'avait pas envie de bouger. Mina pouvait encore changer d'avis. Ensuite, à son avis, le casino était plus sûr que l'obscurité des rues de Macao.

Perdu dans ses pensées il suivait d'un œil distraît le va-et-vient des petits paniers. C'est son subconscient qui enregistra le premier la chose anormale. Un panier venait d'atterrir sur le feutre vert. Et il avait fait du bruit, un choc sourd comme si c'était un sac de sable. Il regarda et son cœur s'arrêta de battre.

Au milieu des jetons, il y avait une grenade quadrillée dégoupillée. Un léger sifflement s'échappait de la fusée. Il resta une seconde fasciné par l'objet mortel. Puis il hurla:

— Mina, attention!

La Chinoise leva les yeux sur la table et son visage se décomposa. Elle ne cria même pas mais ses longs doigts s'incrustèrent sur le tapis vert comme si c'était le salut.

Malko plongea sous la table. Un dixième de seconde avant l'explosion. Il eut l'impression que son corps était déchiqueté en mille morceaux.

*
**

Un Chinois flegmatique en blouse blanche épongeait une énorme tache de sang sur le plancher de bois. Des débris de la table de jeu avaient volé partout.

Le jeu était arrêté et tous les joueurs retenus par la police s'étaient groupés à quelques mètres des corps étendus.

Les jambes de Mina émergeaient d'un tapis vert, jeté hâtivement sur son corps massacré. Les plus gros éclats de la grenade avaient haché son corps à la hauteur du ventre, la coupant pratiquement en deux. Elle était morte sur le coup. Un autre éclat avait sectionné sa carotide et le sang avait giclé à trois mètres.

Trois autres corps étaient étendus près de Mina, recouverts eux aussi d'un tapis vert: deux joueurs et une autre croupière qui n'avait pas eu le réflexe de se baisser. Malko était le seul à peu près indemne car il avait été le premier à plonger sous la table et les éclats étaient passé au-dessus de lui. Seul le souffle l'avait projeté à plusieurs mètres et étourdi.

Soutenu par deux garçons, il reprenait son souffle. On lui apporta un liquide rouge dans un verre: du vin chinois tiède et écœurant. Il réprima une nausée et se remit sur ses pieds. La cicatrice de son coup de couteau de Bangkok lui faisait mal à la poitrine. S'il avait tourné la tête au moment où la grenade était descendue, il serait lui aussi sous un tapis vert.

Il tomba en arrêt devant un morceau de la table de jeu: quatre longs et fins doigts y étaient restés accrochés, comme coupés par un rasoir. Ceux de Mina Le passeport le brûlait au fond de sa poche. La jeune Chinoise n'en aurait plus jamais besoin. Pas plus que de quitter Hong-kong. Son long voyage s'était terminé presque à son point de départ. Malko eut un goût de cendre dans la bouche, en dépit de la férocité qu'avait montré Mina lorsqu'elle avait tué Cheng Chang et l'autre Chinoise.

Des policiers en casquette plate, l'air endormi, avaient envahi le casino. On fouillait tout le monde. Malko s'approcha et demanda des explications. Après d'interminables palabres, on le conduisit devant un groupe de Chinois pâles et tremblants: les croupiers du haut. De leur explications, il ressortait qu'un homme avait posé une grenade dans un des paniers et tenu les croupiers en respect avec un pistolet, pendant que le panier descendait, menaçant de tirer au moindre cri.

Une seconde avant l'explosion, il s'était enfui, jetant son arme à la tête d'un courageux garçon qui avait voulu le poursuivre. Les policiers se passaient le pistolet avec un respect mêlé de crainte. Malko jeta un coup d'œil par-dessus l'épaule d'un petit Chinois.

C'était une arme étrange: un gros pistolet à deux canons joints un peu comme un fusil de chasse. Il y avait deux culasses et deux chargeurs. Une arme fabriquée en Chine populaire à destination des maquis étrangers.

Il n'y avait pas plus à en savoir. Le *Coral-Sea* arriverait le lendemain matin à Hong-kong et personne ne savait encore ce qui se tramait contre lui.

L'enjeu n'avait pas de prix. La liste des cadavres qui s'allongeait le montrait assez.

CHAPITRE XVI

Au milieu de l'immense baie de Kowloon, le *Coral-Sea*, arrivé durant la nuit, avait l'air d'un gadget chétif.

Un soleil radieux se reflètait sur la coque de métal gris. Les avions aux ailes repliées, rangés sur le pont, ressemblaient à des jouets. Le porte-avions était pourtant le fer de lance de la 7e flotte: trois cent dix mètres de long, quatre-vingt-dix avions, dont vingt-cinq chasseurs-bombardiers *Phantom IV*, volant à plus de deux mille quatre cents kilomètres à l'heure, et, bien entendu, des bombes atomiques, en tout plus de puissance de destruction que tout ce qui avait été dépensé durant la seconde guerre mondiale par tous les belligérants!

Autour du *Coral-Sea*, trois destroyers et un navire-radar hérissé d'antennes montaient une garde vigilante. Sur le pont de soixante-dix-sept mètres, un gros hélicoptère jaune décolla lentement et resta suspendu au-dessus de l'énorme navire, comme une mouche attachée à un fil.

Malko laissa retomber le rideau de sa chambre. Il se sentait faible et découragé après une nuit au Bela-Vista. Il avait pris le premier hydroglisseur pour rentrer de Macao. Et maintenant, il n'était pas plus avancé qu'une semaine plus tôt.

Le secret gisait à la morgue de Macao avec le corps déchiqueté de Mina.

Le *Coral-Sea* était là pour huit jours. C'était amplement suffisant pour permettre tous les attentats du monde. Mais Malko avait beau se creuser le cerveau, il ne voyait pas comment les Chinois pouvaient s'attaquer à ce mastodonte. La Chine communiste n'oserait pas utiliser du matériel de guerre.

Il restait les attentats individuels contre les marins et les pilotes. Certes, cela serait fâcheux, mais pas suffisant pour entamer la puissance de feu du porte-avions. Et pourtant, il y avait quelque chose. Assez grave pour que ceux qui avaient mis sur pied un plan aient impitoyablement supprimé tous ceux qui en savait trop.

Malko ne comprenait pas une chose: à Macao, on aurait pu l'abattre dix fois après le meurtre de la Chinoise. Personne ne s'était manifesté. La police l'avait laissé partir sans trop de questions. Donc, Malko n'intéressait plus ses adversaires. Il ne savait rien, il ne pouvait rien, à quoi bon le liquider. C'était à la fois rassurant et humiliant. Et pourtant, quatre jours plus tôt, on avait tenté de se débarrasser de lui. Alors qu'il en savait plutôt moins.

Le téléphone sonna: c'était Dick Ryan, déjà au courant de l'attentat au casino de Macao. Le nom de Mina n'avait pas été révélé encore mais il s'était douté qu'il pouvait s'agir d'elle. Nerveux et de mauvaise humeur, il demanda les dernières nouvelles.

Malko raconta son équipée à Macao. L'Américain jurait à voix basse. Ils étaient dans l'impasse.

— J'ai une conférence avec l'amiral Riley, à midi à mon bureau du consulat, dit Ryan. Vous viendrez lui expliquer toutes ces bonnes nouvelles.

Après avoir pris sa douche, Malko avala son the et descendit dans le hall.

On se serait cru sur le pont du *Coral-Sea*. Les fauteuils et les canapés disparaissaient sous des grappes de pilotes américains de l'aéronavale, croulant sous des monceaux de bagages, les yeux exorbités devant les jupes fendues des hôtesses chinoises qui les dévisageaient avec un mépris poli. L'un d'eux était tellement estomaqué que, à quatre pattes sur le tapis, il photographia les jambes gainées de résille noire d'une des serveuses du bar.

Décidément, la guerre au Viet-nam, cela avait du bon. Après deux mois sur un porte-avions, le spectacle des jeunes Chinoises les transformaient en singes en rut. La plupart étaient trop stupéfaits pour faire autre chose que s'asseoir sur leurs paquetages et saliver devant les filles souples et parfumées qui les frôlaient, hautaines et indifférentes.

Malko avait deux heures à perdre. La petite idée qui trottait dans sa tête au sujet de Holy Tong méritait d'être vérifiée. Il monta dans sa Volkswagen et prit le chemin de Victoria Peak.

La villa de Holy Tong était close. Malko laissa son doigt sur la sonnette près d'une minute, puis colla son oreille au battant de bois.

Aucun bruit.

Il recommença avec la sonnette, puis se mit à tambouriner sur la porte. Décidé à se faire ouvrir à tout prix. Ce n'était pas le moment que Tong lui glissât entre les doigts. C'est quand même lui qui l'avait envoyé à Macao.

Il pensait sérieusement à escalader la grille quand il entendit des pas sur le gravier de l'autre côté. Le vantail s'ouvrit aussitôt sur la face lunaire de Tuan:

— Mister Tong? demanda Malko.

Le Chinois secoua la tête et repoussa la porte. Malko glissa son pied rapidement:

— Miste' Tong, pas là.

Autant d'expression qu'un menhir.

— Où est-il?

— Miste' Tong dit jamais quand il pa't, miste'.

Il découvrit ses dents gâtées en un sourire trop angélique. Malko l'aurait tué. Malheureusement il ne pouvait pas violer l'intimité d'un citoyen chinois sous prétexte que son domestique lui mentait. A moins que Tong ne soit réellement parti. A regret, il ôta son pied de la porte. Aussitôt Tuan referma. Malko entendit claquer le verrou et les pas s'éloigner.

Derrière les rideaux de son bureau, Holy Tong regarda la petite voiture faire demi-tour, avec un soulagement indicible. Il ignorait encore que Mina était morte, mais Mme Yao lui avait téléphoné à l'aube pour l'avertir que s'il avait le moindre contact avec Malko dans les prochaines quarante-huit heures, il était mort... par contre, s'il était sage, il passeraient tout le week-end ensemble.

Pourvu que rien ne se passe d'ici là... il avait décidé de se cloîtrer pendant deux jours afin de ne prendre aucun risque. Pour se remonter, il prit dans sa bibliothèque l'édition, abondamment illustrée, d'un album érotique japonais et se plongea dedans.

L'amiral John Riley était un homme d'une cinquantaine d'années, aux yeux très bleus et au crâne rasé comme une boule de billard, dont il avait d'ailleurs l'expression affable. Dire que les nouvelles que lui apprenait Dick Ryan lui faisaient plaisir eut été mentir.

Malko se faisait tout petit dans un coin. Après tout, c'était une histoire entre Ryan et Riley. Il avait fait ce qu'il avait pu. Le soleil entrait à flot par les deux grandes baies vitrées et un boy silencieux renouvelait régulièrement les tasses de thé. La conférence durait depuis une heure. Sans aucun résultat pratique d'ailleurs.

— Si je comprends bien, conclut l'amiral les communistes vont s'attaquer soit à mes hommes soit à mon navire, d'une façon que nous ignorons et à un moment qui n'a pas été défini...

— C'est à peu près cela, concéda Dick Ryan en se tortillant sur sa chaise.

— Eh bien, fit l'amiral, heureusement que la CIA fait des cachotteries à la Navy Intelligence en l'accusant de ne pas être sérieuse. On peut dire que vous êtes bien informés ici. Et, en plus, je n'ai même pas le droit de reprendre le large sans déclencher un incident diplomatique avec les Anglais...

— Vous avez un cocktail à six heures chez le gouverneur, précisa Dick Ryan, pince-sans-rire pour une fois.

L'amiral le foudroya du regard:

— Faut-il y aller *aussi* armé?

Malko et Dick ne répondirent pas à cette flèche du Parthe. L'amiral s'était levé et leur broya les mains dans une poigne de fer.

— Messieurs, je vous remercie néanmoins de vos efforts. Je vais alerter tous nos officiers et nos hommes afin qu'ils soient sur leur garde. Espérons que tout se passera bien.

— Espérons, fit Dick Ryan en écho.

Dès que l'amiral fut sorti, il fit à Malko:

— Mon cher, vous n'avez plus qu'à aller faire du shopping. La Navy Intelligence a pris la relève. On va voir s'ils font mieux que nous. Moi, le *Coral-Sea* me sort par les yeux.

Malko ne se le fit pas dire deux fois. Depuis deux jours, il avait subi assez d'émotions violentes pour avoir envie d'un peu de repos. Après avoir quitté le consulat, il gara sa voiture et s'engagea à pied dans Queens Road.

Les boutiques étaient incroyablement bien approvisionnées. Les montres suisses, l'or, les perles, les bijoux, les appareillages électroniques dégoulinaient des vitrines à des prix défiant toute concurrence: la douane n'existe pas à Hong-kong.

Il finit par entrer dans un Chinese Emporium, sorte de Prisunic ne débitant que des objets manufacturés en Chine rouge, à un prix ridiculement bas. Les vendeurs, honnêtes et maussades, regardaient les dollars avec la même idolâtrie que les portraits de Mao. Malko se chargea de nappes brodées; il y avait là assez de linge pour remplir toutes les armoires de son château.

Chargé comme un baudet, il allait pousser la porte tournante du Hilton quand il s'entendit héler par son prénom. Po-yick, avec son éternelle jupette bleue, ses socquettes blanches et son cartable, courait derrière lui.

— Bonjour, dit-elle de sa voix flûtée, je vous ai vu de loin, alors j'ai couru pour vous dire bonjour...

Encore un mensonge. Elle devait être embusquée depuis une heure au moins. Malko lui tendit un de ses paquets:

— Tiens, tu vas m'aider.

Elle le prit et lui emboîta le pas. Au lieu de prendre l'escalator, Malko alla au fond de la galerie marchande et s'arrêta devant la porte de l'ascenseur. Po-yick lui jeta un regard effrayé. Il la rassura, amusé:

— Nous devons passer par ma chambre pour poser tout cela. Par ici nous évitons le hall, personne ne te verra. Tu n'as pas peur de venir avec moi?

Elle secoua la tête sans répondre, mais monta dans l'ascenseur. Le regard qu'elle échangea avec la liftière est indescriptible. Si les yeux pouvaient tuer, les deux femmes seraient tombées mortes sur-le-champ...

Elle ouvrit de grands yeux devant la suite somptueuse de Malko et tourna autour de la bouteille de champagne au frais dans son seau, très intimidée et intriguée. Malko la prit par le bras gentiment:

— Viens t'asseoir un moment ici, dit Malko, qui avait décidé de la tutoyer. Nous pourrons bavarder plus tranquillement qu'en bas.

Le regard de la fillette le fuyait. Il s'aperçut qu'elle tremblait de tous ses membres, comme un animal effrayé. Malko la fit asseoir sur le divan en L et alluma la télévision. Pour la détendre, il lui montra ses achats. Elle s'extasia sur les nappes, mais son regard demeurait obstinément baissé.

— Tu n'as pas de devoirs à faire aujourd'hui? demanda-t-il.

Elle secoua sa longue natte.

— Non. Mais je dois...

— Et pas de bombes non plus?

Cette fois, elle eut un sourire:

— Oh! non, pas tous les jours. Je vous remercie. Vous êtes vraiment un ami du peuple, récita-t-elle. J'étais sûre que vous n'étiez pas un impérialiste.

Malko rit de bon cœur. Po-yick commençait à s'acclimater, regardait autour d'elle.

— Pourquoi avez-vous deux pièces? demanda-t-elle. Vous êtes tout seul.

— Une chambre pour te recevoir, dit Malko. Et une chambre pour dormir.

Elle tendit le cou vers la chambre à coucher et rejeta vite la tête en arrière comme si la vue du lit lui avait fait peur. Ses sourcils se froncèrent.

— Mais alors, vous êtes un capitaliste si vous avez tellement d'argent. Ce n'est pas bien.

Elle ne plaisantait pas avec la doctrine, Po-yick. Malko rit de bon cœur et désigna la bouteille de Moët et Chandon. Depuis sa nomination, il en trouvait une chaque matin. Délicate attention.

— Tu as déjà bu du champagne?

— Du champagne, qu'est-ce que c'est?

Incroyable, mais vrai.

— C'est une sorte de vin, expliqua Malko, mais bien meilleur. On boit cela quand on veut célébrer quelque chose dans mon pays, ou quand on est heureux...

Po-yick regarda la bouteille avec la même méfiance qu'une grenade:

— C'est une boisson capitaliste, avança-t-elle timidement. Je ne sais pas si je peux en boire.

Imperturbable, Malko corrigea:

— Je peux t'assurer que les communistes en boivent aussi. Les Russes en font une grande consommation...

Le regard de Po-yick flamboya:

— Les Russes ne sont pas des communistes, fit-elle durement. Ce sont des reptiles puants et contre-révolutionnaires. Le président Mao l'a dit.

— Mais le président Mao aussi boit du champagne, affirma Malko. J'ai vu des photos...

Po-yick n'était pas très convaincue, mais elle dit d'une petite voix:

— Alors je vais essayer, mais vous me promettez que cela ne me fera pas de mal?

— Juré.

Il se leva pour ouvrir la bouteille. Fascinée, Po-yick le regarda arracher avec précaution le bouchon. Cela fit un petit « plouf » et Po-yick poussa un cri:

— Tu vois, c'est une sorte de bombe, fit Malko pour qu'elle se retrouve en pays connu.

Le liquide moussait dans les deux coupes. Il en tendit une à la Chinoise et leva la sienne:

— A notre amitié!

Elle imita son geste mais ne dit rien. Sans le quitter des yeux elle trempa ses lèvres dans le liquide ambré, et eut une petite quinte de toux.

— Ça pique!

Malko vida sa coupe.

— C'est qu'il est bon. Tu aimes?

Po-yick hocha la tête:

— C'est bon.

Du coup, elle vida la coupe et se renfonça dans le divan. Elle contemplait Malko d'un œil songeur. Il lui sourit. Adorable Po-yick. Dans quelques années cela ferait une dangereuse fanatique qui défilerait le poing levé dans les rues de Hong-kong. Elle aurait au moins connu le champagne.

Malko se sentait bien avec elle. Sa fraîcheur contrastait avec la boue dans laquelle il était obligé d'évoluer pour son métier. Même si elle posait des bombes de carton, ce n'était encore qu'une enfant.

Il remplit de nouveau les deux coupes, sans en mettre autant dans celle de la Chinoise. Le champagne commençait à lui faire de l'effet. Elle était moins raide sur le divan et ses yeux étaient humides et tendres. Soudain, elle demanda:

— Quand quittez-vous Hong-kong?

— Je ne sais pas. Dans quelques jours, répliqua Malko sans réfléchir.

Il sentit la fillette se raidir. Pour la consoler, il passa son bras autour de ses épaules.

— Pourquoi me demandes-tu cela?

Po-yick secoua la tête, et resta muette. Tout à coup il vit une grosse larme couler sur sa joue.

— Mais tu pleures!

Elle se tourna vers lui et jeta ses deux bras autour de son cou. Il sentit ses seins minuscules s'écraser contre sa chemise. Elle ne portait pas de soutien-gorge. Son visage était baigné de larmes. Sans un mot, elle lui embrassa maladroitement les yeux, les joues, tout le visage et finalement la bouche, sans desserrer les lèvres.

Ses deux bras étaient noués derrière sa nuque et elle appuyait ses lèvres contre les siennes avec une telle violence que leurs dents s'entrechoquèrent.

Puis elle s'écarta de quelques millimètres et murmura:

— *Aw jung-yce nay.*

Puis elle blottit sa tête contre l'épaule de Malko, tout en continuant à le serrer de toutes ses forces. Il était infiniment touché mais se sentait un peu coupable. Le champagne fait dire bien des choses.

— Qu'est-ce que cela veut dire?

— *I love you*, fit-elle dans un souffle. En chinois.

— Mais non, corrigea-t-il gentiment, tu ne m'aimes pas vraiment, tu me trouves gentil, c'est tout. Moi aussi je t'aime bien.

Elle se détacha violemment de lui, furieuse.

— Si je vous aime! Et je voudrais me marier avec vous. Mais je ne pourrai pas parce que vous êtes un capitaliste et que je suis communiste. Et je serai malheureuse toute ma vie...

On aurait dit un mauvais film capitaliste. Malko ne savait plus que dire.

— Je reviendrai à Hong-kong, dit-il. Si tu m'aimes toujours nous verrons...

Elle le regarda, les yeux pleins d'espoir.

— C'est vrai?

— C'est vrai.

Mais son visage se renfrogna et de nouveau elle enfouit sa tête sur l'épaule de Malko.

— Vous ne pouvez pas m'aimer puisque je n'ai pas fait l'amour avec vous. Je ne veux pas faire l'amour avec vous...

— Je t'aime beaucoup quand même.

Mais Po-yick s'était accrochée à son idée:

— J'ai une amie qui fait l'amour avec les hommes, dit-elle. Je vais lui demander de le faire avec vous. Comme ça vous penserez à moi et vous m'aimerez...

A quoi pensent les jeunes filles! Po-yick faisait de l'érotisme sans le savoir. Malko lui caressa les cheveux.

— Je n'ai pas besoin de cela, assura-t-il.

— Mais mon amie est très jolie, affirma Po-yick avec véhémence.

Ce n'est qu'à la troisième coupe de champagne qu'elle abandonna son idée. Ses mains fines caressaient la poitrine de Malko entre deux boutons de sa chemise. Il la sentait troublée, hésitante. Elle l'embrassa encore, moins maladroitement. Pas encore avec sa langue, mais la bouche ouverte. Et son corps se faisait plus lourd, plus abandonné. Volontairement ou non, elle était offerte. Sa main droite fit sauter un des boutons de la chemise et glissa jusqu'à son dos où elle s'accrocha de ses cinq griffes pendant qu'elle prolongeait son baiser. Malko en vit un plein ciel d'étoiles au bord du détournement de mineure.

— La nuit, je rêve de vos yeux dorés, murmura-t-elle. Je n'en ai jamais vu de pareils.

Il s'écarta doucement. La volonté a des limites. Il était loin de son indifférence physique du début, et avait presque honte qu'elle s'aperçoive de son état.

— Veux-tu venir m'aider à acheter des chemises demain, en fin de journée? proposa Malko pour désamorcer la bombe.

Po-yick mit quelques secondes à redescendre sur terre.

— Demain, je ne peux pas, dit-elle.

Sans transition, elle pouffa de rire. Toujours le champagne.

— Pourquoi ris-tu?

Elle pouffa de nouveau avant de répondre:

— Demain, je vais me battre contre les impérialistes. J'ai rendez-vous à six heures.

Il sursauta:

— Tu vas encore mettre des bombes?

— Non, non. Nous allons attaquer les Américains.

Malko eut l'impression que le Hilton venait de trembler sur ses bases. Il regarda Po-yick, croyant avoir mal entendu:

— Qu'est-ce que tu dis?

Espiègle, elle répéta:

— Nous allons attaquer les Américains!

De quoi se frotter les yeux. Si Max l'ordinateur avait entendu cela, il serait tombé en panne.

— Je ne peux rien te dire de plus, c'est un secret, fit-elle.

De nouveau, elle lui jeta les bras autour du cou. Mais Malko n'avait plus du tout envie de s'amuser. Ce qu'il avait cherché si loin et si dangereusement était tout près de lui, dans la tête de cette petite fille... Bien qu'il n'arrivât pas à le croire. Ce ne pouvait pas être la même chose. A moins que Po-yick soit mythomane. Mais Po-yick s'était refermée comme une huître. Elle avait pris la main de Malko et l'embrassait par petits coups, très tendrement. Il n'osait pas l'interroger trop directement pour ne pas éveiller ses soupçons.

— Tu ne devrais pas faire des choses dangereuses, gronda-t-il.

Elle secoua la tête.

— Ce n'est pas dangereux. Nous ne sommes pas méchants comme les impérialistes, nous ne jetons pas de napalm...

» Redonnez-moi encore un peu de champagne.

Po-yick était très volubile, maintenant, mais n'ouvrait plus la bouche sur ses mystérieux projets. Le cerveau de Malko avait beau tourner à huit mille tours, il ne comprenait pas comment une petite fille de quatorze ans pouvait être au courant du plan ultra-secret pour détruire le *Coral-Sea*. Et pourtant, elle savait quelque chose.

Un instant, il songea à lui dire la vérité. Sa naïve

passion la pousserait-elle à trahir? Il en doutait, elle était trop fortement endoctrinée...

Soudain, Po-yick regarda sa montre et poussa un petit cri:

— Il faut que je m'en aille.

Il se força à sourire:

— Tu as peut-être le temps de me voir avant tes mystérieux projets? A trois heures. Nous irons au Chinese Emporium.

Elle hésita, puis dit:

— Bon, à trois heures. Mais vous me jurez de ne rien dire. Je n'aurais pas dû vous parler.

— Juré, promit Malko.

C'était une victoire du champagne français, pas de la CIA.

Au moment de sortir, elle lui mit les bras autour du cou et son corps fluet pressé contre le sien, lui donna un baiser que n'aurait pas désavoué Marylin Monroe... Les Chinois apprennent vite.

— A demain.

La jupe bleu-marine s'envola avec les socquettes blanches. Dès qu'il fut seul, Malko appela Dick Ryan au consulat.

— J'aurais peut-être du nouveau demain, annonça-t-il. Impossible de vous en dire plus maintenant.

— A genoux et priez, fit Ryan. L'amiral me télé phone toutes les cinq minutes. Il précise que si quoi que ce soit arrive à son porte-avion dans cette foutue rade, la dernière chose qu'il fera sur terre sera de détruire Hong-kong.

— Ainsi soit-il.

Malko raccrocha. Son instinct lui disait que la piste Po-yick était bonne.

Pour célébrer cela, il décida de se verser une ultime coupe de champagne et prit la bouteille de Moët et Chandon dans le seau. Mais le goulot glissant lui échappa, la bouteille rebondit sur le seau, qui se renversa par terre. Son juron était déjà à moitié sorti quand il tomba en arrêt.

Une petite boîte noire était collée sur le fond du seau, invisible lorsqu'il était en position normale. Il se pencha et tira. L'objet, gros comme une boîte d'allumettes, se détacha facilement. Il fallut dix secondes à Malko pour identifier un émetteur radio miniaturisé, couplé avec un micro.

Voilà donc pourquoi l'hôtel était si généreux avec lui. C'était un moyen commode de l'espionner. Qui se méfierait d'un seau de champagne?

Tout à coup, il pensa à Po-yick avec un serrement de cœur. Elle était en danger de mort. Il fallait coûte que coûte la retrouver et la protéger. Et il ne savait que son prénom!

Un seul homme pouvait l'aider: le colonel Whitcomb. Tant pis pour ce que penserait Dick Ryan.

Il composa le 999, numéro de Police-secours et, dès qu'il eut une opératrice en ligne, annonça:

— Je veux parler au colonel Whitcomb. De la part du prince Malko Linge. C'est extrêmement urgent et important.

Trois minutes plus tard, il avait l'Anglais au bout du fil.

— Que se passe-t-il, monsieur Linge? demanda-t-il. Est-il arrivé malheur à un autre de vos amis?

— Trêve de plaisanterie, colonel, coupa Malko. Vous savez aussi bien que moi que nous exerçons le même métier, presque du même côté de la barrière. J'ai besoin de vous.

— Ah!

La voix de l'Anglais était chargée d'un Himalaya de méfiance.

— Retrouvez une fillette de quatorze ans qui se nomme Po-yick. Elle est en danger de mort. Elle est au courant de ce qui se trame contre le *Coral-Sea*. Je pense que cela vous intéresse.

Il donna au colonel Whitcomb tous les détails dont il disposait.

Ce dernier tint à le prévenir.

— Cela peut prendre deux heures ou deux mois.

— Elle a quitté cette chambre il y a une demi-heure, dit Malko. Cela vous donne une première piste.

— Dans ce cas ce sera plus facile, concéda le colonel, sans autre commentaire.

Malko, qui ne fumait jamais, alluma, après avoir raccroché, une des cigarettes qu'on lui apportait avec la bouteille de Moët et Chandon. Il mit la TV mais ne put arriver à s'intéresser au programme inepte. Où était Po-yick?

En attendant, il avait du pain sur la planche: retrouver ceux qui l'écoutaient.

CHAPITRE XVII

Malko remit le micro en place, de l'eau dans le seau et la bouteille dedans. Puis il sonna.

Le garçon chinois frappa à la porte quelques minutes plus tard.

— Vous pouvez ôter le champagne, fit Malko.

Ostensiblement, il tenait sa clé à la main et sortit tout de suite après le garçon pour s'arrêter devant les ascenseurs. Dès que ce dernier fut passé, il courut jusqu'à sa chambre, rouvrit sa porte et alla se dissimuler dans la grande penderie.

Au bout d'une dizaine de minutes, on frappa à la porte. Puis, presque aussitôt, Malko l'entendit s'ouvrir et se refermer. Quelqu'un était entré. Il retint son souffle. A travers la porte de la penderie entrouverte il entendit des frôlements légers, des heurts, le bruit de ses pas étant étouffé par l'épaisse moquette, il sortit tout doucement.

Le garçon d'étage était à quatre pattes devant le divan, tournant le dos à Malko. Celui-ci s'approcha et envoya un robuste coup de pied dans les reins offerts.

L'autre s'aplatit avec un cri de douleur. Déjà Malko le relevait par le col de sa veste. Sans lui laisser le temps de respirer, il lui asséna deux manchettes sur les carotides. Le Chinois eut un hoquet et s'affala dans le fauteuil. Pour éviter une feinte, Malko lui envoya encore un coup dans le plexus solaire. Il avait appris le close-combat à l'école très spéciale de San Antonio, au Texas, mais s'en servait rarement, abhorrant la violence.

Une minute plus tard, le Chinois entrouvrit les yeux et voulut se lever. Malko lui mit le micro sous le nez:

— C'est ça que vous cherchiez?

Le Chinois bredouilla:

— Je ne comprends pas, sir. Pourquoi m'avez-vous frappé? Je me plaindrai à la direction...

Sa voix n'était pas très assurée. Malko le gifla deux fois. Il voulut se lever mais Malko, déchaîné, le prit à la gorge:

— Qui vous a dit de mettre ce micro?

Il se recroquevilla, mais ne répondit pas.

La tête baissée, les yeux à demi fermés, le Chinois se transformait en minéral. Malko lâcha son cou et lui asséna deux nouvelles manchettes.

— Qui vous a donné ce micro?

Le Chinois secoua la tête:

— Je ne sais pas ce que vous voulez dire, Sir. Je me plaindrai. Laissez-moi partir.

Il mentait si visiblement que Malko vit rouge. Par lui, il y avait une chance de remonter jusqu'à ceux qui avaient accompli tous les derniers meurtres et menaçaient Po-yick.

— On va voir si vous allez continuer à mentir, fit Malko.

Bloquant le bras droit du Chinois par un *arm-lock*, il le fit traverser la chambre. D'une manchette à la nuque, il l'étourdit quelques instants, le temps d'ouvrir la fenêtre. Un air frais balaya la chambre. En face se dressait la masse imposante et grise, hérissée de barbelés, de la Bank of China.

Vingt-deux étages plus bas, les voitures sur

Connaught Road semblaient minuscules. La paroi lisse du building donnait le vertige.

Saisissant le Chinois par les cheveux, Malko le releva, et, le traînant à la fenêtre, fit basculer son corps dans le vide jusqu'à la taille, une main accrochée à la ceinture de son pantalon pour le retenir. Le garçon reprit instantanément conscience et hurla devant le vide. La tête en bas, il tentait désespérément de se rattraper à la paroi lisse du building.

Malko appuya sur la nuque du Chinois.

— Qui vous donne les ordres? cria-t-il.

Pas de réponse.

Sa main lâcha la nuque et le garçon plongea de quelques centimètres dans le vide. Sa vie était suspendue à la ceinture de son pantalon.

Cette fois son hurlement retentit jusqu'au terrain de cricket, quatre-vingts mètres plus bas, et quelques joueurs levèrent la tête. Mais il en fallait plus pour déranger une partie de cricket.

— *I talk, I talk*, glapit le Chinois.

Malko le remonta un peu, pas assez cependant pour qu'il puisse s'appuyer au rebord de la fenêtre. Le visage congestionné, il reprit son souffle, et bredouilla:

— Je ne sais rien, la police, *call the police*...

— La police c'est moi, fit Malko. Quand elle viendra vous serez déjà mort en bas.

Lentement, il le laissa glisser à l'extérieur. Le Chinois poussait des cris insupportablement aigus, mais ne se débattait presque pas, sentant que la ceinture de son pantalon pourrait lâcher.

Malko était à la limite de ses forces, se retenant d'une main à la fenêtre. La sueur dégoulinait dans ses yeux, il n'allait plus pouvoir le retenir longtemps. Au même moment, le pantalon craqua.

Le Chinois poussa un cri insoutenable. C'était maintenant une question de millimètres.

— *I talk, I talk,* hurla le garçon.

L'intonation de sa voix était bien différente. Mais Malko se méfiait.

— Parlez d'abord.

— Remontez-moi, supplia le garçon.

Malko abandonna un millimètre et il y eut un nouveau craquement. Le Chinois hurla:

— C'est Wong-lu, de la réception.

— Qu'est-ce qu'il a fait?

— Il m'a dit de mettre le champagne tous les jours avec l'objet noir.

Soudain, Malko eut une inspiration.

— Et la fille, celle qui est venue tout à l'heure?

— ...

— La fille, répéta Malko.

— Ils m'ont forcé! hurla le Chinois. Remontez-moi, je vous en supplie, remontez-moi.

Malko avait une crampe dans le bras gauche et ne savait même pas s'il allait pouvoir remonter le Chinois. Ce dernier dut le sentir, car il glapit:

— Vite, vite, je vais tomber. Vite...

Malko ne l'entendait plus. Brusquement il se sentait affreusement vide et froid. Ainsi Po-yick... Son pressentiment était justifié.

Le Chinois se débattait comme un chat électrocuté, sans souci de sa vie, griffant le mur, se cognant le visage. En bas, un groupe de gens s'était rassemblé et montrait la fenêtre du doigt. L'homme suspendu dans le vide hurlait comme une sirène, fou de peur.

Malko avait une furieuse envie de le voir mourir. Il suffisait d'ouvrir la main, mais l'atavisme fut le plus fort. Centimètre par centimètre, il commença à remonter le corps. Il n'en pouvait plus, s'il s'arrêtait, même une seconde, il lâcherait. Enfin, le Chinois bascula à l'intérieur et tomba sur le sol. Etendu sur le dos, il respirait faiblement. Il avait trois ongles arrachés à la main droite, transformée en moignon sanglant, à force de s'accrocher au ciment du mur. L'arête de son nez était râpée jusqu'à l'os et saignait abondamment. Son corps était agité d'un tremblement convulsif.

On frappa des coups violents à la porte de l'appartement. Encore titubant Malko alla ouvrir.

C'était le colonel Whitcomb, entouré de plusieurs hommes, Blancs et Chinois. Jamais Malko n'aurait pensé qu'il réagirait si vite. Il avait dû traverser le bras de mer en hélicoptère.

L'Anglais avait le visage grave et Malko comprit aussitôt.

— Vous avez retrouvé Po-yick? dit-il.

L'Anglais inclina la tête.

— Oui.

— Elle est morte, n'est-ce pas?

Devant la surprise de l'Anglais, Malko ajouta en s'effaçant pour le laisser entrer:

— Son assassin est ici, vous pouvez l'arrêter.

Le Chinois n'avait pas bougé. Il se laissa passer les menottes sans résister. Whitcomb toussa et dit:

— Je voudrais vous montrer le corps. Comment avez-vous soupçonné cet homme?

Malko commença son récit comme ils sortaient de l'appartement.

Ils prirent l'ascenseur jusqu'au quatrième. Un peu avant l'entrée de la terrasse, se trouvait une salle de conférence, dont la porte était ouverte. Plusieurs personnes y étaient réunies, déjà bavardant à voix basse, dont des policiers en uniforme. Le colonel Whitcomb désigna à Malko une forme allongée par terre, recouverte d'une couverture.

— Voici la jeune fille en question.

Il se pencha et souleva la couverture. Le visage de la jeune Chinoise apparut, violet, les yeux presque sortis des orbites, écarlate, avec une langue énorme sortant de la bouche. Le cou était bleu, lui aussi. Une ceinture était encore enroulée autour, cachée par un bourrelet de chair.

Le colonel Whitcomb rabattit la couverture sur le visage torturé et se tourna vers Malko sur qui tous les regards convergeaient:

— Elle a été étranglée et violée, dit-il, sans émotion apparente. Elle a encore des lambeaux de peau sous les ongles. Après votre appel, j'ai découvert rapidement qu'elle n'était pas sortie de l'hôtel. Nous avons donc commencé les fouilles immédiatement, trouvé le corps sous cette table de conférence, caché par le tapis.

Malko ne répondit pas. Il était partagé entre l'horreur et une rage indicible. Ce n'était plus une combinaison abstraite entre professionnels. Il avait encore dans les oreilles la voix fraîche de Po-yick lui disant: « *I love you.* » Bien sûr, elle posait des bombes en papier, mais c'était quand même une petite fille innocente. Il regrettait de tout cœur en ce moment de ne pas avoir lâché le Chinois.

— J'espère que vous collaborerez avec nous, cette fois, dit amèrement Whitcomb.

Les yeux jaunes de Malko avaient viré au vert.

— Je vous donne ma parole que pour l'instant je n'en sais pas plus que vous.

L'Anglais ne cilla pas.

— Je vous donne néanmoins rendez-vous à mon bureau, tout à l'heure, afin d'enregistrer votre déclaration.

Malko quitta la pièce après un dernier regard à la forme sous la couverture.

Le colonel Whitcomb tirait sur sa pipe, enfoncé dans un fauteuil de rotin. Comme au bon vieux temps, un grand ventilateur tournait en grinçant au plafond. Le colonel avait férocement refusé jusqu'à ce jour l'air conditionné, allant jusqu'à saboter les appareils qu'on lui avait installés, chose absolument inimaginable de la part d'un tel homme.

Les mains attachées derrière le dos avec des menottes, les chevilles liées aux pieds d'une lourde chaise, le Chinois assassin de Po-yick était assis en face du bureau du colonel. Deux policiers en chemise se tenaient debout, de part et d'autre de la chaise, armés chacun d'une courte matraque en caoutchouc. Chaque fois que le suspect tardait à répondre il recevait un coup sur l'oreille. Le bureau se trouvait au huitième étage d'un building, tout près du Hilton. Le seul objet non fonctionnel en était un portrait légèrement jauni de la reine Elisabeth.

Assis sur une chaise un peu plus confortable, Malko assistait à l'interrogatoire. Le colonel Whitcomb prit une page, dactylographiée par une secrétaire qui sortait d'un roman d'Agatha Christie, vieille fille marinée dans trente ans d'Extrême-Orient, et relut à voix haute:

« — ... Vous déclarez donc que, surpris dans votre chambre, le dénommé Yuen Long a avoué le meurtre de la jeune Po-yick, non encore identifiée. Qu'ensuite, accablé par le remords, cet individu a tenté de se suicider en se jetant par la fenêtre et que seule votre intervention a empêché qu'il mette son funeste projet à exécution...

» Il ne reste plus qu'à signer.

Malko signa sans mot dire et le colonel classa le procès-verbal dans le dossier. Puis il reprit l'interrogatoire du prisonnier, ou plutôt de monologuer avec lui. En chinois. Mais en dépit des coups de matraque qui pleuvaient sur sa tête et sur son visage qui n'était plus qu'une croûte de sang séché, Yuen Long se contentait d'émettre de temps en temps une protestation aiguë. Au bout d'un quart d'heure, le colonel Whitcomb se leva et donna un ordre en chinois. Aussitôt on détacha les chevilles du prisonnier. Solidement encadré par les deux gardes, il sortit de la pièce. Le colonel et Malko suivirent. L'Anglais, pensif, dit à Malko:

— Il n'y a rien à en sortir par les méthodes normales. Il prétend avoir tué la fille dans une crise de folie pour la violer. Maintenant, il n'en démordra pas Nous avons interrogé le Chinois qu'il a mis en cause, il nie farouchement. Depuis, celui-ci s'est rétracté. Il dit qu'il ne sait pas ce que c'est que le micro. Il a trop peur.

Whitcomb sourit dans sa pipe.

— Nous allons tenter une dernière expérience, expliqua-t-il.

L'ascenseur s'arrêta au sous-sol. Ils suivirent un couloir mal éclairé et crasseux et entrèrent dans une pièce qui sentait le formol, dont le mur du fond était découpé en casiers.

— Voici notre morgue, annonça l'Anglais. Mais nous sommes encore très mal installés.

Il faisait une température sibérienne et Malko frissonna. Le visage indifférent, le Chinois fixait le mur en ciment. L'un des gardes lui donna un grand coup de pied dans les reins et il heurta son visage meurtri au ciment. Le colonel ignora l'intervention.

Un énorme cercueil de bois blanc était posé par terre, au milieu de la pièce, le couvercle ôté. Malko nota un détail étonnant: quatre trous de la grosseur d'un doigt avaient été percés dans le couvercle. La perceuse était encore à côté.

Deux Chinois en blouse blanche, sur l'ordre de Whitcomb, ouvrirent un des casiers et en sortirent une forme enveloppée dans un plastique transparent. Habilement, ils déroulèrent le linceul et le cadavre de Po-yick apparut. La rigidité cadavérique avait fait son œuvre, ses bras étaient étendus le long du corps, mais le visage arracha une exclamation à Malko. On aurait dit qu'il avait été martelé de coups: tout noir, enflé par facettes, la tête avait pris deux fois sa grosseur normale. La chair du cou, jaune et violette, était entaillée d'une large estafilade.

— Autopsie, expliqua Whitcomb.

Seul signe d'émotion, il tirait plus rapidement sur sa pipe. Malko se rapprocha pour humer le tabac de Virginie, afin d'éviter la nausée qu'il sentait monter.

Soudain, il sursauta: les longs cheveux de Po-yick avaient été coupés au ras du crâne. L'effet était abominable.

— C'est aussi l'autopsie? demanda Malko.

Whitcomb secoua la tête:

— Non, ce sont les petits bénéfices de nos employés municipaux que nous payons très mal, hélas. Les marchands de perruques donnent vingt dollars pour des cheveux longs et dix pour des courts.

Entre-temps, les deux croque-morts avaient étendu Po-yick dans le cercueil, sur le côté. Il était beaucoup trop grand pour elle. Paisible, Whitcomb s'approcha du Chinois et commença à lui parler sur un ton calme, presque badin. Malko commençait à trouver très étrange cette mise en bière. Tout à coup, le Chinois poussa un cri affreux et se débattit.

Aussitôt, les deux gardes tombèrent sur lui à bras raccourcis et à coups de matraque, le poussèrent vers le cercueil, puis le firent basculer dedans. Une seconde, les mains avec les menottes restèrent accrochées au bord du cercueil, jusqu'au moment où un coup de matraque brisa l'index. Yuen Long criait d'une voix aiguë, avec d'horribles soubresauts. Sa tête grimaçante apparut au-dessus du bois, les yeux fous. Vigoureusement, un des croque-morts le rabattit, poussant le visage du Chinois contre l'horrible masque de la morte.

Malko, incapable d'en voir plus, détourna la tête. Il en avait la chair de poule.

Le colonel Whitcomb se gratta la gorge discrètement. Déjà, les deux hommes en blouse blanche vissaient le couvercle du cercueil sans se préoccuper des cris de l'enterré vivant qui faisait trembler le bois de sa prison improvisée.

— Vous allez l'enterrer vivant? demanda Malko, la voix blanche.

Whitcomb eut un bon sourire:

— Absolument pas. Je le lui ai seulement fait croire. Ces gens sont très primitifs, vous savez, et très superstitieux en ce qui concerne la mort. Cet homme est persuadé que son âme ne trouvera jamais le repos s'il reste ainsi. C'est notre seule chance de le faire parler...

Ses yeux bleus eurent un éclair narquois:

— Vous autres Américains, avez le troisième degré. Ici, nous ne frappons pas beaucoup les prisonniers, d'ailleurs les Jaunes résistent très bien aux souffrances physiques. Si vous saviez l'état des gens que nous récupérons parfois. A Canton, ils les scient en deux, sans rien en sortir.

» Mais cette méthode du cercueil n'est pas facile à appliquer. Si on les laisse trop longtemps, ils deviennent fous; l'un a même perdu la raison en une heure... une fois. Fâcheux, n'est-ce pas? Mais si on ne les laisse pas assez longtemps, cela ne fait rien.

Le colonel Whitcomb devait lire Sade en dehors de ses heures de service... Sans commentaire, Malko le suivit hors de la morgue. Des coups sourds sortaient encore du cercueil planté au milieu de la pièce.

— Combien de temps comptez-vous le laisser? interrogea Malko avant de monter dans l'ascenseur.

— Une dizaine d'heures.

Le téléphone sonna avec insistance dans la chambre de Malko. Celui-ci regarda sa montre: il était trois heures du matin. Le colonel Whitcomb était à l'appareil.

— Le Chinois a parlé, annonça-t-il sans commentaire. Il prétend que ce sont des Chinois travaillant à la Bank of China qui lui ont donné l'ordre de vous surveiller. Il a fouillé votre chambre à plusieurs reprises, avant de mettre le micro-émetteur.

— Mais qui recueillait les émissions?

Le colonel Whitcomb soupira:

— Quelque part, dans l'immeuble de la banque, ils ont une salle d'écoute ultramoderne, l'équivalent de votre consulat. C'est certainement là.

Malko bouillonnait de rage:

— Mais, colonel, coupa-t-il, pourquoi ne faites-vous pas une perquisition dans cette sacrée banque? C'est là que se trouve le nœud du problème... Vous possédez le témoignage du meurtrier pour les incriminer.

L'Anglais dit du ton avec lequel on morigène un enfant:

— Cher monsieur, si je décidais une telle mesure, dans les dix minutes suivantes quelqu'un de mon service les avertirait. Vous avez vu leurs portes? Une fois fermées, il faut des canons de char pour en venir à bout. Je ne peux même pas faire poser les hélicoptères sur le toit: ils ont mis des réseaux de barbelés. Je ne parle même pas des complications diplomatiques. C'est le sort de la colonie qui est en jeu... Je ne peux pas toucher à la Bank of China, même s'ils tiraient au bazooka sur le Hilton. C'est tout.

— Sait-on pourquoi il a tué la petite fille?

— Non. Il en a reçu l'ordre ainsi que cinq mille dollars Hong-kong, que nous avons retrouvés cachés dans l'office. C'est également eux qui lui ont ordonné de simuler un crime de sadique...

Malko avait envie de raccrocher:

— Autrement dit, laissa-t-il tomber, les gens qui ont fait tuer cette petite fille ne seront jamais inquiétés, et quant au *Coral-Sea,* il ne reste plus qu'à brûler des cierges en espérant qu'il ne se passera rien...

Le colonel Whticomb sentit l'amertume de Malko.

— Les choses ne sont pas simples dans ce pays, fit-il. C'est vrai, je suis impuissant. D'ailleurs mes hommes s'épuisent à traquer les poseurs de bombes et n'ont plus le temps de s'occuper des affaires sérieuses.

Malko raccrocha, tout à fait réveillé, puis se leva pour s'accouder à la fenêtre: en face de lui la massive et sombre silhouette de la Bank of China semblait le narguer. Quelque part dans l'énorme bâtisse était le cerveau qui le tenait en échec, aussi inacessible que s'il s'était trouvé à Pékin.

On avait froidement éliminé tous ceux qui pouvaient entraver leur plan. Il ne comprenait pas pourquoi ils n'avaient pas effectué de nouvelle tentative contre lui. C'eut été facile. Là, était le mystère.

Il se recoucha. Demain serait un autre jour. Si Holy Tong était revenu, il irait se faire acupuncter et tenter de lui tirer les vers du nez. Il était la dernière personne vivante à avoir été mêlée à l'histoire.

Si seulement, il avait su où était le rendez-vous de Po-yick? De toute façon, l'équipage du *Corsal-Sea* était prévenu qu'il risquait de se produire quelque chose en fin de journée, les hommes étaient consignés à bord.

CHAPITRE XVIII

Holy Tong eut un choc en ouvrant la porte à Mme Yao. Il ne l'avait jamais vue aussi belle. Elle portait une robe fendue de lourde soie mauve qui dissimulait les aspérités osseuses de son corps, un gros chignon extrêmement compliqué adoucissait son visage et ses yeux disparaissaient sous le rimmel.

Il n'avait plus eu de ses nouvelles depuis le coup de téléphone lui intimant de ne plus voir Malko. Sa visite était imprévue, surtout dans cette tenue « capitaliste ». Même le parfum y était.

Vite, il referma la porte, tandis qu'elle s'asseyait sur le divan noir, les jambes croisées très haut.

Ils n'avaient pas échangé une parole. Holy, brusquement excité par cette apparition, vint s'asseoir près de sa maîtresse et osa un geste très précis. Dans ces cas-là, tant que le cérémonial de l'acupuncture n'avait pas été accompli, elle resserrait sèchement les jambes avec une expression glaciale.

Cette fois, elle entrouvrit imperceptiblement les genoux, passa ses bras autour du cou de Tong et força sa langue sèche et chaude dans sa bouche pour un baiser comme elle en accordait rarement.

Les mains d'Holy en tremblaient. Il hésitait entre déshabiller Mme Yao et la prendre tout de suite, sur le divan. Il opta pour la seconde solution, craignant que ses bonnes dispositions ne s'épuisent.

D'elle-même, Mme Yao s'agenouilla sur la moquette devant le divan. Une chose que Holy lui avait demandé cent fois, sans jamais l'obtenir. Il en oublia toute retenue. La belle robe mauve craqua et Holy s'affala sur elle, gémissant et grognant.

Holy Tong émergea de sa béatitude. Une crainte mal formulée commençait à se glisser dans son esprit, gâchant en partie sa joie. Mme Yao ne faisait jamais rien sans raison. C'est toujours elle qui se servait de lui, cette fois, elle lui avait permis de se servir d'elle.

C'était délicieux et inquiétant.

Holy envoya timidement la main vers le corps de sa maîtresse. Elle ne se déroba pas, au contraire, bombant le ventre comme pour appeler une caresse. Holy repartit comme une fusée Saturne.

Au moment où il l'attirait vers lui, elle demanda d'une voix douce:

— Veux-tu que nous faisions toujours l'amour de cette façon, mon fripon adoré?

Holy grogna, muet de volupté.

— Cela ne dépend que de toi, mon cœur, insista Mme Yao.

Holy arrêta son geste.

— Que dois-je faire? demanda-t-il, légèrement inquiet.

— Tu vas tuer l'Américain, fit paisiblement Mme Yao.

Holy Tong eut l'impression qu'on le trempait dans l'eau glacée. Il aurait voulu être à des milliers de kilomètres, loin de Mme Yao.

— Tu plaisantes, fit-il faiblement.

Mme Yao se redressa sur le divan, les yeux flamboyants.

— Chien puant, tu ne me toucheras plus jamais. Je te ferai tuer par mes hommes.

Holy, défait, gémit:

— Mais, mon cœur, comment veux-tu que je tue

cet homme? C'est un dangereux agent américain, il se méfie déjà de moi. Et je n'ai jamais tué personne.

— Il n'est pas armé, fit sèchement Mme Yao en s'essuyant. Nous avons fouillé sa chambre à plusieurs reprises. Et si j'en suis réduit à demander cela à un misérable ver de terre comme toi, c'est parce que je n'ai pas le choix. Notre action doit avoir lieu aujourd'hui. Cet homme est dangereux, s'il réfléchit suffisamment. Il doit disparaître.

Holy Tong se tordit les mains:

— Mais mon doux cœur, je n'ai pas plus de force qu'un poulet! Comment puis-je tuer un homme aussi redoutable?

— Je peux te donner un pistolet, fit Mme Yao.

Toujours nue, elle se leva et prit dans son sac un petit pistolet nickelé. Holy poussa un cri.

— N'aie pas peur, fit Mme Yao, apaisante, je ne te forcerai pas à le tuer ainsi.

Holy avait remis son kimono et repris un peu de courage. Il dit le plus fermement qu'il le put:

— Je ne tuerai pas cet homme. Je ne peux pas.

Calmement, Mme Yao fit claquer la culasse de son pistolet. Holy aperçut l'éclair jaune de la cartouche qui montait dans le canon.

— Qu'est-ce que tu fais? balbutia-t-il.

Les yeux jaunes se plissèrent méchamment:

— Je vais te tuer. Je dirai que tu as tenté de me violer. Alors que j'étais venue me faire soigner. Je suis honorablement connue à Hong-kong. J'ai le droit d'avoir un pistolet, car je transporte souvent la recette de mon cinéma.

Elle leva l'arme, braquée sur Holy Tong.

Affolé, il tomba à genoux. Mme Yao posa le canon sur sa tempe. Quand il sentit le métal froid contre sa peau, Holy se liquéfia littéralement.

Encerclant les genoux de sa maîtresse, il supplia:

— Ne me tue pas, j'exécuterai l'Américain.

Le canon ne s'éloigna pas, mais la Chinoise demanda:

— Je peux compter sur toi?

— Oui, oui, sanglota Holy Tong.

Comme à regret, elle remit son arme dans son sac et s'assit sur le divan. Elle avait repris son expression cruelle. Holy Tong se releva. La tête lui tournait et il se demandait si tout cela n'était pas un cauchemar.

Devant ses yeux de chien battu, Mme Yao eut un sourire cruel:

— Si cette fois-ci tu me trahis, je t'arracherai tes parties viriles et je te les ferai manger...

Holy baissa les yeux et gémit:

— Mais comment vais-je faire? Je ne sais pas me servir d'une arme...

— Mais si, mais si, fit Mme Yao, tu as de merveilleuses armes. J'ai tout prévu. Voici ce que tu vas faire: Si tu m'écoutes, rien ne t'arrivera et je serai très gentille avec toi...

Holy Tong écouta les explications de sa maîtresse pendant près d'une demi-heure.

Quand Mme Yao se leva pour partir, il était tellement assommé qu'il ne songea pas au moindre geste érotique. Dès qu'il fut seul, il prit son nécessaire à opium et se prépara une pipe. Seule la drogue lui permettait de passer cette effroyable journée. Il maudissait le jour funeste où il avait voulu se rendre important auprès de Cheng Chang. Il y a un proverbe chinois qui dit: « La parole que tu n'as pas prononcée est ton esclave, celle que tu as dite devient ton maître. »

Maintenant le vin était tiré, il fallait le boire.

Holy Tong était revenu de sa mystérieuse absence. Tuan avait ouvert à Malko comme si de rien n'était.

Ce dernier n'arrivait pas à trouver le calme. L'action contre le *Coral-Sea* devait avoir lieu dans deux heures. Sans qu'il ne puisse rien faire pour l'empêcher.

Il retrouva presque avec plaisir le douillet cabinet de travail de Holy Tong. Toute l'horreur de l'histoire qu'il vivait semblait être restée à l'extérieur. Il se déshabilla et s'étendit sur le divan.

Soudain un fait inhabituel le frappa. Holy Tong ne disait pas un mot. D'habitude, Malko arrivait tout juste à lui dire bonjour. Aujourd'hui, il s'était immédiatement absorbé dans la préparation de ses aiguilles d'or, les piquant sur un coussin de velours rouge, dans un ordre mystérieux:

— Vous n'êtes pas dans votre assiette? demanda Malko.

Holy eut un sursaut si brusque qu'il laissa tomber une des aiguilles.

Le Chinois la ramassa et jeta un coup d'œil affolé à Malko:

— Si, si, fit-il. Mais j'ai eu beaucoup de travail. Beaucoup de travail.

Malko sourit avec indulgence:

— Ce sont encore vos belles Chinoises qui vous ont fait trop vous dépenser. Qui avez-vous encore séduit?

— Oh! personne, répliqua Holy avec nostalgie. Personne. Je ne suis plus qu'un vieux bonhomme.

Malko tiqua: Holy était toujours intarissable sur ses exploits amoureux. Décidément, quelque chose allait de travers. Du coin de l'œil, il surveilla le Chinois. Les préparatifs semblaient normaux. Holy se concentrait assis à la yoga, les yeux fermés, comme d'habitude.

Puis, d'un geste sec, il arracha la plus longue des aiguilles et ordonna:

— Allongez-vous et ne bougez plus.

Malko obéit. La tête sur le côté, il vit soudain

la main du Chinois reflétée dans une petite glace posée sur le bureau. Cette main tremblait.

En un éclair, une des phrases de Holy lui revint en mémoire. Un jour, il s'était vanté auprès de Malko de ne jamais trembler, même après une nuit blanche, passée au Kim Hall.

L'aiguille était à un centimètre des reins de Malko. Brusquement celui-ci se retourna et saisit le poignet du Chinois, immobilisant la main qui la tenait.

— Pourquoi tremblez-vous, monsieur Tong? demanda-t-il, soudain sérieux.

Derrière les lunettes sans monture, les yeux du Chinois dansaient une sarabande effrénée. De vraies boules de loto. Une petite rigole de sueur coula entre les sourcils. Malko affermit sa prise. Tout cela était bien bizarre.

— Je ne tremble pas, fit Holy Tong, la voix étranglée, laissez-vous faire, sinon, je vais vous faire mal.

Il avait terminé sa phrase d'un ton aigu, presque hystérique. Malko plongea ses yeux dorés dans les siens. Cette fois, il était sérieusement en alerte. Le Chinois tremblait comme une feuille de thé... Pas seulement la main, mais tout le corps. Mollement, il tenta de repousser Malko sur le divan. Celui-ci, sans crier gare, saisit l'aiguille par le milieu et l'enleva de sa main.

Holy poussa une sorte de gémissement:

— Rendez-moi mon aiguille!

Mais il ne tendit pas la main.

Malko examina l'aiguille d'or: elle semblait parfaitement normale. L'espace d'une seconde, il se dit que l'ambiance de Hong-kong déteignait sur lui, que la dépression nerveuse commençait... Puis il observa le Chinois.

Il était verdâtre.

Malko pointa l'aiguille vers le poignet du Chinois.

— Qu'est-ce qu'elle a, cette aiguille?

Tong poussa un cri, et fit un bond en arrière, renversant le tabouret. A peine relevé, il mit le bureau entre Malko et lui. Il ruisselait de panique. Cette fois, Malko n'avait plus de doutes. Jamais il n'aurait soupçonné le Chinois, si inoffensif!

Tout en l'observant, il enfila rapidement son pantalon, après avoir posé l'aiguille près de lui. Puis, l'ayant reprise, il se dirigea vers le Chinois.

Tong se recroquevilla contre le mur, comme un lapin pris dans les phares d'une voiture, mais ne chercha pas à fuir. Quand la pointe fut à un centimètre de son cou, Malko demanda:

— Tong, dites-moi la vérité ou je vais vous piquer avec cette aiguille.

La mâchoire inférieure du Chinois de décrocha. Sa voix était imperceptible:

— Lâchez-la. lâchez-la.

— Pourquoi?

— ...

— Pourquoi?

Il avança encore de quelques millimètres.

— Elle est empoisonnée, murmura Holy Tong.

Puis il glissa en petit tas contre le mur, sanglotant convulsivement. Il pleurait, la tête dans ses mains. Malko posa avec précaution l'aiguille d'or sur le bureau. Avec un frisson rétrospectif.

Il n'y avait plus dans le bureau que le bruit des sanglots de Tong. Malko se releva, tremblant d'excitation: il avait enfin en face de lui autre chose qu'un fantôme de la Bank of China. Ceux qui avaient donné l'ordre à Tong de le tuer étaient les mêmes qui avaient fait assassiner Po-yick.

Le Chinois se débattit mollement. Pour qu'il se sentît en état d'infériorité, Malko lui ôta ses lunettes et le fit asseoir par terre, devant lui. Cette fois,. il était décidé à savoir. A n'importe quel prix. Il se pencha sur Holy Tong.

— Qui vous a donné l'ordre de me tuer?

Le Chinois fut pris d'une nouvelle crise de sanglots. Malko le contemplait, perplexe. La douleur de Tong n'était pas feinte... Mais ce désespoir n'expliquait pas les remords. Il y avait autre chose. Malko répéta sa question sans élever le ton.

— Je ne peux pas vous le dire, bredouilla Holy Tong. Partez, partez.

Malko voulut tenter la douceur:

— Je ne vous en veux pas, dit-il gentiment, mais dites-moi qui est derrière tout cela, que nous puissions arrêter cette série de meurtres.

L'autre secoua la tête avec désespoir. Sa pomme d'Adam montait et descendait. Soudain, il paraissait très vieux et très vulnérable.

— Vous ne pouvez pas comprendre, murmura-t-il.

Il laissa retomber sa tête sur son menton, les yeux clos. Effectivement, Malko ne comprenait plus.

Le vieux Chinois lui faisait pitié. Pourtant il avait bel et bien tenté de l'assassiner. Et ce meurtre était le dernier d'une longue série. Dire qu'il avait fouillé Hong-kong et Macao à la recherche de la vérité, alors qu'il voyait Holy Tong presque tous les jours. Mais comment soupçonner cet inoffensif vieil obsédé sexuel. Il n'avait vraiment rien d'un Fu-Manchu...

— Partez, répéta Holy Tong. Mais faites attention dehors. Ils sont deux...

— Deux quoi?

Les paroles du Chinois étaient presque inintelligibles.

— Deux hommes, murmura-t-il, ils devaient emmener votre corps.

La vision de la dépouille torturée de Po-yick passa devant les yeux de Malko. Il devait savoir. Surmontant sa répugnance, il ramassa l'aiguille d'or et revint vers Holy Tong. Il lui releva la tête, le tirant par ses derniers cheveux gris et lui mit l'aiguille sous le nez.

— Tong, dit-il, si vous ne me dites pas *qui* vous a donné cette aiguille, je vous pique avec.

Malko s'attendait à un sursaut, à des supplications. Mais le Chinois ne bougea pas. Il ouvrit seulement les yeux et Malko éprouva un choc. Ils étaient vides, sans aucune expression. Holy Tong était déjà mort, plus rien ne pouvait l'atteindre, il avait touché le fond du désespoir. Pour une raison que Malko ignorait. Celui-ci avait déjà rencontré un cas identique une fois, au cours de ses missions: un médecin nazi au bord de la folie[1]. On n'avait plus aucune prise sur un homme dans cet état, puisqu'il ne tenait plus à la vie. D'ailleurs la voix de Tong confirma la pensée de Malko:

— Tuez-moi, si vous voulez, dit-il. Cette aiguille contient un poison instantané.

Malko regarda l'aiguille. Aucune trace n'était visible.

— Qu'est-ce que c'est? demanda-t-il.

— Je ne sais pas.

— Qui vous l'a donnée?

— Je ne peux pas vous le dire.

De nouveau le mur. Et il n'avait pas la ressource de mettre Holy vivant dans un cercueil...

Totalement désarmé, il s'accroupit près du Chinois.

— Holy, ils ont tué une petite fille de quatorze ans, hier, uniquement parce qu'elle me connaissait. D'une manière horrible.

Holy semblait réfléchir. Tout à coup, il murmura:

— Allez au Victoria Pier. Là d'où part le Star Ferry. Il y a un ferry spécial qui va partir. Il faut l'arrêter.

[1] Voir: *A l'Ouest de Jérusalem.*

— Le *Coral-Sea?* demanda Malko.

Le Chinois inclina la tête.

— Oui.

Les paroles de Po-yick étaient gravées dans sa mémoire. Elle avait rendez-vous à six heures. Pour attaquer les Américains.

Malko regarda sa montre. Il lui restait une demi-heure pour redescendre à Victoria City.

Il faillit téléphoner à Whitcomb, puis se ravisa. Le temps de mettre en route une réaction officielle, il serait trop tard.

Donc, il fallait agir directement. Prostré, Holy Tong ne bougeait plus. Il serait toujours temps de s'occuper de lui. En voiture, il lui fallait un quart d'heure pour parvenir au *pier*. Il se précipita hors du bureau, dévala le perron et claqua la grille.

Sa voiture avait disparu.

Il l'avait garée juste devant la villa. Il pensa à un vol. Mais c'était quand même une trop grande coïncidence. En plus, on ne volait pas de voitures à Hong-kong. Puis il se rappela ce que lui avait dit le Chinois: on l'attendait pour ôter son corps! On avait déjà fait disparaître sa voiture...

Il regarda autour de lui: une voiture japonaise était arrêtée un peu plus loin. Les rayons du soleil couchant empêchaient de distinguer à travers le pare-brise qui se trouvait à l'intérieur.

Malko hésita, puis partit en courant dans la direction opposée. Dans ce quartier, il ne trouverait jamais de taxi, sa seule chance était d'atteindre le funiculaire qui aboutissait à côté du Hilton.

Il se retourna au moment de tourner le coin de Mount Road, et eut un petit choc au cœur: la voiture avait démarré et venait dans sa direction. La gare du funiculaire se trouvait à cent mètres, heureusement.

Essoufflé, Malko dévala l'escalier qui menait au quai. Une voiture du funiculaire était là, dans la petite gare déserte. Un couple d'amoureux flirtaient sur la petite plate-forme dominant Hong-kong. Pas un Blanc en vue et, d'ailleurs, à quoi cela eut-il servi?

Malko paya ses soixante cents et s'assit sur une des banquettes en bois de l'antique véhicule. Il était le seul voyageur. Le funiculaire ne servait vraiment qu'aux heures de pointe, mais c'était une curiosité folklorique de Hong-kong comme le Jardin du Baume-du-Tigre. Le receveur, sec comme une vieille mangue, lui donna un ticket et se rendormit debout.

Une sonnerie aigrelette annonça le départ. Puis, aussitôt, un bruit de pas précipités, dévalant l'escalier. Au moment où les portes allaient se fermer, deux Chinois sautèrent à l'avant du wagon.

Malko les dévisagea. Ils étaient vêtus de blue-jeans délavés et de tricots de corps. Leurs cheveux étaient trop longs et ils ressemblaient aux centaines de chômeurs qui traînaient dans Wang-chai, proposant des filles ou de l'opium. Ils regardèrent Malko puis échangèrent quelques mots. C'était, sans nul doute, ceux qui devaient transporter son cadavre.

Avec une petite secousse, le funiculaire s'arrêta. Une vieille femme monta. Comme pour jouer, les deux types sautèrent de leur compartiment et rejoignirent celui où se trouvaient Malko et le contrôleur. Celui-ci marmonna quelque chose qui ne devait pas être gentil. Tassée sur son siège la vieille regardait la cloison de bois.

Il y eut une rapide conversation entre les deux jeunes Chinois. Puis, comme pour jouer, l'un d'eux commença à pousser Malko. Celui-ci se garda bien de répondre à la provocation. L'autre, les cheveux plantés bas sur le front, un mufle de bouledogue, continua.

Encore quelques minutes et le wagon ralentit puis s'arrêta à une station déserte. La vieille femme descendit. De nouveau, le Chinois donna un coup d'épaule à Malko. Celui-ci se déplaça légèrement. Le funiculaire glissait maintenant entre deux à-pics de vingt mètres.

Le contrôleur, qui avait suivi le manège sans comprendre, fit une remarque en chinois aux deux voyous.

Ensuite, tout se déclencha très vite.

Celui qui avait provoqué Malko agrippa le vieil homme par le col de sa veste et le poussa vers la porte ouverte. Le vieux hurla, tenta de se rattraper au marchepied, glissa dans le vide. Malko aperçut une main ridée et décharnée sur la barre de cuivre, puis plus rien.

Au moment où le contrôleur disparaissait dans le vide, le second Chinois arracha la courroie de la sacoche contenant l'argent de la perception, avant de se retourner sur Malko.

Sa cupidité le perdit. Se suspendant aux courroies de sécurité, Malko bondit, les pieds en avant, frappant le voyou en pleine poitrine. Déséquilibré, il jaillit hors du wagon, comme happé par le vide. Ils longeaient un mur de pierre: il y eut un bruit horrible d'écrasement et le corps disloqué du Chinois retomba entre les rails.

Le second plongea la main dans la jambe de son blue-jeans et se redressa avec un rasoir.

De nouveau, le funiculaire glissait entre deux à-pics vertigineux. Le Chinois avançait lentement sur Malko, le rasoir à la hatueur de son ventre, les jambes écartées.

Brusquement, Malko sauta par-dessus la banquette, dans l'autre compartiment. Surpris, son adversaire ne réagit pas assez vite. Le rasoir entailla le bois, faisant jaillir une énorme écaille. Déjà Malko franchissait une autre banquette: le frein à main était à l'avant, c'était sa seule chance.

Animé de l'énergie du désespoir, il sauta la dernière banquette et se rua sur le frein de secours. Le temps de faire sauter la goupille rouillée et le voyou était sur lui. Malko surveillait son reflet dans la vitre. Son pied partit atteignant l'autre sur le poignet. Le rasoir vola en l'air.

Malko tournait le lourd volant comme un fou. Peu à peu le wagonnet ralentissait. Le Chinois sauta sur son dos, lui passa le bras autour du cou et commença à serrer.

Dans un dernier grincement le wagonnet s'arrêta complètement. Le Chinois, surpris, relâcha sa prise. Aussitôt Malko lui porta un violent coup de coude à la gorge. L'autre tomba par terre avec un gargouillement inquiétant. Malko se pencha à la porte: le funiculaire venait de dépasser Kennedy Station, la dernière halte avant l'arrivée.

Par la route en lacet, il en avait pour dix bonnes minutes. La voie la plus rapide était de descendre entre les rails. Il se laissa glisser sur la voie, et commença sa périlleuse descente. Les traverses de bois glissaient comme si elles avaient été huilées. Plusieurs fois, il faillit perdre l'équilibre.

Hors de souffle, il dévala dans le terminus de Garden Street. Les voyageurs le dévisageaient, interloqués. Un Blanc qui courait comme un fou entre les rails... Malko ne s'attarda pas. Bousculant les gens, il déboucha sur la placette où plusieurs taxis attendaient: sa montre indiquait six heures moins cinq. Il tendit un billet de cinquante dollars au chauffeur du premier.

— *Six o'clock at the Star Ferry.*

Le billet fit l'effet du rouge sur le taureau. Le Chinois dévala Garden Road comme s'il avait eu tous les lanciers du Bengale à ses trousses, manqua de peu un tram vert au croisement de Queen's Road, grilla le feu rouge de Connaught Road et accéléra encore

Il était six heures pile quand il stoppa au *pier*. Il fallut à Malko quelques secondes pour s'orienter.

Deux ferries étaient en partance. Celui de droite enlevait déjà sa passerelle. Malko vit une grande banderolle rouge en chinois tendue sur deux piquets. C'était certainement celui dont avait parlé Holy Tong. Il fonça pour être arrêté par deux policiers chinois.

— Spécial, sir, firent-ils avec un sourire.

Ils lui montrèrent l'autre ferry. D'ailleurs, il y avait déjà un mètre d'eau entre le quai et celui-ci. Malko n'avait jamais couru si vite. Il s'engouffra sur le ferry normal de Kowloon, fit le tour du pont, courant vers l'avant. Du même élan, il monta sur le bastingage. Le second ferry défilait devant lui à deux mètres. Il sauta.

Ses pieds glissaient sur le métal de la coque mais il parvint à se raccrocher au bastingage et à se hisser sur le pont. Heureusement. Tous les passagers étaient à l'arrière, en train de crier et de chanter. Malko se dissimula derrière une des cloisons amovibles utilisées pour les transports de voitures, afin de reprendre son souffle.

Il venait de comprendre soudain tout le mécanisme de l'opération. C'était diabolique et il lui restait cinq minutes pour faire échouer la tentative.

S'il réussissait, cela valait bien une aile entière de son château...

CHAPITRE XIX

Le lieutenant Carl Schwab, calé dans un siège de toile sur la passerelle de commandement du *Coral-Sea*, suivait à la jumelle les ferries et les jonques qui se croisaient dans Victoria Harbour, s'amusant à repérer les jolies filles. L'équipage du *Coral-Sea* étant consigné, il n'y avait rien de mieux à faire.

Pour l'instant, il suivait un gros ferry vert qui venait de partir de Hong-kong et semblait se diriger sur Kwa-wan, le quartier entourant l'aéroport de Kai-tak. Il allait passer près du *Coral-Sea*. Après deux mois d'opérations dans le golfe du Tonkin, la vue d'une jolie Chinoise, même à cent mètres, était un réconfort.

Les jumelles bien au point, Schwab commença à inspecter le ferry, qui semblait bondé.

Soudain une petite tache rouge apparut dans les jumelles, aussi petite qu'un défaut dans une photo en couleur.

Croyant à une saletée collée sur le verre, Schwab souffla sur ses jumelles et reprit son observation.

Le temps de refaire le point sur le ferry, il y avait dix taches rouges identiques.

Se demandant s'il avait des hallucinations, le lieutenant Schwab héla l'homme de quart debout dans sa cage étroite, au-dessus de lui:

— Hé! Jimmy, regarde le ferry à « trois heures ». Qu'est-ce que tu vois?

De nouveau, il fit le point soigneusement sur le ferry qui arrivait droit sur le *Coral-Sea*. Comme une rougeole géante, les taches rouges s'étaient encore multipliées! Il en naissait sous les yeux de l'officier américain. Tout à coup Schwab jura.

Il distinguait maintenant que les taches rouges étaient des drapeaux communistes brandis par les passagers du ferry!

Au même moment, Jimmy, l'homme de quart, hurla:

— Ce sont des *commies*, mon lieutenant, ils arrivent droit sur nous.

Schwab rentra en courant dans la chambre de commandement et décrocha le téléphone vert relié à l'appartement de l'amiral Riley. Son cœur faisait des sauts dans sa poitrine. La note confidentielle mettant en garde les officiers et les marins du *Coral-Sea* contre un attentat possible était affichée devant lui, mais il n'aurait jamais pensé à cela. Et que pouvait faire un ferry contre le plus puissant porte-avions de la 7e flotte?

Un orage allait éclater et de gros nuages noirs passaient au-dessus de la rade, filant vers la Chine. Un hélicoptère de protection tournait comme un bourdon au-dessus du porte-avions. Invisibles, mais efficaces, les hommes-grenouilles du *Coral-Sea* glissaient entre deux eaux autour de l'énorme coque grise.

Derrière le lieutenant Schwab, deux officiers de quart se partageaient entre les écrans du sonar et du radar et la lecture du dernier *Play-boy*.

Il y eut un déclic et la voix de l'amiral Riley demanda:

— Que se passe-t-il?

Le lieutenant Schwab resta un instant silencieux. Brusquement, il avait honte d'avoir dérangé son amiral parce que des énergumènes brandissaient des drapeaux sur un vieux rafiot.

— Euh, sir, fit-il. Nous avons repéré quelque chose d'étrange. Un ferry vient vers nous avec ce qui semble être des communistes; ils ont des drapeaux.

— Déclenchez immédiatement l'alerte, fit l'amiral, j'arrive.

Schwab raccrocha et se précipita sur le tableau de commande. Deux secondes plus tard, la sirène d'alarme du *Coral-Sea* commençait ses jappements sinistres. L'officier courut à la passerelle: le pont du ferry disparaissait maintenant sous les drapeaux rouges. Il se dirigeait droit sur le porte-avions et un panache de fumée noire sortait de sa haute cheminée.

Moins d'un demi-mille le séparait du porte-avions. Il fallait à ce dernier au minimum vingt minutes pour remonter ses ancres et manœuvrer.

— Nom de Dieu de nom de Dieu! cria Schwab d'une voix hystérique.

Il venait de penser à tous les chasseurs supersoniques aux ailes repliées, rangés dans les grands hangars sous le pont, vulnérables comme des escargots sans coquille. Les énormes ouvertures latérales de la coque destinées au passage des ascenseurs étaient ouvertes. Si le ferry, chargé d'explosifs, s'engouffrait là-dedans, le *Coral-Sea* serait coupé en deux. Sans parler des réservoirs d'essence supplémentaires rangés au-dessus des avions et des *containers* à napalm...

Des marins revêtus de gilets de sauvetage orange couraient à travers le pont jusqu'aux deux canons de 127 qui défendaient le flanc gauche du porte-avions. Les deux tubes pivotèrent et se fixèrent sur le ferry.

Le pont disparaissait sous les chasseurs Phantom, Il fallait au moins sauver ceux-là. Schwab appuya sur l'interphone le reliant au carré des pilotes.

— Faites décoller le maximum d'appareils, ordonna-t-il. Catapultes 1, 2, 3 et 4...

Malko se glissa hors de son panneau protecteur et regarda autour de lui. Tous les Chinois se trouvaient à l'avant, et leurs clameurs rythmées étaient assourdissantes et terrifiantes, bien que le vent en emportât une partie. Il se pencha par-dessus bord et regarda vers l'avant: la masse grise du *Coral-Sea* semblait énorme maintenant. Une fusée rouge partit du gros porte-avions et retomba gracieusement dans la mer.

Malko eut un sourire amer. Malgré lui, il se trouvait au centre de l'attaque-suicide des communistes. Dans quelques minutes le ferry, chargé probablement d'explosifs, allait s'écraser sur le *Coral-Sea*. Ce serait un beau feu d'artifice dont il serait une des étoiles. Il regarda l'eau grise au-dessous de lui. C'était tentant de sauter. Un dernier réflexe de conscience professionnelle l'en empêcha; il y avait encore une chance minuscule de détourner le ferry. Il devait la tenter. Ne serait-ce que par panache.

Au ras des flots, un hélicoptère fonça sur le ferry. Au moment de le heurter, il redressa brusquement et resta suspendu au-dessus du pont, comme retenu par un fil invisible. La voix nasillarde et rauque d'un mégaphone couvrit le bruit des clameurs chinoises:

— *Stop immediatly or You will be shot at.*

Il restait à Malko quelques minutes pour agir. Des voix aiguës de petites Chinoises entonnèrent l'hymne à Mao. La seule chance était de gagner la dunette et tenter de s'emparer de la barre.

Se faufilant entre les plaques d'acier amovibles, il avança vers l'avant, Mais, au moment où il mettait le pied sur la première marche de l'escalier métallique menant au pont supérieur, il entendit un cri derrière lui. Il se retourna: trois Chinois, en salopette, le regardaient. L'un d'eux tendit le doigt vers lui et l'interpella d'un ton menaçant.

Il n'avait pas le temps de grimper l'échelle. Les trois Chinois se lançaient déjà à sa poursuite, hurlant et appelant à l'aide. Heureusement, les clameurs de l'avant couvraient leurs appels.

Les Chinois connaissaient le ferry mieux que Malko. L'un d'eux surgit soudain devant lui, un couteau à la main. Les deux autres étaient derrière, l'un avec une barre de fer.

Ils s'observèrent une seconde puis le Chinois au couteau fonça. La lame rata Malko de justesse. Il pivota, s'accrochant à un des panneaux métalliques mobiles qui servaient, sur certains trajets, à ménager un passage pour les passagers, de chaque côté des voitures. Il sentit le panneau rouler aisément sous ses doigts et comprit instantanément le parti qu'il pouvait en tirer. Les deux autres Chinois arrivaient sur lui. Il les laissa venir, puis, dès qu'ils furent entre les deux panneaux, il s'appuya de toutes ses forces sur le sien.

Il y eut deux cris étranglés. Comme des mouches coincées sous une tapette, les Chinois étaient pris entre les deux parois d'acier. Malko lâcha le panneau, qui revint un peu vers lui. Deux corps glissèrent à terre. L'un des Chinois avait tout le visage écrasé, comme par un marteau-pilon géant. Le nez, la bouche, le menton n'étaient plus qu'une bouillie sanglante. Le second remuait par terre comme un ver coupé en deux: le lourd panneau d'acier lui avait brisé les reins.

Malko n'eut pas le temps de se voter des félicitations. Le Chinois au couteau était sur lui.

La lutte fut très courte. Heureusement, l'autre ne

savait pas se battre. Malko parvint à lui immobiliser le poignet avec ses deux mains et commença à le cogner contre le panneau d'acier, à coups redoublés. Contre son visage, le Chinois grimaçait et l'injuriait dans sa langue, mais il ne lâchait pas l'arme. Comme des derviches en folie, les deux hommes tournaient autour du panneau bringuebalant. Enfin, Malko parvint pendant une seconde à tenir le poignet appuyé à l'intérieur du panneau. De tout son corps, il poussa, entraînant son adversaire avec lui. Le Chinois poussa un cri inhumain cherchant à se dégager.

Trop tard.

Un craquement d'os brisés. Le visage du Chinois vira au gris. Malko le sentit devenir tout mou et il le lâcha. L'autre glissa à terre, le visage convulsé de douleur. Son poignet et sa main droite avaient été écrasés comme sous une presse.

Malko courut jusqu'à l'échelle métallique. Aucun adversaire n'était en vue mais le *Coral-Sea* se trouvait à moins de cinq cents yards. Des flocons blancs apparurent devant le ferry: les canons du porte-avions venaient de tirer la première salve de semonces. Les hurlements des fillettes chinoises se firent plus stridents.

Comme pour saluer le porte-avions, le ferry lâcha trois brefs coups de sirène. Aussitôt, tous les autres ferries de la rade lui répondirent, et les ululements se répercutèrent sur les collines de Kowloon.

Au même moment le premier des chasseurs embarqués décolla de sa catapulte avec une explosion sourde et fila au ras des flots. Un second appareil l'imita et passa dans un grondement d'apocalypse au-dessus de la tête de Malko, qui vit distinctement la tête du pilote dans le *cockpit* transparent.

Il arrivait à la minuscule cabine de commandement. A travers les vitres il aperçut plusieurs hommes à l'intérieur. Mais l'un d'eux se retourna et vit Malko.

Il y eut un remue-ménage à l'intérieur et deux Chinois se précipitèrent vers la porte et s'y adossèrent. Malko de l'extérieur pesa de tout son poids. Sans le moindre résultat. De toute façon, même s'il parvenait à ouvrir la porte, il ne pourrait venir à bout de tous ses adversaires.

Découragé, il reprit son souffle et regarda au-dessous de lui la masse impressionnante des Chinois groupés à l'avant. Les petites filles continuaient à chanter de leurs voix aiguës. Comme si elles avaient été dans une chorale.

Deux explosions sourdes firent trembler le ferry, suivies de deux énormes gerbes d'eau à quelques mètres de l'avant du ferry qui éclaboussèrent les chanteurs et les drapeaux rouges. Les pièces de 127 du *Coral-Sea* tiraient à obus réels, volontairement trop court. De quoi pulvériser le vieux ferry.

Malko regarda le visage des hommes dans l'habitacle. Ils étaient impassibles, comme si les coups de canon ne les avaient pas concernés. C'en était incroyable. Ils n'étaient pas assez fous pour croire qu'ils allaient échapper aux canons tirant à bout portant. Ils n'approcheraient jamais le *Coral-Sea*. Le ferry et ses passagers voleraient en éclats avant.

Tout ce plan compliqué pour en arriver à un échec aussi flagrant! Ce n'était même plus une mission-suicide, mais de la stupidité.

Et les petites Chinoises qui continuaient à entonner leurs hymnes, inconscientes du danger!

Tout à coup, la vérité apparut à Malko, fulgurante. Si les Chinoises chantaient avec autant de cœur, c'est qu'elles pensaient qu'il n'y avait pas de danger. Pour elles, c'était une démonstration pacifique contre les impérialistes. Seuls les hommes de la dunette savaient la vérité. Ils n'avaient jamais eu l'intention de s'attaquer au *Coral-Sea*. Il fallait seulement que les Américains le croient, qu'ils tirent, qu'ils détruisent le ferry, que les obus déchiquètent les fillettes et les civils...

Froidement ils avaient sacrifié la vie de plusieurs centaines de participants pour monter leur provocation. Tout avait été fait pour mettre les Américains en condition, pour leur faire croire à un danger qui n'existait pas. C'était le système des fausses bombes alternées avec les vraies. Peu à peu on détruisait les nerfs de l'adversaire...

Le *Coral-Sea* n'était pas en danger. Mais avec le premier obus qui atteindrait le ferry, ce serait le commencement de la fin pour les Anglais de Hongkong. C'était l'incident grave dont les communistes avaient besoin pour faire céder les Anglais, leur faire perdre définitivement la face.

Tout le monde s'était trompé depuis le début. Y compris Max l'ordinateur. Le plan communiste n'était pas dirigé contre la 7e flotte, mais contre les Anglais.

Malko serra les poings de désespoir. Il restait moins d'une minute et il n'avait aucun moyen de prévenir le *Coral-Sea*. Il avait le choix entre deux solutions: sauter par-dessus bord ou être pulvérisé avec le ferry. Un bruit troubla sa réflexion. La porte de l'habitacle s'ouvrit et un Chinois sortit, un pistolet à la main.

Précipitamment, Malko battit en retraite, tournant autour de la dunette. Soudain, une corde lui fouetta le visage. Il leva la tête et vit qu'elle commandait la sirène de brume du ferry.

Aussitôt, il l'empoigna. L'homme au pistolet arrivait. Il leva son arme vers Malko et visa soigneusement.

L'amiral Riley, debout sur la passerelle de commandement, le visage de marbre, suivait la course du ferry dans ses jumelles. Le « bang » sourd des catapultes secouait le porte-avions toutes les trente secondes. Pétrifiés, un groupe d'officiers contemplaient le ferry couvert de drapeaux rouges. Un téléphone se mit à sonner et le lieutemant Schwab décrocha, puis tendit l'appareil à l'amiral.

— Vous avez le consul, sir.

La communication avait été coupée quelques secondes plus tôt.

— Ils ne sont plus qu'à quatre cents yards, annonça l'amiral. Je vais être obligé de les détruire.

Le consul eut un soupir angoissé:

— Etes-vous sûr?... Peuvent-ils vous occasionner d'importants dégâts?

— Si ce ferry est chargé d'explosifs, fit l'amiral, et qu'il vienne s'écraser contre ma coque, il peut détruire mon navire, et mes avions. Je suis responsable du *Coral-Sea* devant le président des Etats-Unis, monsieur le consul, ne l'oubliez pas.

— Attendez le dernier moment, supplia le consul.

— C'est le dernier moment, martela l'amiral Riley.

Il y eut un court silence. puis le consul dit d'une voix presque inaudible:

— Détruisez-le, si c'est indispensable, mais que Dieu vous garde. Cela va être un massacre.

Le combiné toujours à la main, l'amiral regarda ses officiers. Tous baissèrent les yeux. Personne ne se souciait de prendre une telle responsabilité. Les hurlements rythmés des Chinois grandissaient.

— Que crient-ils? demanda l'amiral.

L'officier de sécurité fit un pas en avant. Il parlait parfaitement le Chinois:

— Ils crient des slogans, sir. « Gloire à Chairman Mao. Mort aux impérialistes. Détruisons les fauteurs de guerre. »

L'amiral Riley prit une profonde aspiration. Les canons des destroyers et les deux pièces de 127 du *Coral-Sea* étaient prêts à déverser un déluge de feu sur le ferry.

— Lieutenant Schwab, ordonna-t-il, dans trente secondes, donnez l'ordre aux batteries d'ouvrir le feu. Visez la coque, tachez d'épargner les gens.

L'officier se précipita vers l'interphone. Au même moment le ululement de la sirène du ferry couvrit les cris des Chinois.

Malko se pendit à la corde de la sirène. L'énorme coque grise du *Coral-Sea* approchait inexorablement. Sa traction déclencha un meuglement puissant qui couvrit les cris des Chinois. Il était peut-être temps encore d'éviter la catastrophe. Il ferma les yeux une seconde pour se concentrer. Lors de ses stages de formation. quelques années plus tôt, il avait appris le morse. Il avait eu peu l'occasion de s'en servir, mais tout était là, dans un recoin de sa fabuleuse mémoire.

Une explosion sèche le fit sursauter: il avait oublié le Chinois au pistolet. La première balle venait de le frôler.

Il leva les yeux sur le Chinois et comprit qu'il n'aurait jamais le temps de transmettre son message et d'échapper aux balles. Il eut une imperceptible hésitation. Il avait encore le temps de sauter par-dessus bord. Le *Coral-Sea* ne serait pas détruit et il s'en sortirait vivant. Sans que personne puisse rien lui reprocher.

Puis il pensa au colonel Whitcomb et à Po-yick. A sa place le vieil Anglais n'aurait pas hésité.

Chacun dans sa vie rencontre sa minute de vérité. Malko savait qu'il vivait la sienne. Ce serait peut-être la dernière de sa vie. Calmement, il commença à tirer sur la corde en cadence, sans perdre de vue le Chinois.

Lorsqu'il vit le doigt se crisper sur la détente, il

se rejeta brusquement sur le côté. Il sentit une brûlure sur sa lèvre et immédiatement le goût du sang dans sa bouche. A petits coups, il continuait à émettre. Les mots se déroulaient avec une lenteur désespérante. A chaque seconde, il attendait l'obus qui enverrait le ferry par le fond.

La seconde balle du Chinois le frappa à l'épaule gauche. Il eut la sensation de recevoir un coup de marteau. Décontenancé, son adversaire s'énervait et les mouvements du ferry gênaient son tir. Une balle rata Malko. Celui-ci cherchait à deviner la direction des coups, d'après la position du canon, sautait sans cesse sur place.

Il ne put éviter la quatrième balle qui pénétra sa hanche gauche au-dessus de l'os. Le choc le rejeta d'un mètre en arrière et arracha un meuglement d'agonie à la sirène.

Ivre de rage, le Chinois vida son chargeur. Un des projectiles érafla le cuir chevelu de Malko, un autre le frappa à la poitrine, dans le sein droit, et le troisième lui traversa la cuisse tout près de l'aine.

Il avait l'impression d'être soumis à de violentes décharges électriques. Ce n'était pas douloureux mais ses forces diminuaient. Un voile rouge passa devant ses yeux et il dut s'accrocher à la corde pour ne pas tomber. Les mots se brouillaient dans sa tête. Le sang qui coulait de ses cheveux l'aveuglait. En face de lui, le Chinois remettait un chargeur dans son arme.

Malko se traîna jusqu'au bordage, l'enjamba en réunissant ses dernières forces et se laissa tomber dans l'eau.

— Hausse zéro. A mon commandement, feu!

Le quartier-maître commandait la pièce de 127. Deux marins enfournèrent un obus dans le tube.

— Paré.

Le sous-officier ouvrait la bouche quand le grondement du mégaphone l'arrêta:

— Halte au feu!

Il crut avoir mal entendu. Mais la voix de l'amiral Riley répéta son ordre.

« Il est devenu fou, pensa le quartier-maître. Ces foutus Chinois vont nous faire sauter. »

L'amiral n'était pas devenu fou. Près de lui, l'officier de sécurité traduisait le morse au fur et à mesure...

— Ici, SAS, ne tirez pas, je répète, ne tirez pas, c'est un bluff, une provocation.

L'amiral porta le récepteur du téléphone à son oreille:

— Monsieur le consul, annonça-t-il, notre agent se trouve sur ce ferry et nous envoie un message en morse demandant de ne pas tirer. Il s'agirait d'un bluff, d'une provocation. Peut-on lui faire confiance?

Le consul n'eut pas le temps de répondre. Un répétiteur amplifiait les paroles de l'amiral dans son bureau où se trouvait également Dick Ryan. Ce dernier lui arracha l'appareil des mains.

— Vous pouvez, hurla-t-il. Vous pouvez.

L'amiral se souvenait de Malko. Ce fut peut-être autant le souvenir de cette rencontre qui compta que l'affirmation de Dick Ryan. Il avait le sentiment de s'y connaître en homme. Mais c'était aussi la décision la plus difficile de sa vie. S'il se trompait, il n'avait plus qu'à se tirer une balle dans la tête.

— Ils viennent de le jeter par-dessus bord, sir, cria un officier qui observait le ferry.

— Ne tirez pas, répéta l'amiral.

Les secondes qui suivirent furent intolérablement longues. Deux chasseurs décollèrent encore des catapultes, secouant le *Coral-Sea* comme un coup de tabac. Un léger tremblement agitait la lèvre inférieure de l'amiral John Riley.

Le ferry était tout près. On distinguait les visages hurlants des Chinois et les innombrables drapeaux rouges remués à bout de bras. Tout le premier rang était occupé par des jeunes filles en chemisier blanc et jupe bleue qui criaient plus fort que les autres.

Tout à coup, la proue ronde obliqua vers la gauche. Gracieusement, le ferry virait de bord. Il passa si près du *Coral-Sea* que les ascenseurs latéraux de l'énorme porte-avions surplombaient la cheminée du ferry. Pendant quelques secondes, il y eut un assaut d'injures entre les marins américains et les passagers chinois du ferry. Puis celui-ci s'éloigna dans un sillage d'écume. Presque aussitôt les clameurs cessèrent, les drapeaux rouges disparurent. Avec une fabuleuse discipline, les Chinois pliaient leurs petits chiffons rouges et les mettaient dans leurs poches. Les jeunes filles se rassirent sur les bancs de bois et se remirent à papoter, ignorant qu'elles venaient d'échapper à la mort. Pour elles, tout s'était déroulé normalement.

Le ferry était redevenu un des anonymes ferries de la baie de Kowloon. Alertées par les coups de canon, plusieurs vedettes de la police lui donnaient la chasse, comme une meute de chiens.

Un même soupir s'échappa de la poitrine de tous les officiers. L'amiral eut un pâle sourire.

— Faites rentrer les avions, ordonna-t-il.

Soudain, un des officiers poussa un cri:

— Regardez!

L'hélicoptère s'était immoblilisé au-dessus d'un objet flottant à la surface de l'eau sale. Une échelle de corde descendit et un des membres de l'équipage plongea pour récupérer le corps inerte de Malko.

*
**

Holy Tong se sentait soudain extrêmement calme et bien dans sa peau. La soie chaude de son kimono orange lui tenait chaud et l'air frais du matin remplissait ses poumons. La rade de Hong-kong était encore noyée dans une brise matinale, ce qui le contraria un peu. Il ne s'était jamais lassé de ce paysage féerique, lui le montagnard de Tchung-kong.

Sans commentaire, Tuan, apporta les deux jerricans et se tint respectueusement debout, à deux mètres de son patron.

— Aide-moi, demanda Tong. Fais comme je t'ai expliqué.

Tuan prit le premier jerrican et versa le liguide glacé sur les épaules de Tong. Ce dernier frissonna mais demeura immobile.

Consciencieusement, le domestique vida toute l'essence et attendit, une grosse boîte d'allumettes à la main. Holy Tong méditait, les yeux fermés. Il n'avait pas peur du tout. Plus du tout. Et encore moins envie de vivre. Mme Yao était « tombée » de la fenêtre de son sixième étage, poussée par son huissier qui était devenu commissaire à la Sécurité. L'appareil du parti ne permettait pas les échecs.

Cela avait été la goutte d'eau qui avait fait déborder le vase.

Tous les morts des deux dernières semaines hantaient Tong. Il avait trop perdu la face, vis-à-vis de tout le monde. Toute la nuit, il avait réfléchi à ce qu'aurait fait son grand-père dans les mêmes circonstances. Il avait trouvé la réponse quand les premiers rayons de soleil avaient éclairé Hong-kong.

— Maintenant, dit-il à Tuan.

Le domestique frotta une poignée d'allumettes. Une flamme claire jaillit de sa main et il projeta le bras en avant.

Il y eut un plouf sourd et une flamme noire jaillit

à plusieurs mètres de hauteur. Un instant, Holy Tong parut une divinité entourée de flammes. Puis il s'affaissa sur lui-même, sans un cri et continua de brûler.

Fasciné, Tuan regardait. Cela faisait un tout petit incendie.

Le Boeing 707, frappé de l'étoile bleue de l'Air Force, volait contre le soleil à trente cinq mille pieds au-dessus de la surface brillante du Pacifique.

Il n'y avait qu'un seul passager à bord: Son Altesse Sérénissime le prince Malko. Immobilisé sur une civière avec quatre balles dans le corps et un litre de sang en moins. Une équipe composée de deux médecins et de deux infirmières se relayait sans cesse auprès de lui.

Lorsqu'on l'avait repêché, les médecins anglais de Hong-kong lui avaient donné une chance sur cent de survie. Sa faiblesse rendait toute opération impossible. C'est l'amiral Riley qui avait fait venir spécialement de Tokyo un Boeing militaire pour emmener Malko à l'hôpital de la Navy de San Diego, en Californie. Il avait accompagné lui-même la civière dans l'avion à Kai-tak et demandé au médecin:

— S'il y reste, je veux le savoir. Je vous jure que ce jour-là tous les pavillons de la 7e flotte seront en berne.

En contemplant le visage cireux du blessé, le médecin de garde se demanda s'il tiendrait jusqu'à San Diego.

IMPRIMÉ EN FRANCE PAR BRODARD ET TAUPIN
7, bd Romain-Rolland - Montrouge.
Usine de La Flèche, le 15-09-1981.
6187-5 - N° édition 7475.
Dépôt légal 4eme trimestre 1968.